W0286160

KATERINA AUTET

Née en Russie, Katerina Autet a passé son adolescence aux États-Unis. Elle a choisi de venir en France dans le cadre d'un échange universitaire, et n'en est jamais repartie. Katerina a étudié la linguistique, l'histoire et l'économie. Mère de trois enfants, elle habite à Paris et travaille pour une grande entreprise française.
Son roman *La Chute de la maison Whyte*, paru chez Robert Laffont en 2020, a remporté le Grand Prix des Enquêteurs créé par les Éditions Robert Laffont et *Le Figaro Magazine*.

LA CHUTE
DE LA MAISON WHYTE

KATERINA AUTET

LA CHUTE DE LA MAISON WHYTE

LA BÊTE NOIRE
Robert Laffont

FSC
www.fsc.org
MIXTE
Papier issu de sources responsables
FSC® C003309

L'éditeur de cet ouvrage s'engage dans une démarche de certification FSC® qui contribue à la préservation des forêts pour les générations futures.

Pour en savoir plus :
www.editis.com/engagement-rse/

Le Code de la propriété intellectuelle n'autorisant, aux termes des paragraphes 2 et 3 de l'article L. 122-5, d'une part, que les « copies ou reproductions strictement réservées à l'usage privé du copiste et non destinées à une utilisation collective » et, d'autre part, sous réserve du nom de l'auteur et de la source, que les « analyses et les courtes citations justifiées par le caractère critique, polémique, pédagogique, scientifique ou d'information », toute représentation ou reproduction intégrale ou partielle, faite sans le consentement de l'auteur ou de ses ayants droit ou ayants cause, est illicite (article L. 122-4).
Cette représentation ou reproduction, par quelque procédé que ce soit, constituerait donc une contrefaçon sanctionnée par les articles L. 335-2 et suivants du Code de la propriété intellectuelle.

© Éditions Robert Laffont, S.A.S., Paris, 2020
© Société du Figaro, S.A.S., Paris, 2020
Avec la participation de L'Agence Universitaire de la Francophonie
ISBN : 978-2-266-32021-4
Dépôt légal : septembre 2021

À ma famille

« Le secret des grandes fortunes sans cause apparente est un crime oublié, parce qu'il a été proprement fait. »

Balzac, *Le Père Goriot*

MARDI 17 OCTOBRE

New York

1.

Je venais de m'engager sur Madison Avenue lorsque je le vis. Il n'avait pas changé. Toujours ce regard bleu d'enfant des publicités Kinder, cette mâchoire carrée, ces épaules larges. Je m'approchai. Le soleil rasant de l'après-midi se reflétait sur son sourire éclatant et je dus plisser les yeux pour voir le titre qui s'étalait sous la photo. « LE MYSTÈRE WHYTE », hurlaient de grosses lettres jaunes sur fond rouge en couverture du *National Enquirer*. Et, en plus petit, le sous-titre : « Un mythe assassiné ».

Ils étaient tous là : le patriarche, Edith, Caroline, Skip. Leurs sourires étaient figés, leurs habits élégants. Veste et pantalon de toile pour les hommes, robe cocktail et petits talons pour les femmes. Il s'agissait d'une photo officielle, sans doute empruntée au site Web de la fondation familiale. Remarquant mon intérêt, Winston, le kiosquier, m'adressa un signe de tête.

— Tu veux ce torchon, bro ? J'aurais pourtant parié que ce n'était pas ton genre de lecture. – Il fit claquer sa langue. – Mais, si tu le veux, il faut te dépêcher. Ça part comme des petits pains, ce truc-là.

Winston, qui, un jour, m'avait raconté n'avoir jamais quitté New York de sa vie, parlait néanmoins avec un mélodieux accent du Sud, sans doute hérité de ses parents ou de ses grands-parents. Il me sourit de toutes ses dents et agita le journal de la main pour m'appâter davantage.

— Ce type, le grand blond, là, en couv', il te ressemble, tu trouves pas ? Comme si vous étiez frères.

Je secouai la tête.

— Merci, Win. Mais on n'est pas frères. Et, d'ailleurs, j'ai les cheveux bruns.

Non, pensai-je en m'éloignant, je n'allais tout de même pas acheter ça. Pour me tenir au courant de la vie de mon meilleur ami, il me suffisait de lui passer un coup de fil. Je sortis même mon téléphone, avant de le ranger aussitôt. J'ignorai quelles ignominies l'*Enquirer* avait publiées. Je ne voulais pas laisser Skip s'imaginer que j'avais lu l'article ou, pire, que je l'appelais pour me gausser.

Et puis je devais me dépêcher. Victoria m'attendait sans doute déjà, notre réservation au DeStefano's, un restaurant italien de quartier qui fut le lieu de notre tout premier rendez-vous, ayant été prise pour vingt heures. Je devais encore me changer et glisser dans ma poche la petite boîte verte qui attendait son heure au fond de mon tiroir à chaussettes depuis trois mois déjà. En me frayant un chemin parmi la foule dense du soir – des mères de famille chargées de courses et de bébés en poussette, des jeunes cadres dynamiques au teint terreux, des petites vieilles pomponnées aux cheveux aussi fins que la brume – je m'imaginais la surprise de Victoria. Elle ne s'y attendait pas, j'en étais sûr. Nous ne nous connaissions que depuis six mois et vivions ensemble depuis deux. Mais, quand l'on rencontre l'âme sœur, on le sait, c'est une évidence.

Le trottoir, mouillé par une récente pluie, était parsemé de feuilles mortes, jaunes et rouges comme la couverture de l'*Enquirer*. Je me dis que je pourrais toujours appeler Skip le lendemain matin. J'aurais une annonce à lui faire et c'était une occasion rêvée de reprendre contact. De parler d'autre chose que d'un article paru dans un journal à scandale.

Ou pas.

Un deuxième kiosque se dressait devant moi et, là aussi, la famille Whyte était à l'honneur ou peut-être au déshonneur, je ne savais plus très bien. Le *New Yorker* avait consacré sa couverture à Edith, *Newsweek* avait opté pour la photo du patriarche, William Whyte. Je m'arrêtai pour lire les manchettes. « La vérité selon Edith. » « Un secret de famille. » Même le *New York Times* s'y était mis et titrait un article de première page « Chronique secrète de la chute des géants ». Et, juste en dessous, il y avait l'immonde *Daily News* : « Elle plante un couteau dans le dos de son père ».

— Qu'est-ce que vous prenez ?

J'optai pour *Newsweek*. C'était une revue sérieuse, qui ne donnait pas dans l'excès. La famille Whyte, du fait de sa richesse et de son importance dans le monde des arts, était habituée à vivre sous les feux de la rampe. Je me disais que l'article était ce que les journalistes appellent un marronnier – un sujet choisi pour meubler une période creuse, comme le prix de l'immobilier ou le palmarès des hôpitaux. Que la presse en avait marre des frasques de Trump et cherchait une diversion.

Et, aussi, qu'Edith Whyte avait toujours été un peu folle. Qu'on ne pouvait pas faire confiance à ce qu'elle racontait.

Je versai la monnaie rendue par le kiosquier dans le gobelet d'un mendiant qui se réchauffait sur une bouche d'aération, puis je dévalai les marches du métro. C'était l'heure de pointe, l'air sentait le diesel et les corps en sueur. Il y avait tant de monde sur la 6 que lire n'était pas une option. Lorsque je changeai pour la F à Broadway-Lafayette, j'eus plus de chance : une rame vide venait de s'arrêter à la station. J'attendis d'être assis à l'intérieur du wagon pour ouvrir enfin mon journal.

2.

Les mystères supposés de la famille Whyte avaient eu droit à deux doubles pages, soit autant qu'un article de fond sur la politique que mon pays menait en Syrie. Le journaliste de *Newsweek*, sans doute un type non dénué de principes (ou peut-être seulement prudent et désireux d'éviter un procès en diffamation), avait pris grand soin de rester neutre. Afin de ne pas être accusé de parti pris, il était allé interviewer tous les protagonistes de ce qu'il appelait « l'affaire Whyte », à commencer par Edith. Il décrivait la sœur aînée de Skip comme « une brune anguleuse, végane et altermondialiste, une militante de la première heure, celle par qui le scandale est arrivé ». Edith, expliquait l'auteur de l'article, avait écrit un livre sur son illustre famille. Et ce livre, publié par une petite maison d'édition indépendante et dont la date de parution était aujourd'hui même, avait fait l'effet d'une bombe.

Toujours selon le journaliste, les réactions de la famille ne s'étaient pas fait attendre. Caroline, la plus jeune des enfants Whyte, « la trentaine blonde et souriante, le genre de fille saine qu'on imagine sur un cheval ou à la barre d'un voilier et qui est pourtant la directrice de la galerie d'art la plus connue de Boston », avait chargé ses avocats de faire interdire l'ouvrage. Sans succès. Le fils, Skipper Whyte, « le célibataire le plus en vue d'Amérique », qualifiait le livre de ramassis de foutaises, tout en précisant qu'il ne l'avait pas encore lu et ne le lirait sans doute jamais. Quant à William, le patriarche, « un cousin par alliance des Getty, un homme qui a mis l'Amérique sur la carte des grands centres culturels », il se refusait à tout commentaire.

Le reste de l'article était à l'avenant. On interrogeait un avocat spécialiste des médias pour savoir s'il était compliqué d'interdire la parution d'un livre. On citait un éditeur très connu qui précisait qu'il avait reçu le manuscrit, mais l'avait refusé « par respect pour M. Whyte et, aussi, parce que ce ne serait pas éthique de publier ce genre d'insinuations ». On parlait de tout, sauf du plus important : le livre lui-même. Soit le journaliste ne l'avait pas lu, soit son rédacteur avait eu peur du scandale. Après avoir parcouru la totalité de l'article, je ne savais toujours pas de quoi il y était question.

— Une sale histoire, ça, marmonna mon voisin, un Cubain entre deux âges. J'ai du mal à comprendre comment ils l'ont laissée faire.

Je me tournai vers lui. Tout New-Yorkais qui se respecte met un point d'honneur à prétendre qu'il ne remarque pas ses semblables, surtout dans les transports, mais là, c'était plus fort que moi.

— Vous avez lu le livre ?

Il tapota sur sa sacoche avec un sourire entendu.

— Ma femme le voulait absolument, je l'ai acheté ce matin. Ils sont fous, ces gens-là.

— Mais de quoi s'agit-il ? Qu'y a-t-il dans ce livre pour que tout le monde en parle ?

— À mon avis, c'est l'argent. Il leur est monté à la tête. Ma femme veut en discuter dans son club de lecture, mais moi, je trouve que c'est dur quand même, avec le meurtre et tout ça.

Le Cubain s'exprimait d'une voix forte et je remarquai tout à coup que les autres passagers nous écoutaient attentivement. Je refermai mon journal, mais c'était trop tard, le débat était lancé.

— Moi, en tout cas, annonça une petite dame en imperméable beige, je n'aimerais pas que mes enfants mettent la main sur ce livre. Même si, c'est sûr, tout un chacun voudra en parler.

— C'est parce que les Whyte sont comme les Kennedy, renchérit mon voisin. Ils appartiennent à tout le monde.

— C'est notre famille royale à nous, acquiesça la petite dame. Ou, en tout cas, ce qui s'y rapproche le plus. – Elle jeta un coup d'œil sur sa montre. – Si vous vous dépêchez, vous avez encore le temps d'acheter le bouquin ce soir.

— Je n'avais pas prévu de l'acheter.

Les Whyte, je les connaissais, et aucun livre, aucun reporter ne pouvait rien y changer. Je n'avais pas besoin de lire des révélations croustillantes sur cette famille que j'estimais et qui était pratiquement la mienne.

Dans un grincement d'essieux, le train arriva à la station 15th Street-Prospect Park. Je quittai le wagon sans un regard en arrière et pressai le pas. Une soirée en amoureux m'attendait ; je n'allais pas la gâcher en me plongeant dans un bouquin à scandale.

3.

La curiosité est un vilain défaut. C'est presque malgré moi que, en sortant du métro, mes pas me menèrent vers Terrace Books, une petite librairie du quartier où j'avais mes habitudes. Coincée entre un salon de manucure et une agence immobilière proposant à la vente des brownstones, ces maisons en grès rouge, typiques de Brooklyn, qui sont récemment devenues à la mode auprès des riches New-Yorkais en manque d'authenticité, Terrace Books ne paie pas de mine. Sa devanture fait à peine deux mètres de large, porte comprise, et elle vend surtout des livres d'occasion. Malgré cela, j'avais toute confiance dans le goût de la propriétaire, Stephanie, et j'étais certain qu'elle ne me proposerait ce livre que s'il en valait le coup.

La clochette fixée au-dessus de la porte vitrée tintinnabula lorsque j'entrai dans la librairie. Stephanie se tourna vers moi en souriant.

— Salut beau gosse ! Déjà fini, ton Jennifer Egan ? Ou est-ce que tu viens pour le chiot ?

Il me fallut un moment pour comprendre de quoi elle parlait. Deux semaines s'étaient écoulées depuis mon dernier passage chez Terrace Books. J'avais eu le temps de soumettre l'idée à Victoria (« Tu ne crois pas, chérie, que cela pourrait être sympa d'avoir un chien ? ») et d'essuyer son refus catégorique (« Surtout pas, mais tu es fou ! Les chiens, c'est presque pire que les enfants ! »). En y réfléchissant, je me suis dit que Victoria avait raison. Un chiot, cela demande de l'engagement. Finies les vacances à Saint-Barth', les week-ends surprises à Londres ou à Vienne. Bonjour les responsabilités et le ramassage de crottes.

Je jetai un regard triste vers le petit épagneul noir et roux roulé en boule dans son panier posé près de la caisse.

— Non, Stephanie. Pas de chiot pour moi. Je voulais te demander ton avis sur le livre d'Edith Whyte, celui dont tout le monde parle. Est-ce que tu le vends ?

— *Chronique secrète de la chute des géants* ? – Stephanie me montra une pile de livres à la couverture verte sur le piédestal des meilleures ventes. – Je ne l'ai pas lu, même si j'imagine qu'il va falloir que je m'y colle. Entre nous, on m'a dit qu'il n'avait aucun mérite littéraire. Tu ne comptes quand même pas l'acheter ?

Je haussai les épaules.

— Pourquoi tu le vends, alors ?

Stephanie eut un rire sans joie.

— Cela n'en a peut-être pas l'air, mais c'est une entreprise commerciale, ici, et le scandale fait vendre. C'est Victoria qui t'a demandé de l'acheter ?

— Non. – Je jetai un regard sur ma montre. – Mais elle va m'attendre si je traîne encore. Donne-moi un exemplaire de la *Chronique.* Comme ça, je pourrai te le raconter et tu le vendras à tes clients en connaissance de cause.

Le chiot se réveilla alors que Stephanie était en train d'encaisser mon achat. Il s'extirpa de son panier et trottina vers moi en remuant la queue, son museau levé dans l'attente d'un câlin. Alors que je me penchais vers lui, mon téléphone sonna. Le joli visage de Victoria s'afficha sur l'écran et mon cœur se mit à battre plus fort. Victoria ne m'appelait jamais pendant la journée, il avait dû se passer quelque chose. Je décrochai le téléphone tout en me dirigeant vers la sortie, mon paquet sous le bras.

4.

— Monsieur Damon ?

Ce n'était pas Victoria. C'était sa secrétaire, Lynette. Je ne l'avais jamais vue, mais, rien qu'au son de sa voix, je n'avais aucun mal à l'imaginer. Un androïde en tailleur, un modèle haut de gamme capable d'imiter presque parfaitement la voix humaine et ses émotions. Intonation montante pour signaler une question, voix douce et sucrée réservée à sa patronne et aussi pour l'annonce des mauvaises nouvelles. Comme maintenant.

— Je suis désolée de vous déranger, monsieur Damon. J'imagine que vous devez être bien occupé (et c'est pour cela que j'entends des bruits de rue et des aboiements de chien derrière vous). Mlle Berg m'a demandé de vous transmettre qu'elle ne sera malheureusement pas présente au dîner de ce soir (ha !). Elle a un *closing*.

— Est-ce que je peux lui parler, Lynette ?

— Je suis désolée, monsieur Damon (en fait, pas du tout et je ne le cache même pas), mais Mlle Berg n'est pas disponible. Elle travaille (elle !).

Qu'y avait-il à répondre à cela ?

Rien. Nous le savions d'ailleurs très bien tous les deux.

— Dans ce cas, Lynette, vous lui souhaiterez bon courage de ma part.

Je raccrochai avant d'avoir pu ajouter quelque chose que j'allais regretter par la suite. La porte de la librairie s'était refermée pendant que j'étais au téléphone. Sa surface vitrée me renvoya mon image : celle d'un homme dans la trentaine, chemise sans cravate, vieille veste en tweed aux coudes rapiécés. Pas étonnant que Lynette m'ait parlé de la sorte. Je me dirigeai lentement vers mon immeuble. La plupart des maisons du quartier étaient déjà décorées pour Halloween. Ici et là, les citrouilles s'entassaient sous les porches, de la fausse toile d'araignée drapait les fenêtres, des crânes grimaçants me fixaient de leurs orbites vides. Deux portes plus loin, les Dunkin' Donuts aussi s'y étaient mis, avec leur vitrine orange et leurs beignets ornés de tête de mort en glaçage de sucre blanc.

Résistant à la tentation, je tournai à gauche dans Prospect Avenue. De rares érables écarlates bordaient la rue, ajoutant une touche de couleur au triste paysage urbain, comme un rappel de la Nouvelle-Angleterre qui me manquait tant. Je pensai aux forêts près de Boston qui éclatent de mille feux en cette époque de l'année, au rouge qui envahit même les marais où l'on ramasse, à la surface de l'eau, les baies couleur sang de la canneberge. Ici, c'était le royaume de la brique et de l'asphalte craquelé, des vieilles maisons en cours de réfection et d'autres qui auraient bien eu besoin d'un coup de peinture.

En marchant, j'essayai de faire la part des choses. Le *closing*, cette période de rush intense où l'on travaille d'arrache-pied pour boucler une transaction, souvent de plusieurs centaines de millions de dollars, c'est important et ça arrive. Surtout lorsque l'on est, comme Victoria, une avocate haut de gamme, une étoile montante des fusions-acquisitions. Si, moi, je ne faisais jamais de *closing*, si ma clientèle était majoritairement composée d'artistes désargentés qui me payaient au mieux avec leurs tableaux (et quelquefois avec rien du tout), ce n'était pas la faute de mon amie, c'était la mienne. Je manquais d'ambition, ou de sens pratique, ou de vision à long terme. Mais je n'étais pas suffisamment idiot pour me vexer parce que Victoria avait du travail, et qu'elle avait demandé à sa secrétaire de me prévenir. Victoria n'avait pas le temps de m'appeler. Elle ne voulait pas annuler le dîner de ce soir par texto, voilà tout. Ça arrive.

L'escalier de l'immeuble sentait l'encaustique et les épices indiennes. C'est là tout le charme de Brooklyn : un quartier vivant, selon certains, popu pour les autres. Un quartier où l'on croise de plus en plus de jeunes cadres dynamiques qui ne peuvent plus se permettre de vivre à Manhattan, et qui découvrent en arrivant, un peu contraints et forcés, qu'en fait, le coin est charmant – surtout s'ils ont la chance de loger non loin de Prospect Park. C'est devenu presque un passage obligé sur la route du succès. Et puis, cela leur permet de dire à qui veut l'entendre que les deux principaux parcs de New York, Central et Prospect, ont été créés par les mêmes architectes-paysagistes – qui l'aurait cru ?

Sur le carrelage en damier de l'entrée, les escarpins de Victoria m'attendaient comme une nuée d'oiseaux de paradis aux longs becs. Des Louboutin en satin émeraude, des Sergio Rossi indigo, des Prada rose bonbon. Les filles et leurs chaussures, voilà une vraie histoire d'amour. Est-ce que Victoria aurait demandé à sa secrétaire d'annuler si c'était avec une paire de Manolo Blahnik en solde qu'elle avait rendez-vous ? Je rangeai les chaussures dans le meuble pour qu'elle ne se casse pas la figure en rentrant au petit matin, puis ressortis sur le balcon pour arroser mes plantes. Il faisait nuit déjà et, du haut du quatrième étage, je voyais des fenêtres allumées dans l'immeuble d'en face : des familles qui se mettaient à table, des pizzas et des barquettes de nouilles chinoises, des gens seuls, baignés de la lumière bleue de leurs écrans, de jeunes couples qui s'enlaçaient.

Et moi ? Je pouvais appeler un de mes potes, aller me soûler dans un bar. Je le pouvais, mais je n'en avais pas envie. Alors, j'allai dans la cuisine et j'ouvris une bouteille de bon vin, un pauillac château-pontet-canet millésime 2012 que je gardais pour de grandes occasions. Je portai mon verre dans le salon, allumai la lumière et m'installai dans le fauteuil à bascule recouvert d'une peau de mouton blanche comme la neige. Depuis que Victoria était venue habiter chez moi, mon appartement me semblait plus beau, plus tendance – comme si, d'un coup de baguette magique, ayant à peine déplacé un tableau par-ci et accroché un miroir par-là, elle avait réussi à transformer un cube blanc somme toute banal en une image digne d'un magazine de décoration. Je sortis le livre d'Edith de son sac en papier et étudiai un instant sa couverture vert foncé, ornée d'une image de la demeure familiale. Je me sentais à la fois attiré et repoussé par cet ouvrage qui avait, à peine paru, déjà causé tellement d'émotions. Il n'y avait pas de dédicace et le texte démarrait d'une manière hachée, presque brutale. J'avalai une gorgée de mon vin. Si un habitant de l'immeuble d'en face avait regardé par la fenêtre, voilà ce qu'il aurait vu : un type en train de lire un livre et de déguster un grand cru. Un homme heureux. Presque.

Extrait de *Chronique secrète de la chute des géants* par Edith Whyte

Balzac avait écrit que derrière chaque grande fortune se cache un grand crime. Mais pour certaines fortunes, des crimes, il y en a eu au moins deux. C'est le cas pour ma famille.

La plus grande erreur que vous pouvez faire en lisant ce livre, c'est de croire que nous sommes des gens comme vous. Que sous nos vestes Chanel et nos costumes Armani bat le même genre de cœur que le vôtre, un cœur qui se serre devant l'injustice, qui pleure devant le sort réservé à la veuve et à l'orphelin, un cœur humain, en somme ; pas seulement un muscle occupé à envoyer le sang bien oxygéné vers l'effroyable machine à calculer qu'est notre cerveau.

Détrompez-vous. Rien ne pourrait être plus éloigné de la vérité.

Nous ne sommes pas des petits joueurs. Tricher aux cartes ou gruger son employeur en soumettant de fausses notes de frais pour gratter quelques centaines de dollars ? Non merci. Nous visons haut. Nous avons du panache et, en contrepartie, nous exigeons ce qu'il y a de meilleur.

Prenez notre maison, par exemple. Dans ce pays, c'est la maison qui symbolise la réussite sociale, pour vous, pour nous, pour tout le monde.

Alors fermez les yeux, concentrez-vous et imaginez celle de vos rêves : un pavillon recouvert d'un bardage de bois, bien propre, trois chambres, une pelouse manucurée, une voiture achetée à crédit devant le garage, un panier de basket, un drapeau américain.

Ça aussi, très peu pour nous.

Comme toutes les grandes fortunes de la côte Est, nous appelons notre demeure de Cape Cod le « cottage ». Le nôtre a trois salons, une salle de billard, une salle de sport. Il y a une cuisine et une arrière-cuisine, des chambres avec vue sur la mer et des quartiers de domestiques, un couloir de nage et une piscine à débordement. Un garage pour douze voitures. Un court de tennis. Un hangar à bateaux.

Rien que cela se chiffre en dizaines de millions de dollars.

Ajoutez à cela l'aménagement intérieur. Admirez la crédence en marbre de Carrare de la cuisine et les canapés Chesterfield patinés par le temps. Remarquez les vases en cristal Lalique et les plaids en cachemire de chez Hermès dans lesquels nous nous emmitouflons pour lire sur la terrasse. N'oubliez pas des baignoires anciennes à pattes de lion et des serviettes brodées à nos initiales placées sur leur rebord, des bougies parfumées et des roses fraîches en hiver.

Puis il y a des gens qui travaillent pour nous. Une armée d'avocats et de fiscalistes, un cabinet d'expertise comptable. Des jardiniers, des chauffeurs, des cuisiniers, des bonnes à tout faire. Nous sommes des employeurs modèles, justes et généreux. Ce n'est pas à cause de notre petit cœur sensible, non. Simplement, nous savons qu'il faut payer pour avoir de la qualité et payer davantage pour s'offrir la valeur la plus rare de toutes : une loyauté aveugle.

Et vous voulez que je vous dise ? Tout cela, ce n'est rien.

Nous possédons des trésors plus grands encore.

Au détour d'un couloir, alors que vous ne vous sentez plus d'être invité dans cette maison si riche, si distinguée, où les Kennedy passent souvent en voisins, vous vous arrêtez devant un petit tableau sombre et vos yeux s'écarquillent. Ce n'est pas une copie. C'est *La Trahison du Christ* de Bartolomeo di Tommaso. XVe siècle. Les croquis préparatoires de cette œuvre sont exposés au Met à New York. Et là, dans une niche, c'est van de Woestyne, *Le Baiser de Judas*. Et, dans le salon bleu, des tableaux plus modernes, plus légers : *Ceci n'est pas une pipe* de Magritte.

Et c'est à ce moment qu'enfin vous prenez la pleine mesure de notre richesse et de notre influence et qu'une crainte respectueuse étreint votre âme. Presque au point de vous faire oublier votre interrogation de départ : comment fait-on pour amasser une pareille fortune lorsqu'on commence dans la vie comme un orphelin sans le sou ?

Je lisais le livre d'Edith depuis plusieurs heures déjà, retrouvant par la pensée la lumière dorée du soleil se couchant sur les belles demeures de Cape Cod, les yachts amarrés aux pontons, les soirées sur la terrasse que Skip, ses sœurs et moi passions à refaire le monde. Depuis combien de temps n'avais-je pas vu les filles ? Deux ans, peut-être davantage encore. Qu'a-t-il bien pu leur arriver pour qu'Edith écrive ce genre de livre ?

Il était près de minuit. Victoria n'était toujours pas rentrée, ce qui ne m'étonnait pas outre mesure – les jours de *closing*, il lui arrivait de faire des nuits blanches. Je tendis tout de même la main vers mon téléphone, pour voir si elle ne m'avait pas envoyé de message. Il sonna au moment où je l'attrapai. Le numéro commençant par 508 – indicatif du comté de Barnstable, sur la presqu'île de Cape Cod – m'était inconnu.

Je me préparai à expliquer qu'il s'agissait d'un faux numéro lorsque j'entendis la voix de Skip. Il ne perdit pas de temps en formules de politesse.

— Zach, il faut que tu viennes. Le plus vite possible.

Il étouffa un sanglot et je sentis ma gorge se serrer.

— Où es-tu ? Qu'est-ce qui se passe ? Est-ce au sujet du livre ? Comment...

Skip me coupa au milieu de la phrase.

— Il faut que tu viennes. Mon père est mort, Zach. Assassiné. Et moi, je suis accusé de son meurtre.

MERCREDI 18 OCTOBRE

Cape Cod

1.

Au bout d'une heure de trajet, je m'arrêtai dans une station-service située à la frontière entre le Connecticut et le Massachusetts pour faire le plein et passer un coup de fil à Victoria.

Il bruinait, mais la présence de routiers dans la station m'incita à rester dehors, loin des oreilles curieuses. À ce moment-là, à 1 h 40 du matin, j'en savais un peu plus du drame qui venait de se dérouler à Cape Cod. À la radio, que j'avais écoutée en conduisant, on ne parlait que de ça : comment, à 20 h 32, sur Pilgrims Highway, à la hauteur de Sagamore Beach, une patrouille routière avait arrêté une voiture de sport pour excès de vitesse. Le conducteur semblait agité ; il avait refusé de souffler dans l'alcotest, eu des mots avec les policiers. C'était une erreur. Dans ce pays, on ne rigole pas avec les forces de l'ordre, même (et peut-être surtout) lorsqu'on est l'héritier d'une grande famille. Skipper Whyte fut dûment menotté et emmené au poste.

L'idée initiale de la police avait été de le laisser se calmer dans une cellule de dégrisement pendant quelques heures avant de le relâcher tout en transférant son dossier au tribunal. Il s'en serait tiré avec une sacrée amende, assortie d'une obligation de travaux d'intérêt général. Mais cela ne s'était pas passé comme ça. De ce que je pus comprendre, l'avocat de Skip (un mec à cinq cents balles de l'heure) avait rempli tous les formulaires et attendait déjà son client à l'accueil du poste de police lorsque le sergent chargé des détenus avait remarqué des taches sombres sur la manche droite du pull de Skip. Le sergent avait regardé de plus près, posé des questions, trouvé que les réponses n'étaient pas satisfaisantes. Et, puisque à Cape Cod tout le monde connaît les Whyte et que le vieil homme était l'un des plus gros donateurs du fonds des orphelins de la police, le sergent avait envoyé une patrouille pour s'assurer que William Whyte allait bien. Et le cauchemar avait véritablement commencé.

Victoria décrocha à la troisième sonnerie.

— Quoi ?

— C'est Zach. Je suis en route vers Boston. Skip m'a téléphoné, il a besoin de moi.

— Pourquoi ?

Elle n'avait sans doute pas écouté la radio ni regardé les infos sur Internet.

— Il a un problème, il a besoin que...

— Non, pourquoi tu y vas ? Tu as une audience, demain.

Je l'avais oubliée, celle-là.

— Kristen pourra s'en charger.

— OK, dit Victoria. Il faut que j'y aille. Je t'aime.

Elle raccrocha.

Je finis mon café et écrasai le gobelet dans la paume de ma main. Ce qu'on racontait à la radio, je ne voulais pas le croire. William mort ! Bien que très âgé – il allait sur ses quatre-vingt-dix ans –, c'était un homme d'une vitalité remarquable. Un véritable play-boy, qui s'était d'ailleurs marié très tard et avait eu ses enfants à un âge où la plupart de ses contemporains deviennent déjà grands-pères.

Et c'est cet homme-là, un homme bon et généreux, qui avait été assassiné ?

Je remontai en voiture. Mon sac de voyage, dans lequel j'avais jeté à la hâte quelques vêtements, était posé sur le siège passager. Le livre d'Edith en dépassait et, pour la première fois, je me demandai s'il avait quelque chose à voir avec la mort de William Whyte, s'il avait servi de déclencheur. Si la réponse se cachait dans ses pages.

Depuis la quatrième de couverture, la fille aînée du patriarche me narguait, un sourire énigmatique sur ses lèvres fines.

2.

J'arrivai à Bourne, petite ville située à l'entrée de Cape Cod, un peu avant cinq heures du matin. Le poste de police ne fut pas difficile à trouver. Je me garai devant mais restai un instant dans la voiture, saisi d'appréhension à l'idée de retrouver Skip. Un brouillard venu de la mer noyait le parking. Il s'accrochait aux lampadaires, gommait les contours de la hideuse construction de brique sale, conférant un aspect irréel à ce qui n'était qu'un simple bâtiment administratif datant des années 1960. Enfin, j'avalai ce qui me restait de café, attrapai ma veste et sortis dans l'air glacial du matin. En dehors des voitures de patrouille, il n'y avait qu'un seul autre véhicule sur le parking, une Lexus noire avec une plaque du Massachusetts : « The Spirit of America ». Un homme était assis derrière le volant, en train de fumer. Je toquai à la vitre et, aussitôt, la portière s'ouvrit dans une bouffée de fumée grise.

— Vous devez être l'avocat de Skip ? Je m'appelle Zach Damon. Il m'a dit que vous alliez m'attendre.

L'homme s'extirpa péniblement du véhicule. C'était bien l'avocat, Rupert Lamb. J'avais vu sa photo sur Internet pendant mon arrêt précédent, alors que je consultais un article sur la conférence de presse improvisée qu'il avait tenue ici même quelques heures plus tôt. Il me fit un sourire crispé.

— Non.

— Comment ça, non ? Vous êtes bien M. Lamb, du cabinet Watson Sterling ?

L'homme tira sur sa cigarette. Ses yeux étaient cernés, mais son costume gris restait impeccable, le nœud de cravate bien serré, la chemise blanche sans un pli.

—Vous ne comprenez pas, monsieur Damon. Cela dit, je vous avoue que je ne comprends pas très bien non plus. Je suis bien M. Lamb, mais cela fait cinq heures que je ne suis plus l'avocat de M. Whyte. C'est vous qui l'êtes.

Je devais avoir l'air ahuri, car Rupert Lamb éclata de rire.

— Allez, mon vieux, ne faites pas cette tête. Une affaire comme celle-là, ça ne se refuse pas. Vous n'imaginez pas le nombre de confrères qui m'ont appelé, me disant qu'ils étaient prêts à tout pour travailler avec moi. Ou me remplacer, d'ailleurs. Mais Skip ne souhaite pas en entendre parler. Il m'a indiqué que vous étiez toujours inscrit au barreau du Massachusetts et c'est vous et personne d'autre qu'il veut pour assurer sa défense. Il a été très clair là-dessus.

— C'est absurde ! Je suis spécialisé en droit de l'art.

— Et c'est sans doute pour cela. Mais peut-être n'avez-vous pas lu le livre d'Edith jusqu'au bout ? Non ? Lisez-le, cela vaut le coup.

L'avocat me tapota l'épaule.

— Allez, je ne vous en veux pas. C'est votre occasion de briller, votre jour de chance. Regardez, même ces vautours de journalistes sont partis se recharger en caféine avant de reprendre leur poste, ils ne vous embêteront pas pour l'instant. Et puis la chance, vous allez en avoir besoin. Oh oui, mon garçon. Beaucoup, beaucoup de chance.

Sur ce, Rupert Lamb grimpa dans sa voiture et démarra en trombe. Je restai seul sur le parking, les bras ballants, abasourdi par ce que je venais d'entendre. Moi, défendre un homme accusé de meurtre ? Et pas n'importe quel homme, mon meilleur ami ? Je ne m'en sentais pas capable. Je me demandai un instant si je devais me lancer à la poursuite de M. Lamb, lui demander conseil, le supplier de revenir, mais, bien sûr, il était trop tard pour cela.

Je me dirigeai d'un pas lent vers l'entrée du poste de police, dont l'imposte vitrée était auréolée d'une lumière jaune crue. Une chose était sûre, il ne servait à rien d'essayer de convaincre Skip de garder Lamb pour avocat. Malgré ses nombreuses qualités, Skip était une tête de mule, qui n'acceptait jamais de changer d'avis. Aussi, je ne voyais qu'une seule autre option : refuser de le représenter – et c'était évidemment impensable.

Les portes automatiques s'ouvrirent devant moi, m'enveloppant d'une bouffée d'air tiède. Je n'avais jamais plaidé d'affaire criminelle, *a fortiori* une qui concernait un meurtre. Je n'avais aucune expérience en la matière. Mais je n'avais pas le choix, alors j'avançai vers l'accueil, constitué d'un long comptoir en faux bois marron et protégé d'une vitre pare-balles rayée, et m'adressai au policier de garde.

— Je suis Maître Damon, l'avocat de M. Whyte. Je voudrais voir mon client.

J'avais tenté de prendre une voix assurée, mais n'y étais manifestement pas parvenu. Le policier, un type proche de la retraite au crâne rond et lisse comme un œuf, haussa les sourcils en jetant un regard amusé dans ma direction. Puis, sans me quitter des yeux, il décrocha le combiné de son téléphone.

— Ouais, c'est Frank. L'avocat de Whyte est là. Non, un autre. – Il attendit, fronça les sourcils. – Bon, OK, j'y vais.

Il raccrocha puis, prenant tout son temps, il corna une page dans le catalogue des mobil-homes placé sur son bureau, le referma avec un soupir et se leva.

— Bien, attendez-moi ici. Je vais installer votre client dans une salle d'interrogatoire.

J'attendis. J'eus le temps de parcourir toutes les annonces punaisées sur un panneau d'affichage en liège et d'admirer les plans des nouveaux locaux du poste de police – apparemment, le déménagement était pour bientôt – avant que le crâne d'œuf ne revienne.

— Allons-y, monsieur l'avocat. Votre client vous attend.

3.

Avant de pousser la porte de la salle d'interrogatoire, je redressai les épaules et levai le menton dans l'espoir de faire bonne figure, me disant aussi que le courage était contagieux.

De toute évidence, mon ami et client en avait encore plus besoin que moi. Skip leva brusquement la tête lorsque j'entrai. J'avais la crainte ridicule de le retrouver déjà en combinaison orange de prisonnier, mais, bien sûr, il portait toujours ses vêtements de ville : une chemise bleu ciel, roulée aux coudes, maintenant froissée et tachée, et un jean. Il me fit un pâle sourire.

— Mon sauveur. Il ne te manque qu'un destrier blanc.

— S'il n'y a que ça, ce ne sera pas difficile à trouver.

Je me tus, regardant mon ami de plus près. C'est à peine s'il ressemblait encore à ce beau garçon trentenaire dont j'avais aperçu le sourire sur la couverture de l'*Enquirer.* Maintenant, ses cheveux blonds étaient plaqués contre son crâne et un tic faisait tressauter sa paupière gauche. Dans la lumière crue projetée par une série de spots au plafond, son teint d'ordinaire si bronzé semblait blême. Il passa sa langue sur ses lèvres sèches.

— Merci d'être venu.

— Il n'y a pas de quoi. Et, Skip... Je suis désolé pour ta perte. J'aimais beaucoup William. C'était un homme remarquable.

Il hocha la tête. Je tirai une chaise vers moi et m'assis. La salle d'interrogatoire, une pièce sans fenêtre aux murs recouverts d'un placage de faux bois marron, semblait tout droit sortie d'une vieille série policière. Je jetai un coup d'œil vers la vitre sans tain côté couloir et me demandai si le crâne d'œuf était là, à nous épier. Puis, regrettant de ne pas avoir pensé à apporter un bloc-notes, je sortis une enveloppe froissée et un stylo de ma poche.

— Tout d'abord, ne dis rien aux flics. J'imagine que Lamb t'a déjà mis en garde, mais je répète au cas où.

Skip hocha la tête.

— Je ne leur ai pas parlé.

— Très bien. On n'a pas beaucoup de temps, alors, raconte. Pourquoi moi, tout d'abord ?

— Parce que je savais que tu me croirais. Et aussi, parce que tu es un expert dans le marché de l'art.

— C'est ce que Lamb m'a dit, tout en omettant de me préciser ce que l'art a à voir là-dedans. Ton père a-t-il été cambriolé ?

— Pas que je sache.

— Alors, pourquoi ?

Skip haussa les épaules.

— Je suis le coupable idéal, voilà tout.

— Attends. Commence par le début. Tu avais une raison particulière d'aller à Cape Cod ?

— J'en avais marre de Boston, je voulais me promener. Admirer les belles couleurs d'automne, faire des ricochets sur la plage.

Je soupirai.

— Admettons. Le rapport de police précise que tu étais, je cite, « agité et violent » lorsque tu as été arrêté pour excès de vitesse. Ce sont les couleurs d'automne qui t'ont mis dans cet état-là ?

— J'avais bu. Un peu. Pas de quoi provoquer un accident, mais je ne voulais pas d'emmerdes.

— Et le meilleur moyen que tu as trouvé de ne pas en avoir, c'était de traiter le policier de plouc incompétent ?

— En gros, oui.

— Et le sang, dis-je. Parle-moi du sang. Je sais que des analyses sont en cours, mais cela m'aiderait si je savais à quoi m'en tenir. À qui est-il ?

— Je ne sais pas. À moi. À personne. Je me suis coupé.

On n'allait arriver à rien comme ça. Skip me mentait, c'était évident, mais malgré cela, je ne pouvais envisager qu'il ait quelque chose de grave à se reprocher. Esquiver était dans son caractère ; commettre un meurtre, non. Je tentai un autre angle d'attaque.

— Quand as-tu vu ton père pour la dernière fois ?

— Lundi, il y a deux jours. Je lui ai apporté des papiers à signer. Des trucs sans importance. Et, avant que tu me poses la question, il semblait comme d'habitude, si ce n'est qu'il n'arrêtait pas de pester contre ma conne de sœur qui attirait la honte sur nous tous. Il voulait que Derek Starke intervienne, afin que le scandale reste confiné au cercle familial. Mais on ne peut pas discuter avec Edith quand elle a un truc en tête.

Skip se leva en repoussant sa chaise et se mit à arpenter la pièce.

— D'ailleurs, je ne l'ai même pas lu, son bouquin. D'après père, c'était un vrai ramassis de foutaises.

— OK.

Je griffonnais des notes au dos de l'enveloppe.

— Parle-moi de la clef du domaine. Où est-elle ? Dans le passé, je me rappelle que tu étais le seul à en avoir une, le seul à qui ton père faisait confiance. Est-ce que tu l'as encore ?

— Je l'ai perdue.

Skip marchait de plus en plus vite, sans me regarder. Trois pas à gauche et il arrivait devant la porte de la salle, trois pas à droite et il butait contre la table derrière laquelle j'étais assis.

— Quand cela ? Laisse-moi deviner : tu n'en as parlé à personne ni déclaré la perte à l'assurance ? Sauf qu'il y a quelque chose qui ne colle pas dans cette histoire. S'il y a eu un intrus, comment cela se fait-il qu'il n'ait rien pris ?

— Peut-être qu'il n'est pas venu pour prendre. – Skip s'arrêta soudain, me fixant d'un regard fou. – Peut-être qu'il est venu apporter quelque chose.

Je fermai les yeux, me demandant ce que je faisais là. Victoria avait raison, je n'aurais pas dû venir. J'avais appris en écoutant les informations que William Whyte avait été assassiné d'un coup sur la tête et que son tueur avait écrit « meurtrier » en travers de son front, au feutre bleu. Cette image ne me quittait pas. Je n'avais vraiment pas envie d'en savoir davantage, pas plus que d'entendre les mensonges de Skip.

— Apporter quoi ?

— Un tableau. Ils ne l'ont pas dit, aux infos ? Père avait un tableau dans les mains, mais celui-ci ne venait pas de chez nous. Personne ne l'avait vu auparavant.

Le cerveau humain est un organe mystérieux : en cas de crise, il tente de garder la raison en s'accrochant à des détails sans importance. Aussi, alors que le soleil rouge et menaçant se levait sur Cape Cod et que mon meilleur ami risquait la prison à vie pour parricide, la seule pensée cohérente qui me venait à l'esprit concernait la journée à venir. Je devais aller au tribunal du comté de Barnstable, où un grand jury populaire allait se réunir dans moins de trois heures pour décider des poursuites, et je n'avais pas de costume, ni de chaussures qui allaient avec.

4.

Le grand jury mit moins d'une heure à se décider. Ni l'accusé ni son défenseur ne pouvant être admis dans la salle où avaient lieu les délibérations, je passai cette heure à attendre le compte rendu près de la porte. Assis sur un banc en bois lustré par les postérieurs de tant d'avocats de la défense qui m'avaient précédé, je me faisais un sang d'encre en attendant le verdict. Autour de moi, le hall dallé de marbre du tribunal était presque vide ; seul résonnait au loin le claquement de talons aiguilles de quelque avocate ou greffière que je ne pouvais voir, et de temps à autre le gardien à l'entrée du bâtiment levait la tête de son smartphone et jetait un regard indifférent dans ma direction. Je savais pourtant que ce calme n'allait pas durer. À l'extérieur, les reporters attendaient. Il était dix heures et demie du matin et tout le pays savait ce qui était arrivé – ou croyait savoir. J'avais dû couper mon téléphone pour interrompre le flot incessant d'appels et de messages, les uns pour attirer sur ma tête la foudre divine parce que je défendais un parricide, les autres me proposant toutes sortes de services, qui allaient du conseil en droit pénal à l'exorcisme en passant par la voyance, le relooking et la psychanalyse.

De toute la matinée, en dehors de mon entretien avec Skip et des quelques mots échangés avec les policiers, je n'avais parlé qu'à une seule personne : Kristen, mon associée. Je l'avais appelée sur son portable dès que j'avais eu un moment de libre.

— J'ai besoin que tu me remplaces pour l'audience Galvani et que tu reprennes le dossier Achkir.

— Et bonjour à toi aussi.

Kristen devait être en train de prendre son petit déjeuner ; j'entendais le ronronnement d'une machine à café, la porte du frigo qui se fermait. Je la mis au courant de la situation, puis attendis qu'elle me dise, elle aussi, que j'étais fou.

— Tu as raison, bien sûr. C'est ton meilleur ami, tu dois être là pour lui. Et ne t'inquiète pas pour tes clients, je m'en occupe. Tu es encore au tribunal ?

— J'attends le compte rendu du grand jury. C'est une affaire médiatique, ils l'ont fait passer en priorité. Je sais déjà que, s'ils valident la mise en accusation, Skip ira en détention provisoire, on est passés devant le juge tout à l'heure. Dans l'État du Massachusetts, il n'existe pas de mise en liberté sous caution dès lors qu'il s'agit d'une affaire de meurtre.

— Je vois. – Il y eut un silence, puis mon associée demanda : – Tu tiens le coup ?

— Oui. Enfin, je crois. Kristen ?

— Je t'écoute.

— Il y a autre chose. Je voudrais que tu lises le livre d'Edith Whyte. Dis-moi ce que tu en penses, si cela te paraît crédible.

— Tu l'as lu, toi ?

— La première partie seulement.

— Très bien. – J'entendis Kristen avaler une gorgée de son café. – Je le ferai. Et si mon analyse est différente de la tienne ?

— On en rediscutera. Kristen ?

— Quoi encore ?

— Merci de ne pas avoir souligné que je ne suis pas un pénaliste.

Elle gloussa. Je fermai les yeux, imaginant un sourire éclairer son visage rond parsemé de taches de rousseur et encadré par des boucles indomptables. Nous avions beau ne pas toujours être d'accord, parler à Kristen me faisait chaud au cœur.

— Tu me connais, Zach, j'ai pour principe de ne jamais énoncer des évidences. Mais tu vas y arriver. Il te manque peut-être le bagage technique, mais tu le compenseras par une qualité qui compte le plus pour un avocat : la passion. Ça et ta foi dans l'innocence de ton ami. Cela devrait le faire.

Malgré les paroles rassurantes de mon associée, j'étais tout sauf confiant lorsque, à la fin de la matinée, je sortis enfin sur les marches du tribunal sous l'œil de dizaines de caméras. Mon nouveau costume, acheté à la hâte chez Maxwell & Co à Falmouth, était du même gris que les colonnes doriques et le fronton sculpté du bâtiment qu'occupait le tribunal, mais pour autant, il n'y avait aucune chance que je passe inaperçu. Une forte femme engoncée dans un tailleur trop petit pour elle braqua un micro devant ma bouche.

— Maître Damon, un commentaire ?

Je secouai la tête. Je venais d'apprendre que, à la demande de O'Malley, procureur pour Cape Cod et les îles, le grand jury avait mis Skip en examen pour le meurtre au premier degré de William Whyte, avec circonstances aggravantes.

J'avais eu beau insister, je n'avais pas réussi à voir le procureur après l'audience. Son assistant m'avait informé que, pour toute question, je pouvais m'adresser au capitaine Dennis, au poste de Bourne.

— Vous savez comment c'est, avait précisé l'assistant, un petit homme au teint frais arborant une barbe de hipster soigneusement taillée. On ne dévoile jamais tous les éléments à charge devant le grand jury si la mise en accusation est évidente. Mais peut-être qu'à Bourne, on vous dira quelque chose. En attendant – il avait jeté un coup d'œil sur sa montre –, vous devriez vous dépêcher de retourner voir votre client. On le transfère bientôt, il me semble.

Je n'avais pas demandé où l'on transférait Skip car je le savais déjà. Bien que ma connaissance des procédures pénales en vigueur dans l'État du Massachusetts fût limitée et théorique, j'avais effectué par le passé une visite de la prison pour hommes du comté de Barnstable. C'était un cube gris, planté sur le terrain de la base militaire du Massachusetts. Pour moi, il ne lui manquait qu'une inscription au-dessus du portail : « Abandonne tout espoir, toi qui entres ici. »

5.

— Skipper *Pythias* Whyte. Quel genre de nom est-ce au juste, dites-moi ? Et on s'étonne ensuite que le gamin ait pu mal tourner ?

Le capitaine Stone Dennis remonta d'un index ses lunettes cerclées de métal et me fixa d'un regard sévère.

À ce moment-là je réalisai enfin qu'on n'aurait pas pu plus mal tomber. Récemment arrivé de Syracuse, dans l'État de New York, le capitaine Dennis était nouveau à la brigade criminelle du Massachusetts et il entendait imposer sa loi. Il avait déjà prévu que Skip serait le premier gibier sur son tableau de chasse et ce n'était pas un blanc-bec d'avocat – en droit de l'art qui plus est – qui allait lui voler sa victoire.

Je fis la connaissance du capitaine Dennis au poste de Bourne, après que Skip fut emmené pour commencer sa détention provisoire. J'étais encore sous le choc à l'idée de devoir abandonner mon ami dans une prison ; aussi, je ne fis pas attention à l'homme maigrichon qui m'observait par la porte ouverte d'un des bureaux.

Ce n'est que lorsqu'il toussota avec insistance que je levai le regard sur lui. Il me fit un signe de la main.

— Venez donc, monsieur Damon. Je vous débrieferai.

Tout en lui était étroit. La coupe de sa veste ajustée, sa cravate, son cou de poulet. Des yeux fendus dans un visage émacié. Même sa façon de parler semblait courte, hachée, comme s'il économisait son souffle et ses cordes vocales. Il commença par s'assurer que j'avais bien retenu son nom.

— Stone Dennis, dit-il. Et attention, Stone est mon prénom et ne vous avisez pas de vous tromper ou de vous moquer, cela veut dire Pierre en français, ma famille a des origines françaises.

Je hochai la tête, incapable de trouver la moindre remarque à faire à ce sujet. Son prénom était la dernière de mes préoccupations.

— Très bien, fit le capitaine Dennis. J'imagine que vous souhaiteriez savoir ce que nous avons contre M. Skipper Pythias Whyte. Bien qu'il ne soit pas d'usage de partager tous les éléments à charge avec la défense aussi tôt dans l'instruction, c'est votre jour de chance et je vais vous le dire. Je suis pour la transparence. Vous verrez vous-même que nous n'avons rien à cacher. Mais avant, j'ai une question à vous poser. Je peux ?

— Bien sûr. Je suis là pour ça.

— Pourquoi croyez-vous que votre client, Skipper Pythias Whyte, vous a choisi, vous ? Je me suis renseigné sur votre compte : des études brillantes, certes, mais vous faites partie d'un cabinet de niche, ce n'est pas vraiment ce qu'on appellerait un succès franc et massif. Alors pourquoi, sauf votre respect, a-t-il appelé à la rescousse un petit avocat en droit de l'art alors que les plus grands pénalistes de ce beau pays se bousculent pour le représenter ?

— Parce que William Whyte a été retrouvé avec un tableau dans les mains, dis-je avec plus de conviction que je n'en ressentais vraiment. Pourrais-je le voir, d'ailleurs ?

Dennis ignora ma requête.

— Je vais vous le dire, moi, pourquoi c'est vous qu'il a embauché et pas un autre. C'est une manœuvre de diversion. Aussi simple que ça. Prendre un pénaliste revient à reconnaître qu'on est coupable. Ici, c'est une bataille médiatique qui s'engage. Les faits contre l'interprétation qui en est faite. Je sais d'avance comment vous allez construire votre défense, car je connais les gens de votre espèce, les adeptes des faits alternatifs.

— Le tableau, dis-je. Montrez-le-moi, s'il vous plaît. Et arrêtez avec vos accusations, moi aussi j'ai voté Hillary.

— Alors, vous êtes encore plus naïf que je ne le pensais.

Dennis extirpa un cliché du classeur posé en face de lui.

— Le voici, votre tableau.

C'était une huile sur panneau ancienne, qui devait mesurer dans les soixante centimètres sur trente et qui représentait une Vierge à l'Enfant. Style Renaissance, XVe siècle, peut-être tout début XVIe. Couleurs lumineuses, un petit Jésus blond et potelé, des saints et des chérubins entourant la Madone, qui n'a d'yeux que pour son enfant qu'elle tient sur ses genoux, l'entourant de ses mains avec tendresse. Une pièce digne d'un musée, aucun doute là-dessus. J'avalais une boule qui s'était logée dans ma gorge. La photo avait été prise de telle manière qu'on voyait les doigts du mort qui l'enserraient.

— On l'a trouvé comme ça ?

Dennis me fixait de ses yeux fendus.

— Oui. Ça fout les jetons, qu'en pensez-vous ? Pas de signes d'effraction, pas de lutte, juste un vieil homme qui méritait de mourir de sa belle mort, au fond de son lit, et qui se retrouve là, le crâne défoncé, une inscription au marqueur sur le front. « Meurtrier ». Et ce tableau, qu'on lui a mis de force entre les mains. Notre légiste n'a pas fini son travail, mais ça, au moins, il peut le dire : personne ne tient un tableau de la sorte. Il a été placé là après la mort.

— Est-ce que je peux avoir une copie de ce cliché ? J'aimerais le montrer à mon associée.

— Bien sûr. Prenez-le, j'en ai imprimé d'autres. Vous voulez que je vous explique ce que je pense au sujet de ce tableau ?

Je me doutais que son analyse allait être différente de la mienne, mais, de toutes les manières, Dennis n'avait pas besoin de mes encouragements.

— C'est une mise en scène à destination de ceux qui préfèrent le tarabiscoté au basique, qui n'arrivent pas à croire qu'un meurtre c'est simple et qu'on tue surtout pour l'argent. En commettant son crime juste après la sortie du livre, en laissant supposer que le tableau a un sens, que l'inscription au feutre sur le front du pauvre vieux est une vengeance, notre meurtrier tente d'égarer notre attention vers une multitude d'explications possibles et de coupables potentiels.

— Vous croyez donc que ce crime est simple ? Puisque vous avez un suspect sous la main, vous n'allez pas en chercher d'autres ?

C'était comme s'il ne m'avait pas entendu. Ou peut-être était-ce un jeu, celui du chat et de la souris, car Dennis s'étira puis lâcha d'une voix désinvolte :

— Oui, une mise en scène, on ne peut pas le nier, votre client a une imagination débordante. Mais, vous avez raison, tout ça pris isolément ne serait rien ; avec une bonne défense, il aurait pu encore s'en sortir. Seulement, voilà. À peine le grand jury avait-il rendu son verdict qu'on m'a passé un coup de fil qui nous a permis de quitter le domaine des suppositions pour le monde réel.

Il m'adressa un sourire rapide.

— J'ai de la peine pour vous, vous savez ? J'ai le sentiment que vous croyez sincèrement en l'innocence de votre ami. Mais je dois vous dire que nous avons un témoin oculaire. Une jeune fille au pair qui, depuis une fenêtre du troisième étage de la propriété voisine, a vu la voiture de votre client garée devant la maison de son père à l'heure du meurtre.

6.

Après avoir coupé le moteur, je restai quelques instants assis dans ma voiture à surveiller la grande bâtisse à bardage en cèdre gris que les Whyte persistaient à appeler cottage. J'essayais de voir la maison comme les autres la voyaient : simple et ouverte dans son apparence, elle se situait au bout d'un chemin un peu à l'écart et n'était bordée que d'une haie basse. Sur Cape Cod encore plus qu'ailleurs, on aime montrer qu'on n'a rien à cacher, on prône une richesse de bon goût, sans ostentation. On en oublierait presque que la maison faisait plus de six cents mètres carrés, et que, de l'autre côté, elle s'ouvrait sur la mer, avec une vue à cent quatre-vingts degrés. Que c'était l'une des propriétés les plus chères de ce coin où, pourtant, les millionnaires ne manquaient pas. Et que ses richesses, protégées par une alarme sophistiquée, se trouvaient surtout à l'intérieur.

Pour l'heure, j'étais seul. Les reporters, qui avaient assailli le domaine quelques heures plus tôt et qui avaient partagé cette image majestueuse, maintenant souillée par le sang, avec l'Amérique éberluée, étaient partis. Il ne restait d'eux que des gobelets de café et des emballages Dunkin' Donuts qui se mêlaient aux feuilles mortes sur la pelouse bien peignée et bordée d'un massif de fleurs.

Je ne me faisais aucune illusion quant à la possibilité de m'introduire dans la propriété. Quelque part au-delà de la bande jaune qui faisait maintenant le tour du domaine, il y avait un policier en faction dont le rôle était justement de chasser des intrus de mon espèce. Non, si j'étais venu là, c'était pour faire mes adieux à William Whyte et au monde magique dont j'avais un temps fait partie et qui maintenant disparaissait à jamais. Prenant une grande inspiration, je quittai la tiédeur de l'habitacle et allai me poster près du portail, où le vent marin me frappa de plein fouet. Les souvenirs m'assaillaient. Ma première visite ici, lorsque, jeune étudiant boursier à Harvard, j'avais accepté l'invitation d'un camarade de classe à venir passer le week-end. Ce portail qui s'ouvrait devant moi et la longue allée de gravier qui menait vers la maison. De ma première soirée chez les Whyte, je ne me rappelais que des fragments disparates : la lumière des bougies et la carafe en cristal, pleine de liquide ambré. Le vent de novembre, âcre, chargé de sel. La robe de chambre en tissu écossais, laissée à mon intention dans la salle de bains de ma suite et la Madone du XVIIe siècle qui présidait au repas. Jamais je n'avais imaginé qu'on puisse vivre ainsi, entouré d'art et de beauté. Je suis tombé amoureux de cette maison avant de tomber amoureux de la famille qui y habitait. Une famille qui se déchirait maintenant.

Je dus faire un effort pour revenir à la réalité et me rappeler que j'avais une autre raison d'être là. Une raison bien plus terre à terre : je souhaitais jeter un coup d'œil à la demeure voisine (blanche, immense, à moitié cachée par des érables rouge et or qui la séparaient de la maison des Whyte). Selon le capitaine Dennis, la fille au pair se tenait à la fenêtre du troisième étage, en train de s'occuper d'un bébé qui souffrait de coliques, lorsqu'elle avait aperçu une voiture grise et basse s'engager dans l'allée puis s'arrêter devant le cottage. Il faisait encore jour, même si le soleil avait commencé à décliner. La jeune fille n'avait pas été surprise de voir la voiture – elle savait que le vieux monsieur avait régulièrement des visiteurs. Les minutes s'étaient égrenées, interminables. Le bébé pleurait et la jeune fille marchait en le tenant dans ses bras. Quand elle s'était de nouveau arrêtée devant la fenêtre, la voiture repartait, les phares éteints, une ombre parmi les ombres. La jeune fille avait posé le nourrisson endormi dans son berceau et s'était glissée hors de la chambre avec un soupir de soulagement.

Maintenant, c'était moi qui poussais un soupir. Ce que la fille au pair avait raconté aux policiers était crédible, bien crédible. La chambre du bébé, facilement identifiable grâce aux autocollants en forme de papillon collés aux fenêtres, donnait sur l'allée. De ce que j'avais pu lire dans le compte rendu d'interrogatoire que Dennis avait partagé avec moi, la fille était un témoin sérieux. Norvégienne, âgée de vingt ans, elle parlait bien anglais et vivait dans la famille depuis cinq mois déjà. Interrogée par la police, la fille n'avait pas cherché à inventer, à enjoliver son histoire. Elle n'avait pas décrit de silhouette sinistre se glissant à l'intérieur de la maison, non, rien que la voiture, grise et basse. Qui pouvait être – ou pas, elle n'y connaissait rien aux voitures – la Porsche Panamera de Skip.

Je me penchai en avant et ramassai les gobelets de café vides, arrachai les mauvaises herbes qui s'étaient glissées entre les fleurs qui bordaient l'entrée. Cela n'allait faire aucune différence pour qui que ce soit, mais cela me permettait de me sentir mieux, j'avais le sentiment de restaurer un peu d'ordre. Puis je me dirigeai vers ma voiture. Il était temps pour moi de rentrer et de commencer à préparer la défense de mon ami.

Nous étions convenus, Skip et moi, que je logerais chez lui, à North End. C'était un quartier de Boston que j'aimais bien, fait de ruelles pavées de brique rouge et de petits immeubles, en brique rouge également, aux escaliers de secours métalliques qui couraient en façade. Depuis près de deux cents ans, ce quartier abritait une exubérante population italienne. Tout comme Brooklyn, il n'était devenu à la mode que depuis peu, lorsque les jeunes Bostoniens branchés avaient découvert tout d'un coup les charmes de cet endroit au demeurant populaire. Maintenant, le quartier grouillait de touristes venus admirer la maison d'un des tout premiers révolutionnaires américains, Paul Revere, et de bobos. Leurs cabas en tissu à l'épaule, ces derniers faisaient leurs courses dans les petits commerces à l'ancienne et, le samedi, se pressaient sur le marché fermier de North Street, s'émerveillant qu'on puisse encore y acheter cinq livres de pêches pour deux dollars. Le coût de la vie, le charme un peu suranné – pas d'immeubles modernes ici, pas de supermarchés –, la proximité du centre-ville : les avantages de North End sont nombreux. Pour certains, il y avait aussi la courte distance qui sépare ce quartier du port de Boston et de la base navale de Charlestown, une aubaine lorsqu'on possède son propre voilier et souhaite pouvoir s'échapper pour le week-end, à Cape Cod ou ailleurs.

L'appartement de Skip se trouvait au deuxième étage d'un immeuble qui faisait l'angle de Richmond et de Hanover Street. Dès les premières heures du jour, l'appartement avait été perquisitionné par la police, qui n'y avait rien décelé de suspect et m'avait autorisé à y habiter (« Ne vous en faites pas, m'avait dit le capitaine Dennis, je sais ce que c'est, la crise du logement, ici. Maintenant, quand j'étais à Syracuse... »).

Après avoir garé ma voiture à côté d'un petit monospace qui avait lui aussi connu des jours meilleurs, j'attrapai mon sac de voyage sur le siège passager et me dirigeai vers l'immeuble de Skip. Comme la plupart des habitations de North End, celui-ci n'avait pas de gardien, seulement un homme de ménage qui venait deux fois par semaine. Ce n'était pas un problème : j'avais récupéré le trousseau de clefs au poste de Bourne. Je fis le code et montai un escalier raide, recouvert d'une moquette beige.

L'appartement n'avait pas changé depuis la dernière fois que j'y étais venu, deux ans auparavant. C'était toujours un repaire de célibataire qu'un designer hors de prix avait meublé de pièces de collection très modernes : un grand tableau abstrait accroché au centre d'un mur de briques apparentes, une table ovale en marbre entourée de six chaises tulipes de Knoll, un tapis berbère et, sur la table basse en forme de galet surdimensionné, des beaux livres que personne n'a jamais ouverts. Un endroit chic, mais dénué d'âme et qui ne vous renseignait pas sur les goûts de son propriétaire, seulement sur l'état de son compte en banque.

Je déposai mon sac de voyage dans la chambre d'amis. Parti en catastrophe, je n'avais pris avec moi que le strict nécessaire : une brosse à dents, quelques chemises, des sous-vêtements, un pull. Je me changeai rapidement – le costume n'allait pas me servir pour le reste de la journée – puis me mis à la recherche de nourriture.

Dans la cuisine, une rangée de bouteilles vides – toutes de grands crus – montait la garde sur le rebord de la fenêtre. Une rapide inspection des placards me permit de constater que la personne qui avait meublé l'appartement avait paré à toute éventualité : je trouvai un poêlon à fondue et des cuillères à melon, un couteau à huîtres et une essoreuse à salade. Tous neufs, étincelants, n'ayant jamais servi. Ce que je ne trouvai pas, c'était la nourriture. Pas de paquets de pâtes ouverts, pas de sardines en boîte. Même pas de sel.

Je jetai un coup d'œil dans le frigo : vide, à l'exception d'une bouteille de lait qui avait tourné. Il était deux heures de l'après-midi, je n'avais rien mangé depuis la veille et le mauvais café que je n'avais cessé de boire de la matinée me donnait des crampes d'estomac. Il me fallait faire une pause, sinon, je savais que je n'arriverais à rien. J'attrapai le livre d'Edith, puis ressortis prendre mon déjeuner chez Pauli's sur Salem Street. Si l'extérieur de l'établissement ne payait pas de mine – c'était plus un fast-food qu'un véritable restaurant, avec une glacière dans laquelle on choisissait soi-même les boissons et un grand écran de télévision fixé au mur pour les amateurs de matchs –, la longue file d'habitués qui patientaient sur le trottoir prouvait que l'endroit n'avait pas changé. C'était toujours ici qu'on servait les meilleurs sandwichs au homard de Boston, si ce n'est de la Nouvelle-Angleterre. J'en commandais deux accompagnés d'un Coca. Puis je m'installai à une table qu'un couple d'amoureux venait de libérer et ouvris le livre d'Edith.

Extrait de *Chronique secrète de la chute des géants* par Edith Whyte

Étant riches et bien nés, nous croyons avoir tous les droits, et notamment le droit au bonheur. Reprenant à son compte la pensée de Gertrude Stein, ma petite sœur Caroline affirme le plus sérieusement du monde que ceux qui prétendent que l'argent n'achète pas le bonheur font leurs courses au mauvais endroit. En disant cela, Caroline ne fait que répéter tout haut ce que notre père a depuis toujours pensé tout bas.

Notre fortune trouve son origine dans l'art. Son diplôme d'histoire de l'art en poche, notre père, après avoir vadrouillé quelques années en Europe, ouvre une galerie à Boston. Une entreprise hasardeuse, me direz-vous, et vous aurez tort, car le succès est au rendez-vous : bientôt, toute la bonne société se presse dans le petit local exigu qu'il loue sur Newbury Street. On parle de Whyte & Co dans les dîners en ville, on se passe le nom en confidence. À en croire tous ces gens, notre père a un goût infaillible ; pourtant, ce qu'il a en plus grande quantité encore, c'est le sens des affaires. L'art lui permet de très bien vivre, certes, mais il vise plus haut. En 1956, cinq petites années seulement après avoir ouvert sa galerie, William Whyte rachète à bon prix une entreprise locale d'échelles et échafaudages.

Pour ceux qui aiment l'argent, ce sont de très belles années.

Le jeune William gagne beaucoup – l'entreprise, au bord de la faillite au moment du rachat, double son chiffre d'affaires dès la première année –, mais il réinvestit tout, n'ayant d'autres passions que l'art et les échelles. Vingt ans après, au moment où celui que le *Time Magazine* surnomme le célibataire le plus convoité d'Amérique se décide enfin à épouser ma mère, sa fortune personnelle se chiffre en centaines de millions de dollars.

En tant qu'homme avisé, conscient que, du fait de son humble naissance, il lui manque ce pedigree et ces liens de parenté qui ouvrent les portes, mon père choisit pour épouse une fille de bonne famille. De très bonne famille, même : Elizabeth Lowell est de la famille des Kennedy par son père, des Getty par sa mère. Elle est belle, douce, agréable, et ses manières ne dépareraient pas à la Maison Blanche ou dans une cour royale.

Leur union est célébrée dans les vastes jardins du cottage de Cape Cod où une marquise blanche est dressée pour accueillir les mariés et le révérend. On compte quatre cents invités. Toute la bonne société locale, ces gens surnommés les « brahmanes » de Boston et qui prétendent tous être des descendants des premiers pèlerins, est présente. Des sénateurs, des universitaires célèbres, des avocats d'affaires. Leurs femmes à l'allure vaguement chevaline, aux doigts alourdis de bagues et aux prénoms improbables, Binky, Taffy, Kiki. Selon la légende familiale, pendant la cérémonie, ma mère glisse à l'oreille de mon père pour le rassurer que si les ancêtres de tous ces gens s'étaient trouvés effectivement sur le *Mayflower*, le bateau aurait coulé. Une fois mariés, ils ne seront pas obligés de suivre toutes les traditions.

L'union, à ce qu'on peut en juger, est heureuse.

Des enfants naissent, moi la première : Edith Lowell Whyte, le bébé américain le plus photographié de l'année 1977, volant à coups de grenouillère Dior la vedette à la fille aînée de Kathleen Townsend Kennedy, Meaghan.

Bien que ma naissance soit une fête et qu'ils soient toujours aussi amoureux, mes parents mettent du temps à avoir d'autres enfants : Skip voit le jour en 1985, Caroline en 1987. Et c'est là que tout bascule : l'accouchement provoque chez ma mère une rupture d'anévrisme. Elle meurt deux jours plus tard, sans avoir repris connaissance, sans jamais avoir vu son bébé. Son décès est un drame d'envergure presque nationale, couronnes de lys blancs, obsèques grandioses, télégramme de condoléances reçu de la Maison Blanche, signé tout simplement : « Ronald ».

Ce serait sur cette note tragique que s'achèverait la glorieuse histoire des Whyte ?

Non.

La vie continue ; et puis on ne va pas s'arrêter en si bon chemin.

Deux ans après la mort de sa femme, William se remarie « dans la plus stricte intimité » avec la nounou française de ses enfants, une jolie blonde prénommée Delphine. Encore une année et les imprimeries se mettent en marche pour annoncer, à coups de bristols gravés, la naissance de ma petite sœur :

Rose Devos Whyte

7.

De l'avis général des Bostoniens, les plus belles demeures de la ville se trouvent sur Commonwealth Avenue. Inspirée des grands boulevards parisiens tracés sous le Second Empire, cette très large avenue a des allures de parc avec sa promenade centrale plantée d'arbres et parsemée de statues. Les maisons, situées de part et d'autre de la promenade, rivalisent d'élégance. Pourtant, même dans ce déluge d'arches et de bon goût, il y en a une qui se place bien au-dessus du lot : le numéro 27. La maison de Caroline. Une demeure d'angle, construite en brique rose et entourée de jardins à la française tracés au cordeau, la longue rangée de fenêtres en façade obscurcie par des tentures crème.

L'après-midi était déjà bien avancé lorsque je montai les marches de pierre blanche et appuyai sur la sonnette. J'étais venu ici sur un coup de tête, sans prévenir Caroline de mon arrivée, mais la vue de l'Audi noire dans l'allée me rassura : même si la petite sœur de Skip n'était pas chez elle, je pourrais la trouver dans sa galerie de Newbury Street toute proche. Caroline l'avait rachetée à son père il y avait de cela quelques années, lorsqu'il avait décidé de se retirer du monde des affaires.

— Zach !

Caroline était là, derrière moi, pâle, les yeux rougis par les larmes et cernés de noir, mais toujours aussi belle. J'avais beau être amoureux d'une autre, il aurait fallu que je sois aveugle pour ne pas remarquer l'ovale parfait de son visage, sa bouche à la lèvre supérieure courte et charnue, la peau dorée de sa gorge. Elle se jeta dans mes bras, je murmurai des paroles incohérentes de condoléances. Que dire à une femme qui vient de perdre son père et qui voit son frère accusé de meurtre ?

— Skip n'est pas coupable, j'en suis sûr. On va le sortir de là.

Elle recula d'un pas.

— Bien sûr qu'il n'y est pour rien ! Zach, cela ne suffit pas que tu prouves son innocence, il faut aussi que tu trouves le vrai coupable ! Sinon, comment va-t-on vivre ?

Elle passa devant moi, ouvrit la porte d'entrée. Je la suivis dans la maison, songeant qu'elle était bien optimiste à mon égard, craignant de la décevoir. Sur la console en marbre du hall, le portrait de William dans un cadre en argent guilloché voisinait avec une orchidée en pot et quelques autres photographies, de format plus petit ; je reconnus les enfants de Caroline, Ben, son mari, Skip – mais pas d'Edith. Des pas précipités résonnèrent au loin, et une bonne philippine apparut au bout du couloir, puis recula sur un signe de Caroline. J'entendis le rire d'un enfant, quelque part dans les étages.

Caroline parlait toujours.

— Ben est en Géorgie, tu te rends compte ? Et pas la Géorgie de chez nous, l'autre, celle qui est près de la Turquie. Il négocie une grosse acquisition là-bas, quelque chose en lien avec des gazoducs, il est parti hier, son avion a atterri il y a à peine une heure. Bien sûr, il m'a dit qu'il rentrerait vite, dès qu'il aurait un vol de retour, mais il n'y en a pas tous les jours, apparemment. Et les garçons qui ne cessent de me demander ce qui est arrivé à leur grand-père et pourquoi Oncle Skip est en prison... Tu crois que je devrais prendre rendez-vous chez un pédopsy ?

Les yeux de Caroline se remplirent de larmes. Nous étions dans la cuisine maintenant, une pièce remarquable, blanche et claire, aussi grande que mon appartement new-yorkais. Pourtant, contrairement à ce que j'avais ressenti chez Skip, ici la pièce semblait habitée, pleine de vie. Le soleil de l'après-midi se réfléchissait sur le parquet ciré à larges lattes, réchauffé d'un kilim ancien. Des dessins d'enfants étaient accrochés près d'une collection de masques de Venise, il y avait une citrouille évidée sur le comptoir, et l'air embaumait le pain frais et la cannelle.

— Café ?

Caroline poussa le bouton de la cafetière sans attendre de réponse.

— Tu sais, je n'arrive pas à croire que papa soit mort. Je l'ai vu samedi dernier, pour le déjeuner – je voulais lui montrer ma nouvelle voiture, et j'ai emmené les garçons, mais pas Ben, il devait travailler – et papa était comme d'habitude. Plutôt en forme, même, bien qu'il ait passé son temps à pester contre Edith.

Je pris la tasse que Caroline me tendait. Elle préparait le café noir et serré, comme je l'aimais.

— As-tu lu le livre ?

— Nous l'avons tous lu, même Skip, je l'ai forcé. J'ai réussi à avoir les épreuves bien avant qu'il ne sorte et je n'étais pas arrivée à la moitié que j'appelais mon avocat pour qu'il mette fin à ce cirque. Mais le juge n'a rien voulu entendre, il a invoqué la liberté d'expression, le premier amendement, comme si seule Edith avait des droits, mais ma famille, aucun.

Caroline se tourna soudain vers moi, les yeux écarquillés, la main sur sa bouche.

— Zach, tu ne crois quand même pas qu'il y a le moindre mot de vrai là-dedans ? Tu sais bien que ma sœur vit dans un monde où la fantaisie et la réalité sont interchangeables ?

Je secouai la tête. Je ne voulais pas lui faire ça, mais, en même temps, à qui d'autre pouvais-je demander ?

— Ce livre est très troublant. J'avais le sentiment de bien vous connaître tous, mais ce que je découvre dans le récit d'Edith ne colle pas du tout avec ce que je sais de vous. Comment se fait-il que je n'ai jamais entendu parler de Rose ? Est-ce seulement à moi que vous avez caché son existence ?

Il y eut un silence. Caroline avait le regard perdu dans le vague, à revivre le lointain et douloureux passé. Lorsqu'elle parla enfin, il y avait des larmes dans sa voix.

— Rose était ma petite sœur. Elle est née trisomique. Zach, si on ne t'a jamais rien dit d'elle, c'est parce que... – Caroline haussa les épaules. – À vrai dire, je ne sais pas pourquoi. C'est terrible, mais, en vérité, on ne pensait plus à elle, c'est tout. Papa n'en parlait jamais. C'est vieux, tout ça, et quand tu es jeune, tu vis surtout dans le présent. Ce n'est pas comme s'il y avait la moindre chance que tu la rencontres un jour...

— Je comprends. Tu n'as pas à t'expliquer. – Je reposai ma tasse sur la table. – Écoute, je vais devoir y aller, j'ai besoin d'avancer sur la stratégie de défense de Skip. J'ai juste une dernière question et j'imagine que tu pourras me répondre. Qui hérite de ton père ?

— Les musées et les œuvres de bienfaisance recevront quelques millions. Le MoMA. Le Met. Le fonds pour la sauvegarde du littoral, qui, selon papa, fait un travail formidable. Le fonds des orphelins de la police. Les tableaux de la collection personnelle de papa iront au Gardner, papa souhaitait que tout soit exposé à Boston. Il y a aussi un trust pour mes enfants, qu'ils toucheront à leur majorité. Moi-même, quelques bricoles, papa savait que je n'ai besoin de rien, Ben gagne des sommes folles et ma galerie marche mieux que bien.

— Edith ?

— Pas grand-chose. Sa maison de Beacon Hill lui appartient déjà, mais sans doute aura-t-elle une petite rente.

— Alors, l'essentiel de la fortune, l'entreprise familiale, la maison de Cape Cod ?

Caroline soutint mon regard.

— Tout ça, c'est pour Skip. Mais ce n'est pas une raison, tu m'entends, Zach ? Ce n'est pas une raison. Je refuse de croire qu'on puisse tuer pour cela.

— Victoria ?

— Hmm ?

— Tu dormais ?

Je jetai un coup d'œil à ma montre, il n'était pourtant que vingt et une heures.

— Je suis claquée. Le *closing* d'hier, sans doute. – Victoria étouffa un bâillement. – Mais je suis réveillée maintenant. Qu'est-ce que ça donne ?

— C'est compliqué.

— Tu m'en diras tant. Toute l'Amérique sait qui tu es, désormais. Lynette ne se sent plus, elle répète à qui veut l'entendre qu'elle t'avait parlé juste avant que tu n'apprennes la terrible nouvelle. Et alors, tu as des idées ?

Je regardai en bas. Une foule dense se pressait devant Mike's Pastry, un haut lieu de la gastronomie bostonienne réputé pour ses cannolis, des gâteaux siciliens en forme de petits tubes remplis de crème à la ricotta. Je n'avais pas dîné, pas eu le temps.

— Non, pas trop d'idées.

— Tu veux que je t'aide ?

Venant de Victoria, la proposition était touchante mais pour le moins inattendue. Elle n'avait jamais montré le moindre intérêt pour le droit pénal, préférant concentrer ses efforts sur des activités moins sanglantes et plus lucratives.

— Comment ?

Elle bâilla encore.

— Je connais un flic à la criminelle de New York. D'ailleurs, je l'ai déjà contacté, il m'a dit qu'il avait un pote dans le Massachusetts. Il peut me passer quelques renseignements.

— C'est qui, ce mec ?

— On était à la fac de droit ensemble. Alors, ça t'intéresse ou pas ?

Je refermai la porte-fenêtre, coupant par la même occasion les rires et les coups de klaxon qui montaient de la rue.

— Tu es la meilleure. Je mangerai un cannoli à ta santé.

— Un seul, me dit Victoria. Attention. Je vous connais, les mecs, dès que vous vous mettez en couple, vous vous laissez aller et adieu les tablettes de chocolat, bonjour la bouée. Pas de ça chez moi.

Je ris, même si ce n'était sans doute pas une blague. Pour la première fois de la journée, je me sentais bien. Je me suis dit que je pouvais y arriver.

— Je t'aime, ma petite Victoria.

— Moi aussi, dit-elle, moi aussi je t'aime. Mais ne fais pas trop le con, quand même.

JEUDI 19 OCTOBRE

Boston

1.

Si Edith s'imaginait que cela me posait problème d'attendre qu'elle se décide enfin à me parler, elle avait tort. Le canapé, bien que tendu d'une espèce de couverture tribale à rayures criantes vertes et rouges, était confortable. J'avais mon gobelet de café à la main et ses menaces de me servir une tisane des hauts plateaux de l'Atlas ne pouvaient pas m'atteindre. J'attendis. Pendant ce temps, Edith allait et venait, très occupée d'abord par les plants de cannabis qui poussaient sur sa fenêtre, puis par un exemplaire de son propre livre, dans lequel elle commença à écrire, sans doute en vue de l'offrir à quelqu'un, mais qu'elle reposa aussitôt. Elle remonta les manches de son gros pull informe, qui ne ressemblait à rien mais était de toute évidence en cachemire, poussa ses cheveux fins couleur souris derrière ses oreilles, se mordit la lèvre. Puis, secouant la tête d'un air navré, elle reprit ses déambulations. En face de moi, sur le mur tapissé d'un très classique papier peint beige, la photo d'une petite Afghane me fixait de son regard vert. Je me sentais un peu comme un sociologue présenté avec un cas d'école : une fille de bonne famille qui tourne mal. Il aurait été intéressant de savoir ce que le voisinage très chic de Beacon Hill pensait de ces plants de cannabis disposés au vu et au su de tout le monde, comme un majeur dressé à l'intention de la bonne société bostonienne, mais je n'étais pas là pour ça. Je bus une gorgée de mon café tout en suivant la propriétaire des lieux du regard.

— Tu n'aurais pas dû venir. – Edith s'arrêta brusquement au milieu de la pièce, une courge à la main. – Tout cela n'a rien à voir avec moi.

Je ne répondis pas directement. Avec Edith, l'approche directe et raisonnable, celle que vous emploieriez avec près de quatre-vingt-dix pour cent de l'humanité, ne marchait jamais.

— C'est un beau chien que tu as.

Le chien, un bâtard au poil jaune et au museau retroussé, leva la tête et me fixa d'un regard doux.

— Ce n'est pas le mien. Je n'aime pas les animaux, de toute façon. Prends-le si tu veux.

— Merci, mais je n'ai pas la place. Tu ne voudrais pas te poser, qu'on discute cinq minutes ?

Edith fit une grimace, mais elle laissa enfin sa courge sur la table basse, puis vint s'asseoir sur le bord du fauteuil, prête à bondir à la moindre contrariété.

— Je ne vois pas de quoi tu veux parler.

— Des accusations que tu profères dans ton livre. Sartre disait qu'il suffit que la chose soit une fois nommée et la voilà faite. J'ai l'impression que maintenant, avec Internet, c'est encore plus le cas qu'avant. Tes accusations sont reprises dans les journaux, sur Twitter, commentées sur des blogs. Plus personne ne se pose la question de savoir s'il y a du vrai là-dedans. Ça existe, c'est tout.

Edith tira sur les manches de son pull.

— Tu t'imagines que j'ai tout inventé ? Parce qu'un écrivain affabule nécessairement ?

— À toi de me le dire.

— Tu as vu Caroline, je suppose. – Edith se leva de nouveau et se mit à arpenter la pièce. – Et elle t'a fait croire que ce livre était un tissu de mensonges, peut-être même a-t-elle prétendu que Rose n'a jamais existé ?

— Je suis allé chez Caroline hier. Elle m'a parlé de Rose, m'a expliqué pourquoi son nom n'avait jamais été mentionné devant moi. Elle m'a dit aussi qu'elle avait essayé de faire interdire la publication de ton livre.

— Il y a quelques mois, ma chère sœur m'a même appelée à trois heures du matin pour me hurler dessus. Pour me traiter de fouille-merde et de vieille folle. Comme si elle ne savait pas qu'il y avait un décalage horaire avec la Toscane, où je me trouvais à ce moment-là. – Edith tira encore sur les manches de son pull. – Caroline a une obsession pour la famille, parce que cela rejaillit sur elle : il n'y a que son image qui compte. Eh bien, tu vois, je ne suis pas comme elle, je n'ai pas accroché des photos de ma famille dans mon salon et je préfère regarder la réalité en face.

— Ton livre a fait beaucoup de mal, Edith. À ta sœur, à ton frère, à ton père. Tu crois vraiment que cela valait le coup de blesser des innocents, de détruire une famille ?

Edith se tourna vers moi, le visage déformé par un rictus.

— Ce n'est pas moi qui ai détruit cette famille. Mais ce genre de discours ne m'étonne pas de ta part. Toi, je te verrais bien dans une dictature. Là où on n'écrit que ce qui arrange le pouvoir en place. Mais que fais-tu de la liberté, alors ? L'écrivain qui s'oppose, qui dit la vérité...

— *Sa* vérité.

— D'accord, sa vérité. Doit-il être éliminé ?

Je me levai à mon tour.

— Non. Bien sûr que non. Si tu crois que cela s'est effectivement passé comme tu le décris...

— Je ne le crois pas. Je le sais.

S'arrêtant devant la pile de ses ouvrages sur la table basse, Edith ouvrit un exemplaire au hasard et arracha la page de garde. Ensuite, elle griffonna un numéro de téléphone dessus et me tendit la feuille.

— C'est celui de qui ?

— Tu voulais des preuves de ce que j'avance. C'est le numéro du quartier général de la police d'État du Massachusetts. Appelle-les, demande au standard de te passer Alexa Fletcher. Elle travaille aux archives de la police, maintenant, mais, il y a trente ans, elle était flic à la brigade criminelle. Et reviens me voir lorsque tu lui auras parlé.

Sans attendre ma réponse, Edith me tourna le dos et quitta la pièce en claquant la porte derrière elle.

Extrait de *Chronique secrète de la chute des géants* par Edith Whyte

George Orwell a dit : « Les conséquences d'un acte sont incluses dans l'acte lui-même. » Je ne suis pas sûre d'être d'accord. Qui dit conséquences, dit remords, dit mesures désespérées que l'on prend pour remédier à une situation que l'on a soi-même provoquée.

Peut-être.

Moi, je crois surtout que George Orwell n'a pas beaucoup fréquenté des gens de notre espèce.

Ma petite sœur Rose, fille de mon père presque sexagénaire et de notre nounou française, Delphine, naît le 13 avril 1990. Pour la première fois de sa vie, mon père a tenu à assister à l'accouchement. Mais, avant même qu'on ne coupe le cordon, son visage s'assombrit. Le bébé est une fille. Il en a déjà deux, c'est un autre garçon qu'il lui faudrait. Puis, pire encore, il surprend le regard paniqué que le gynécologue échange avec la sage-femme. C'est une maternité chic ; pour soixante-dix mille dollars, on vous garantit ici une naissance sans problèmes. Pendant que Delphine, qui n'a rien remarqué, pleure de bonheur, William Whyte fixe le praticien de son regard gris comme l'acier.

— Que se passe-t-il ?

— La petite..., murmure le médecin, blême sous son bronzage tropical, alors que la sage-femme s'éclipse, prétendument pour chercher quelque chose sur le chariot placé dans l'angle de la pièce. Il se pourrait que... Mais, bien sûr, il faudrait qu'on fasse d'abord des tests et je suis certain que tout va très bien, seulement, il y a un tout tout petit risque que... qu'elle soit...

— Quoi ?

— Trisomique.

Voilà, c'est dit.

Delphine sourit encore, elle n'a pas compris ou peut-être est-ce parce que les endorphines provoquées par l'accouchement inondent son cerveau.

— N'est-elle pas mignonne ? s'exclame-t-elle en attrapant la main de son mari. Petite Rose.

— Faites des tests, dit William en dégageant sa main. Je souhaite être le premier au courant des résultats.

Puis il quitte la salle d'accouchement sans un regard en arrière.

Quelques semaines plus tard, la famille retrouve un semblant de normalité. Edith, treize ans, Skip, cinq ans, Caroline, trois ans, accueillent leur sœur à bras ouverts. Caroline, surtout, qui joue à la petite maman avec elle, imitant en tout point Delphine. William, pour sa part, demeure distant, se contentant de visites éclair dans la nursery, où il touche brièvement le front de Rose de sa main froide avant de disparaître de nouveau.

L'été arrive. Edith part en camp, mais les deux petits restent là, à la maison, avec leur nurse, Delphine et le bébé. Le soir du lundi 30 juillet, le temps est lourd et le cottage garde un calme de mauvais augure. William est dans son bureau, à écouter à la radio un débat sur l'euthanasie ; Delphine est couchée, elle a mal à la tête. Quant à la nurse de Rose, elle se trouve à l'autre bout du pays. Elle a perdu sa mère pendant le week-end ; partie en catastrophe, la jeune fille ne reviendra qu'une semaine plus tard, après l'enterrement. Le reste des domestiques est en congé. Les deux petits, Skip et Caroline, tournent dans la grande maison vide, sans savoir comment s'occuper. À un moment, ils poussent la porte de la chambre de Rose et commencent à s'amuser avec leur sœur, mais Skip s'en lasse rapidement et repart jouer avec son train électrique ; quant à Caroline, elle se fait réprimander, car elle fait trop de bruit.

Lorsque le soir tombe enfin, c'est William qui leur prépare un repas sur le pouce : des tartines de beurre de cacahuète, du lait cacaoté. Puis il couche les deux petits dans la chambre qu'ils partagent au premier étage, à quelques pas de la nursery de Rose, et ferme bien la porte derrière lui.

Vers dix heures du soir, quand le frère et la sœur sont déjà profondément endormis, la fenêtre de la nursery s'ouvre sans bruit et une silhouette vêtue de noir pose un pied chaussé de boots à crampons, pointure 42, sur le rebord.

2.

— Ne raccroche pas.

Je passai le téléphone dans ma main gauche et me résignai à une longue attente. Victoria était dans la rue, probablement arrêtée devant un food-truck, car je l'entendis commander : « Pad thaï aux crevettes, avec beaucoup de coriandre, mais pas de cacahuètes, un thé matcha, une salade de mangue. Non, pas de gâteau. » Je l'imaginai telle qu'elle avait été la veille, lorsque je l'avais vue pour la dernière fois : ses yeux d'un vert très clair cachés derrière des lunettes de soleil alors même qu'il ne faisait pas beau, ses longs cheveux couleur miel ramenés derrière ses oreilles, la ceinture de son trench Burberry nouée négligemment autour de sa taille fine, le galbe de ses jambes, ses escarpins en cuir argenté, aux bouts pointus et talons transparents. Elle me manquait déjà. J'entendis un bip, puis Victoria souffla dans le téléphone, exaspérée.

— Tu es toujours là, Zach ? Bon, écoute. Voici ce que mon pote a déniché.

Je me préparai à noter.

— Les dernières personnes à avoir vu William Whyte en vie sont les deux femmes de ménage, Jaycee Boua et Maria Becker. Elles ont quitté la maison ensemble, sur le coup de dix-huit heures. Selon ces dames, le vieux semblait en pleine forme et n'attendait aucun... Non, je vous ai dit pas de cacahuètes. Oui. Oui. Vous m'enlevez ça. Zach ?

— Oui. J'ai noté, « pas de cacahuètes ». Et aussi, que William n'attendait aucun visiteur.

— C'est ça. La police a confirmé que les deux femmes étaient ensemble dans la voiture de Jaycee Boua, car Mme Becker avait eu un accident un mois plus tôt et n'avait pas d'argent pour réparer sa voiture. Leur version est par ailleurs corroborée par le visionnage de la caméra de sécurité d'une station-service d'East Sandwich, où elles ont été aperçues à 18 h 18, l'une des femmes ayant eu besoin d'utiliser les toilettes. Puis Mme Boua a déposé Maria Becker chez elle, à Kingston, avant de rentrer retrouver sa famille. Il pourrait y avoir quelque chose là-dessous.

Je refermai mon bloc-notes.

— Comme quoi ? Je n'ai pas détecté une once de soupçon ou de mobile dans ton histoire. Tu crois qu'une de ces deux femmes, ou les deux ensemble, a pu revenir pour défoncer la tête de son employeur ? Avaient-elles la clef, déjà ?

— Non, mais elles avaient le code de l'alarme. Et ce n'est pas difficile de copier une clef, il faut juste avoir la petite carte qu'on fournit avec. Elles faisaient le ménage, elles pouvaient savoir où la carte avait été rangée. Merci, mademoiselle. Oui, ce sera tout. Gardez la monnaie.

— Et quel mobile auraient-elles ?

— J'en sais rien, moi. Peut-être qu'une de ces femmes était une voleuse et le vieux se préparait à la dénoncer ? Elle a eu peur de perdre son travail ou, pire, d'aller en prison, alors elle lui a défoncé le crâne. Ou sinon, attends, une autre idée. Imagine que William Whyte ait abusé d'elles, normal que ces femmes veuillent se venger.

— Victoria, il avait quatre-vingt-dix ans. Tu crois vraiment que...

— C'est toi-même qui m'as toujours dit qu'il était très en forme. Et on lit souvent ce genre de choses dans les journaux. Il n'a peut-être pas utilisé la force, mais les a contraintes sous la menace. Ou il avait même un complice.

— Victoria...

— Bref, si cela t'intéresse, j'ai le numéro de l'agence qui employait les deux femmes, je vais te l'envoyer par texto. Si tu les contactes, demande à parler à Stevia, comme la plante.

— Stevia Laplante ? Elle ne doit pas avoir la vie facile avec un nom comme ça.

— Que t'es bête, Zach.

Victoria gloussa, puis raccrocha.

Extrait de *Chronique secrète de la chute des géants* par Edith Whyte

L'appel de William Whyte parvient au central de police secours à minuit une, le 31 juillet 1990. Comme c'est le cas avec toutes les demandes d'assistance, l'appel est enregistré. La voix de mon père est mesurée, calme.

— William Whyte à l'appareil, je suis à West Hyannis Port et je vous contacte pour vous signaler l'enlèvement d'un enfant. Il s'agit de ma fille, Rose, âgée de trois mois. Les ravisseurs ont laissé une demande de rançon dans son berceau. Ils ont spécifié que je ne devais en aucun cas prévenir la police.

Les forces de l'ordre locales sont atterrées. Un kidnapping chez les Whyte ! Dans un des coins les plus chics de Cape Cod ! Il n'est bien sûr pas question d'envoyer une voiture de patrouille avec sirène et gyrophare, ni un cul-terreux incapable de comprendre les subtilités de la haute société américaine. Après un échange frénétique de coups de fil, impliquant le gouverneur du Massachusetts et le chef de la police, on décide de confier l'affaire à la jeune, mais très prometteuse, lieutenante de la brigade criminelle, Alexa Fletcher. Celle-ci, tirée d'un profond sommeil et chargée de la lourde tâche de retrouver le bébé sain et sauf tout en déployant des trésors de diplomatie, arrive à Hyannis Port à minuit quarante-quatre.

La note des ravisseurs est tapée à l'ordinateur. *Nous avons votre enfant. Préparez-vous à payer la rançon.* C'est tout. Pas d'indication de montant demandé, pas d'autres instructions. Sur la feuille, aucune empreinte digitale, à part celle des parents qui l'ont saisie pour la lire, aucune marque caractéristique. Le papier est tout ce qu'il y a de plus standard : blanc, format lettre, grammage moyen. Il ressemble d'ailleurs comme deux gouttes d'eau au papier qu'on trouve dans l'imprimante du bureau de William Whyte.

Les parents acceptent la présence de la brigade canine, mais refusent l'hélicoptère – trop peu discret, selon eux. Alexa Fletcher, accompagnée de deux techniciens de scène de crime, inspecte l'empreinte de pied retrouvée sur le rebord de la fenêtre et fouille les buissons du domaine, armée seulement d'une lampe torche.

Le matin arrive, mais on ne trouve toujours aucune trace de la petite Rose ni de ses ravisseurs.

3.

Je m'arrêtai pour déjeuner au Paramount sur Charles Street. Cette rue toujours animée est la principale artère commerçante de Beacon Hill, pleine de petites boutiques de créateurs, de salons de coiffure et d'épiceries fines. Vu l'heure, le restaurant était bondé : un mélange habituel de touristes qui reprenaient des forces avant de partir à l'assaut des pentes escarpées aux pavés irréguliers du quartier, et de jeunes cadres dynamiques venus de Back Bay tout proche. Les premiers posaient pour des selfies ; les seconds avaient le nez collé à leur téléphone, à lire leurs messages et à vérifier leur compte Instagram. J'eus toutes les peines du monde à attirer l'attention de la serveuse, mais, une fois ma commande passée, tout alla très vite et à peine dix minutes plus tard j'étais installé devant un généreux plateau de sandwichs accompagnés d'un verre de ginger ale bien frais.

Un peu plus tôt dans la journée, j'avais téléphoné à Stevia qui, d'abord méfiante, finit par me confirmer que les deux femmes de ménage travaillaient pour William Whyte depuis des années. Je lui avais dit que je ne cherchais pas à mettre en cause ses employées ; seulement, je n'avais aucune piste et j'espérais que ces femmes pourraient m'aider.

— Qui sait, avais-je dit avec plus de confiance que je n'en ressentais vraiment, elles ont pu voir quelque chose ou quelqu'un. Chaque détail compte.

Je me faisais à moi-même l'effet d'un flic d'une série B qui ne s'exprimait que par clichés et portait par tous les temps un imperméable froissé. Je fus presque surpris de ne pas entendre Stevia pouffer de rire ou me raccrocher au nez ; encore plus surpris lorsqu'elle accepta de me donner le numéro de téléphone des deux femmes.

Maintenant, assis dans ce café sympathique mais bruyant, je tâchais de me faire un avis sur les différentes hypothèses. Qui pouvait en vouloir à William Whyte au point de le tuer ? Est-ce que vraiment cela pouvait être une des femmes de ménage ? Je n'étais pas du tout convaincu par les mobiles avancés par Victoria. Et même si c'était le cas, pourquoi le tableau ou l'inscription au feutre ? Pour brouiller les pistes, comme semblait le croire le capitaine Dennis ? Dans ce cas, c'était réussi.

À moins que ce meurtre ait été une vengeance et que je doive me plonger dans le passé. Mais alors qui ? Presque trois décennies s'étaient écoulées depuis l'enlèvement de Rose, les protagonistes de cette affaire avaient vieilli et puis pourquoi maintenant ? Parce que quelqu'un avait lu le livre d'Edith et avait enfin appris ce qui s'est passé à l'été 1990 ?

Tout me ramenait à ce fichu bouquin que je trimballais partout avec moi. Un « livre-révélation », proclamait le sous-titre. Sa vérité, avait dit Edith. Mais pouvait-on toujours croire la parole écrite ? Avec un sentiment grandissant de malaise, je me replongeai dans ma lecture.

Extrait de *Chronique secrète de la chute des géants* par Edith Whyte

Mardi 31 juillet à 8 h 12 du matin, le corps sans vie de bébé Rose est découvert par un pêcheur à pied à un quart d'heure de marche du domaine des Whyte. La petite fille, vêtue de sa grenouillère blanche imprimée de canetons, est retrouvée allongée sur le dos, au milieu d'une large pierre plate. Ses yeux sont fermés, son visage bleuté. Le pêcheur prévient immédiatement la police. Sept heures exactement après avoir assuré William et Delphine Whyte que tout n'était pas perdu, qu'elle avait de bonnes chances de retrouver la petite, Alexa Fletcher doit annoncer la terrible nouvelle aux parents effondrés.

Malgré toute la discrétion dont la police fait preuve, la nouvelle de l'enlèvement et du meurtre de la plus jeune des Whyte se propage comme une traînée de poudre. L'histoire fait la une de tous les journaux, qui se perdent en conjectures. En John Paul Getty des temps modernes, William Whyte aurait-il refusé de verser la rançon, craignant, s'il cédait aux demandes des ravisseurs, que ses autres enfants ne soient en danger et qu'il n'en finisse jamais de payer ? Était-ce une erreur que de prévenir les forces de l'ordre, n'aurait-il pas mieux valu traiter directement avec les kidnappeurs ? Et, à partir du moment où il faisait appel à la police, pourquoi William Whyte avait-il accepté qu'on affecte à ce cas une lieutenante jeune et relativement inexpérimentée ?

De l'autopsie de la petite, rien ne filtre. Heure de la mort, cause, sévices éventuels – la police réussit au moins à garder cette information sous contrôle.

À midi pile, le mercredi 1er août, William Whyte s'adresse à la presse lors d'une conférence improvisée qui se tient dans le grand salon du cottage. Delphine est à ses côtés, chancelante, le visage gonflé par les larmes. Le père de Rose remercie tout d'abord la police du Massachusetts, et plus particulièrement Alexa Fletcher, pour son aide précieuse. Il remercie ensuite le peuple américain pour les expressions de sympathie que sa femme et lui ont reçues, pour les peluches entassées devant le portail et les grandes corbeilles de fleurs blanches qui pourrissent dans le garage, pour les cartes kitsch avec leurs images de petits anges et les prières des télévangélistes. Enfin, il remercie la presse pour l'intérêt qu'elle a porté à cette affaire et demande respectueusement aux journalistes présents de laisser sa famille pleurer en paix. Rien de plus ne peut être fait ; rien ne leur ramènera leur petite Rose. Tout ce que sa femme et lui souhaitent maintenant, c'est de pouvoir commencer leur travail de deuil. Il est sûr que les reporters peuvent comprendre cela.

Et pour ceux qui ne comprennent pas, il y a des coups de fil passés par William aux propriétaires du *Time*, de *Newsweek*, du *New York Times* et à leurs semblables. En 1990, Internet n'en est encore qu'à ses balbutiements ; l'affaire est vite étouffée. Seul le *National Enquirer* ignore l'injonction. Le 2 août 1990, le journal à scandale publie une double page sur le meurtre de Rose Whyte, reprenant à son compte les questions restées sans réponses.

Pourquoi, lors de sa conférence de presse, William Whyte n'avait-il fait aucune mention des responsables de ce crime abominable ?

Et pourquoi, entre minuit, moment où il a trouvé le mot des ravisseurs dans le berceau de sa fille, et huit heures du matin, lorsque le corps de celle-ci fut découvert, n'avait-il pas cherché à réunir de l'argent liquide pour faire face à la demande de rançon ? Était-ce de l'avarice ? Une confiance aveugle dans les forces de l'ordre ? Ou cela cachait-il un crime plus grave encore ?

4.

Une idée me vint pendant que j'attendais au parloir de la prison pour hommes.

Si, comme le prétendait Edith, son père avait quelque chose à voir dans le meurtre de Rose, il y avait une personne qui devait lui en vouloir plus que les autres. Delphine, la mère de l'enfant, l'ex-nounou des petits Whyte. Delphine était bien plus jeune que son mari, trente ans à peine lors de la mort de Rose, et elle avait sans doute une famille. Même si ses parents étaient maintenant trop âgés, elle avait peut-être un frère, une sœur, une cousine. Des gens qui, apprenant grâce au livre d'Edith la vérité sur la mort de Rose, auraient pu être tentés de passer à l'action.

— Zach !

Mon client – mon ami – se tenait soudain devant moi, blême, les traits tirés, ses beaux vêtements coûteux remplacés par une combinaison orange. Il me salua d'un signe de tête et se laissa choir lourdement sur une chaise. Le parloir, pièce exiguë au sol recouvert de moquette grise et meublée en tout et pour tout d'une table ronde et de deux chaises en plastique, me sembla tout d'un coup se vider de son air. Je cherchai en vain une parole réconfortante quand la vue de l'horloge fixée au-dessus de la porte me ramena à la réalité.

Nous avions une heure devant nous.

Rapidement, je mis Skip au courant de mes actions et de mes réflexions, de mon espoir aussi, celui de trouver un suspect alternatif, suffisamment crédible pour que le jury ait des doutes.

Skip eut un sourire triste.

— Ainsi, tu me crois toujours ? C'est bien. J'avais raison de te choisir pour avocat. Les recherches sur l'origine du tableau que mon père avait entre les mains, ça donne quoi ?

— Rien pour l'instant. Mon associée m'a juste écrit pour me dire que, selon toute vraisemblance, l'œuvre datait du milieu du XVe siècle et avait été peinte par un artiste italien.

— Une pièce digne d'un musée, donc.

— Probablement. Mais ce n'est sans doute pas sa valeur qui compte. Je me demande si le tableau n'a pas été utilisé pour faire passer un message, au même titre que l'inscription.

— *La Vierge à l'Enfant*, murmura Skip. Tu penses à Delphine ?

Je le regardai dans les yeux.

— Je sais que tu as lu le livre, Caroline me l'a dit. Je voudrais que tu me parles de Rose.

— Rose n'a rien à voir là-dedans. De toute façon, j'avais cinq ans et je souffrais de troubles de l'attention, comment veux-tu que je me rappelle ? Je crois même que je n'ai jamais été interrogé par la police, père a fait en sorte qu'on ne nous embête pas, Caroline et moi.

— Et tu ne sais pas si Delphine avait des frères ou sœurs, quelqu'un qui aurait pu vouloir venger la petite ?

Skip se renversa sur sa chaise, comme s'il était soudain las de cette discussion.

— Tu penses au *Crime de l'Orient-Express*, là. L'une des femmes de ménage serait la sœur de Delphine, l'autre, sa meilleure amie. Elles ont frappé mon père à tour de rôle et... tu arrêtes avec ça, Zach. C'est ridicule. Toute cette affaire est ridicule, je passe mon temps à me dire que c'est un cauchemar, que je vais me réveiller bientôt. Et pourtant, lorsque je me réveille, c'est toujours dans ce trou à rats et toujours en combi orange. Non, il va falloir que tu trouves autre chose. Un rôdeur, un chef d'entreprise concurrent, même un voleur de tableaux !

Il se tut. Ce qu'il disait n'avait aucun sens, il le savait aussi bien que moi. Ce n'était pas un crime commis par un rôdeur ni par un concurrent. Comment auraient-ils fait pour neutraliser l'alarme ? Et si le meurtrier était venu par la grande porte, c'est que William Whyte lui avait ouvert. Or, l'homme n'était ni gâteux ni naïf.

Il fallait que je pose de nouveau cette question, bien que je me doute de la réponse :

— Que faisais-tu à Cape Cod, Skip ? Si tu n'es pas allé à Hyannis Port, si tu n'as pas vu ton père, as-tu rencontré quelqu'un d'autre ? Il faut que je sache avec qui tu as bu, d'où vient le sang. – Je le fixai du regard. – Tu comprends ce que je te dis ? Il nous faut des témoins à décharge, des gens qui pourraient prouver que tu étais avec eux, pas au cottage.

— Je n'en ai pas. – Il soupira. – Je n'ai pas vu mon père, ni personne d'autre d'ailleurs, je te l'ai déjà dit. Le sang, c'est le mien, je me suis coupé en tombant. Occupe-toi plutôt de rechercher la provenance de ce tableau. C'est là la clef de l'énigme.

Skip se leva et alla vers la porte, faisant signe au gardien posté à l'extérieur de la salle. Notre entretien était terminé.

VENDREDI 20 OCTOBRE

Boston

1.

J'avais commencé la journée par un mensonge.

Deux, même, bien que le premier ne comptât pas vraiment, puisque c'était un pieux mensonge.

J'avais passé une mauvaise nuit, une nuit faite de cauchemars en noir et blanc, de réveils en sueur, de draps froissés. Je ne m'étais véritablement endormi que vers quatre ou cinq heures du matin et je dormais encore lorsque mon téléphone sonna un peu après huit heures. C'était Victoria.

— Je te réveille ?

Victoria est un alien. Quelle que soit l'heure à laquelle elle se couche, elle est toujours debout à six heures du matin, fraîche et pleine d'une énergie qui donne le tournis. Elle court, elle chante, elle répond à ses emails tout un appliquant son mascara. Et elle semble incapable d'imaginer que certains d'entre nous ont besoin de dormir plus. Pour Victoria, les grasses matinées sont signes de paresse, une faute morale qui dépasse une simple indulgence coupable et qui conduit à toutes sortes de vices ; une tare irrémédiable.

— Non, marmonnai-je, tu ne me réveilles pas du tout. Je me brossais les dents parce que je venais de terminer mon café. Mon deuxième café.

— Très bien. Alors, écoute. Il faut que tu laisses tomber.

— Quoi donc ?

Je repoussai la couverture et m'assis sur le lit. Le miroir accroché à la porte de l'armoire me renvoyait une image froissée et je me réjouis que Victoria ne fût jamais passée aux appels vidéo.

— Le cas Whyte.

— Pourquoi ?

— Parce que c'est lui qui a tué son père. Sûr et certain.

— Attends, dis-je. Attends une seconde.

Je coinçai mon téléphone entre l'épaule et l'oreille, enfilai mon jean, puis j'allai dans la cuisine, où j'enfonçai le bouton marche de la cafetière automatique.

— J'ai besoin d'un troisième café. – Je glissai la capsule dans la fente et la machine se mit à glouglouter. – Voilà. Reprends depuis le début. As-tu de nouvelles informations ?

Elle en avait, reçues de la part de son ami flic. Apparemment, le capitaine Stone Dennis, tout adepte de la transparence qu'il était, avait omis de me communiquer une donnée cruciale. Le genre d'indice qui provoque un hochement de tête entendu chez un membre du jury consciencieux. Après l'arrestation de Skip, la police avait continué d'étudier plusieurs pistes. Elle avait examiné les différentes possibilités d'accès à la propriété, et avait ainsi pu identifier toutes les caméras de surveillance du coin. Sans même avoir besoin de l'injonction d'un juge, elle avait obtenu une copie des enregistrements faits le soir du meurtre. L'une de ces caméras, située à l'entrée de la ville de Hyannis Port, avait pris en photo la Porsche Panamera grise de Skip, à 20 h 07 d'abord, roulant en direction de la demeure paternelle, puis à 21 h 12, en repartant. L'image était nette, la plaque d'immatriculation bien visible. L'heure collait. Pas tant à l'arrivée – la fille au pair avait soutenu qu'il faisait encore jour au moment où elle avait aperçu la voiture, alors qu'à vingt heures, la nuit tombait déjà –, mais au départ.

— Et puis, me fit remarquer Victoria, la jeune fille a pu se tromper sur l'heure. Tout le monde sait comment c'est avec les nourrissons – il y a de quoi perdre la boule.

Victoria, qui n'avait ni enfants ni petits frères ou sœurs et qui n'avait jamais fait de baby-sitting, n'en savait rien elle-même, mais je m'abstins de le faire remarquer. Je me contentai d'un :

— Et alors ?

— Alors ? s'étrangla la femme de ma vie. Il t'a menti. Il est allé voir son père. Que te faut-il de plus ? Tu vas perdre le procès et ta réputation du même coup.

Elle avait raison, bien sûr. De tous les coupables potentiels : la femme de ménage, Edith la folle, le frère hypothétique de Delphine, c'était Skip qui était de loin le plus probable. Et son attitude n'arrangeait rien.

J'avalai une gorgée de mon café.

— Skip n'a pas de mobile.

Victoria ne répondit rien et je l'imaginais, à l'autre bout de la ligne, arquant un sourcil incrédule.

— Je vais lui parler, ajoutai-je lorsque le silence devint trop pesant. Je suis sûr qu'il a une bonne explication.

Encore un silence. Puis :

— Tu fais comme tu le sens, évidemment, tu es un grand garçon. Mais moi, à ta place... – Elle soupira. – Je t'aime, tu sais ? Je m'inquiète pour toi. Tu m'appelles ce soir pour me raconter, d'accord ?

Extrait de *Chronique secrète de la chute des géants* par Edith Whyte

Comme il fallait s'y attendre et même si les journaux dans leur ensemble gardent un silence pudique, l'affaire du kidnapping et du meurtre de la petite Rose n'en reste pas là. La police poursuit son enquête, pendant des semaines et des semaines, passant au crible les témoignages d'amis, de domestiques et de voisins. On embauche un interprète français pour interroger la famille de Delphine, arrivée de Rennes, en France, dans un torrent de larmes. On se focalise un moment sur la nounou de Rose, car la jeune fille avait fumé du haschich des années auparavant. Et si c'était elle qui avait organisé le kidnapping pour rembourser un fournisseur de drogue ou approvisionner un petit ami en manque ? On l'arrête, on la questionne, puis on la relâche. Pas de preuve, pas de petit copain avéré, pas de signes de consommation récente de stupéfiants. Et puis la mort de sa mère d'une crise cardiaque la veille de la disparition de Rose est indéniable, cela ne s'invente pas. Au moment où la plus jeune des Whyte se faisait enlever par un inconnu chaussant du 42, la nounou était loin, très loin.

La police abandonne alors le cercle familial pour ratisser plus large. On épluche le fichier local, puis national, des criminels de toutes sortes, allant des délinquants mineurs aux figures du grand banditisme. On questionne des hôteliers de Cape Cod, on croise leurs registres avec les bases de données de la police. Et... rien. *Nada*. L'impasse, quelle que soit la direction que l'on prenne. Au bout de deux mois, la police est forcée de reconnaître qu'elle n'a pas la moindre piste.

Que le ou les meurtriers de la petite Rose courent toujours.

N'ayant pas de coupable à se mettre sous la dent et flairant derrière ce crime atroce le genre d'histoire qui quadruple les tirages, la presse se trouve alors un bouc émissaire. Émoustillés par la possibilité de clouer au pilori une femme jeune et jolie, les reporters de tout poil réclament à cor et à cri la tête d'Alexa Fletcher. On cherche des bourdes dans son passé, on interroge son ex-fiancé et ses voisins, on la traque au téléobjectif. Sorti enfin de son mutisme, William Whyte organise une deuxième conférence de presse où il martèle que la lieutenante Fletcher a toute sa confiance, que l'affaire n'aurait pu être entre de meilleures mains. Que, parfois, malgré la meilleure volonté du monde, il arrive qu'on ne parvienne pas à ses fins : ce n'est la faute de personne. Que, de toute évidence, ce crime avait été minutieusement préparé et exécuté et qu'il aurait fallu un miracle pour qu'on retrouve Rose à temps. Que telle est la volonté du Seigneur.

Les mois passent.

Un écrivain new-yorkais spécialiste du sensationnel décide alors d'écrire un livre sur Rose. Titre provisoire : *Secret de famille*. Il tient le bon filon, cet homme-là : avec leur fortune, leurs belles gueules, leurs fréquentations, les Whyte font rêver. Aucun doute que le roman se vendra ; dès sa sortie, il se propulsera sur la liste des best-sellers. On le lira dans des chambres de bonne de Manhattan, dans des clapiers à lapins du Midwest (ce n'est pas moi qui le dit, c'est l'expression de père, le politiquement correct n'a jamais été son truc, pas en privé, en tout cas). On le lira aussi dans les belles maisons de Beacon Hill et à Cape Cod. On enverra sa bonne l'acheter et on le lui empruntera. Histoire de savoir à qui on a affaire et si vraiment on peut siéger au conseil d'administration de l'Association pour la protection du littoral à côté de M. Whyte.

L'écrivain n'en est pas à son coup d'essai : son ouvrage précédent traite du culte de Charles Manson. Il connaît les risques, il est discret dans son approche, il s'assure les services d'un bon avocat. Il sait très bien qu'une accusation sans preuve lui vaudra un procès en diffamation et que, quoi qu'il fasse, les conseillers des Whyte seront meilleurs que les siens. Alors, il n'accuse personne directement. Tout est dans la nuance, dans le sous-entendu. Des questions restées sans réponses. Quelle est la pointure du père ? Pourquoi les domestiques étaient-ils en congé ? N'aurait-il pas mieux valu lancer des recherches à grande échelle, dès qu'on a constaté la disparition de la petite ? Hélicoptères, meutes de chiens, jeunes recrues de l'armée de terre ratissant le jardin, gardes-côtes patrouillant au large ? N'avait-on rien fait parce qu'on savait déjà de quoi il retournait ?

L'auteur du futur best-seller écrit vite, il faut battre le fer tant qu'il est chaud. L'actualité n'attend pas, il y a la guerre du Golfe, la réunification de l'Allemagne, le secrétaire général du Parti communiste Gorbatchev qui reçoit le prix Nobel de la paix.

Mi-novembre, le premier jet du manuscrit est achevé. L'écrivain, jamais à court d'idées, a déjà trouvé une image de couverture simple et percutante : sur fond noir, une grenouillère blanche, imprimée de canetons. Et, en travers, une empreinte de pas, comme celle que le ou les ravisseurs de Rose ont laissée sur le rebord de la fenêtre.

C'est sans compter sur le destin.

Fin novembre, l'écrivain est victime de cambrioleurs qui s'introduisent dans son appartement et emportent son ordinateur, son manuscrit et toutes ses notes. Au passage, ils prennent aussi un caméscope ainsi que le portrait de son jeune fils dans un cadre en argent.

Là encore, la police n'a aucune piste.

2.

Le quartier général de la police d'État du Massachusetts où travaillait Alexa Fletcher se trouvait à Framingham, une petite ville tranquille de la banlieue de Boston qui fut le berceau du mouvement abolitionniste. Depuis North End, mon GPS m'indiquait une demi-heure de route, sans bouchons. Juste le temps d'y aller avant mon rendez-vous avec Skip, prévu pour onze heures. Et même si Alexa Fletcher n'était pas là – le standard de la police m'ayant informé qu'ils ne donnaient pas ce genre de renseignement par téléphone – je me suis dit que je pourrais demander à consulter le dossier d'enquête sur le meurtre de Rose. J'avais besoin de me faire ma propre opinion.

En route, je pensais à Victoria, à ses certitudes. C'est une force que de pouvoir couper ainsi, d'aller à l'essentiel, de ne pas se laisser prendre par les sentiments. J'essayais de m'imaginer face à Skip, dans le parloir de la prison, lui expliquant tranquillement, posément, que je ne pouvais pas le représenter parce que je le croyais coupable, que l'affaire était perdue d'avance et que mon nom était trop précieux pour que je puisse l'associer à un échec. Je m'imaginais ensuite rentrer chez moi, à Brooklyn, reprendre le cours de mon existence. Litiges au sujet de tableaux et de droits d'auteur, jogging matinal à Prospect Park, dîners chez DeStefano's avec Victoria. L'affaire Whyte que je suivrais de loin, dans la presse, le visage satisfait de Rupert Lamb, la combinaison orange de Skip.

Impossible.

Trop de choses nous liaient pour que je puisse l'abandonner de la sorte. Un passé commun, une amitié, sa famille, aussi, qu'un temps j'avais considérée comme la mienne. Des beuveries à vomir tripes et boyaux et des voyages que nous n'avons jamais faits. Le grec ancien.

Et puis des secrets, qui n'en avait pas ?

On n'était pas tous meurtriers pour autant.

Enfin, me disais-je, il y avait Rose. Voilà un crime au moins dont, à cinq ans, Skip n'avait pas pu être responsable. Était-ce ce meurtre-là qui avait déclenché une suite d'événements dont la finale venait de se jouer sous nos yeux ? Est-ce ce crime que je devais résoudre afin de savoir ce qui était arrivé à William Whyte ?

À Framingham, une double déception m'attendait. La même fille à la voix traînante qui, une demi-heure plus tôt, m'avait indiqué qu'elle ne pouvait pas me dire si Alexa Fletcher était à son poste m'informa que la lieutenante avait pris sa retraite, depuis deux mois déjà. Et non, elle n'aurait pas pu me le dire au téléphone. C'était le genre de renseignement confidentiel qu'on ne pouvait communiquer qu'en personne. Lorsque je lui demandai l'adresse à laquelle je pourrais joindre Mme Fletcher, elle refusa encore.

— Impossible, répondit-elle sans me regarder. Nous ne divulguons jamais ce type d'information, ni par téléphone ni autrement. Au suivant !

Je quittai la réception en fulminant, pour tomber nez à nez avec Stone Dennis. Les mains dans les poches d'un imperméable beige, le capitaine se dépêchait en direction de la sortie, mais s'arrêta net en me voyant. Ses lèvres s'étirèrent en un semblant de sourire.

— Monsieur Damon ? Vous ici ?

Je lui expliquai en quelques mots la raison de ma présence.

Son rictus ne changea pas.

— Alors votre idée serait de laisser entendre que la victime avait tué sa propre fille par le passé et que quelqu'un s'est vengé sur elle ? Cela ferait un bon sujet pour un roman de gare, vous ne trouvez pas ? – Il fit claquer sa langue. – Je me suis renseigné sur vous, monsieur Damon, j'ai appris que, en plus du droit, vous avez fait du grec ancien à l'université. Si vous voulez mon avis, c'est exactement le souci, avec les études littéraires, elles engendrent un excès d'imagination. Vous voyez la justice divine partout, des motifs nobles et des crimes d'honneur. Du théâtre antique, en somme. Alors que ce qui vous manque, c'est l'expérience du terrain, de passer quelques mois comme avocat commis d'office, à observer la lie de l'humanité assassiner mère et grand-mère pour un paquet de clopes, un billet de vingt ou juste parce qu'on a trop bu et qu'on a envie de taper sur quelque chose et, si c'est une tête, tant mieux. Croyez-moi, une expérience comme celle-là vous remettrait les idées en place. Vous oublieriez la psychologie, vous iriez droit à l'essentiel. Cela vous ferait gagner beaucoup de temps et, dans quatre-vingt-dix-neuf pour cent des cas, vous auriez raison.

— Et dans le un pour cent restant ? demandai-je.

Dennis expira bruyamment.

— Vous persistez donc ? Mon explication est trop simple, ces gens ne sont pas comme nous, on ne peut pas leur prêter les mêmes motivations ? À moins que tout cela ne soit qu'un jeu de votre part, pour semer le trouble, encore et toujours ?

— Non, rien de tout cela. J'ai besoin de connaître la vérité, je ne m'arrêterai pas tant que je n'en aurai pas le cœur net au sujet de toute cette histoire. Appelez ça comme cela vous chante, cela m'est égal.

Le capitaine plissa les yeux.

— La persévérance est une vertu, c'est ce qu'on vous a inculqué dans votre prime enfance, je suppose. Mais vous savez quoi ? C'est votre jour de chance.

Je dus mettre mes mains dans mes poches pour ne pas le frapper. Qu'avaient-ils tous à me rabâcher que j'avais de la chance ? Je me sentais tout sauf chanceux. En face de moi, le capitaine Dennis parlait toujours.

— Normalement, s'agissant d'une enquête non résolue, l'instruction n'est pas close et vous ne pouvez pas consulter le dossier, même s'il n'y a évidemment plus aucune recherche ni aucun acte de procédure dans l'affaire de la petite Rose. Mais je me sens d'humeur généreuse et si vous prenez la peine d'attendre ici, je vais vous en apporter une copie. Et, en bonus, je vais même vous dénicher l'adresse personnelle d'Alexa.

— J'imagine que vous faites ça parce que vous croyez que je me fourvoie complètement, que je n'apprendrai rien d'utile ?

Dennis me fit un clin d'œil.

— Je ne le crois pas, je le sais. Attendez donc.

J'attendis. La fille de la réception mâchait du chewing-gum en faisant éclater une bulle de temps à autre. Quelque part à ma gauche, une climatisation défectueuse bourdonnait. Je commençais à perdre ce qui me restait de patience lorsque Dennis apparut enfin, un dossier à la main.

— Sans rancune, hein, monsieur Damon ? Quand toute cette histoire sera terminée, quand votre client sera bien parqué derrière les barreaux pour le restant de ses jours, cela me plairait de discuter avec vous. Vous êtes très attachant dans votre quête de la vérité, il ne vous manque que le destrier blanc.

Je sifflai un merci, lui arrachai le dossier des mains et quittai le bâtiment sans un regard en arrière. Il bruinait. Je devais me dépêcher si je ne voulais pas être en retard pour mon rendez-vous avec Skip. Je jetai le dossier sur le siège passager, démarrai la voiture. Sur la chemise en carton, Dennis avait collé un Post-it fuchsia en forme de cœur, avec écrit dessus un numéro de téléphone et une adresse à Kittery, Maine.

Extrait de *Chronique secrète de la chute des géants* par Edith Whyte

La première chose que l'on vous apprend dans une famille comme la nôtre, c'est de vous méfier d'autrui. Toujours. En toutes circonstances.

Cela va bien au-delà de la suspicion naturelle qu'une femme en manteau de vison, marchant seule dans une rue déserte, éprouve à l'égard d'un homme baraqué qui s'avance vers elle, la capuche tirée bas sur le visage.

Cela dépasse également la défiance instinctive que ressentent les nantis envers ceux qui les servent : les domestiques, les gardes du corps et autres avocats. Le qui-vive, une vertu sous-estimée, sauf dans les cercles de pouvoir.

Même en plein jour, même entouré de ses semblables, on se méfie. Surtout, d'ailleurs, entouré de ses semblables. *Homo hominem lupus est,* et on n'est jamais aussi bien trahi que par ses proches. Après tout, ce sont eux qui nous comprennent le mieux.

Lorsque vous avez la malchance d'être né dans une famille comme la nôtre, tout cela, vous l'intégrez sans trop vous poser de questions. C'est normal, vous avez beaucoup à perdre et plus dure sera la chute.

Ce avec quoi vous avez plus de mal, c'est avec la défiance – nécessaire, vous dit-on – que vous devez apprendre à éprouver envers vous-même.

Méfiez-vous de vous, de vos propres sentiments, de vos faiblesses. De vos faux pas et de vos émotions.

N'avouez rien à personne, cela pourrait vous porter malheur. Pire, cela pourrait nuire à cette unité plus importante que tout : votre famille.

Dans le doute, niez.

Après la deuxième conférence de presse, William Whyte réunit ses enfants et sa femme dans son bureau et leur impose le silence.

— Vos paroles peuvent être mal interprétées, leur dit-il. Les reporters rôdent, ils sont sympathiques, c'est leur métier. Tout ce dont ils rêvent, c'est que nous lavions notre linge sale en public.

C'est à moi surtout qu'il s'adresse : les deux petits, Skip et Caroline, sont bien trop jeunes pour comprendre les mises en garde paternelles.

— Le mieux, dit-il, c'est d'éviter de mentionner le nom de Rose en public. C'est notre tragédie à nous, personne n'a besoin de le savoir.

C'est la dernière fois qu'il en parle. Dans les semaines qui suivent la mort de Rose, mon père continue de travailler sans relâche ; son entreprise d'échelles et d'échafaudages se lance à l'assaut de l'Amérique du Sud et gagne très rapidement des parts de marché. Je poursuis mes études à Porters, un pensionnat huppé pour jeunes filles de la côte Est. Une nouvelle nounou est embauchée pour les deux petits, la précédente n'ayant pas souhaité revenir, trop choquée par son contact avec la police. Skip fait des cauchemars, se réveille en hurlant toutes les nuits. Seule Caroline reste égale à elle-même, sautillant à cloche-pied dans la grande maison silencieuse et s'aventurant régulièrement dans la nursery de sa sœur morte pour y jouer avec des peluches, bien que cela lui soit formellement interdit.

Quant à Delphine, elle devient l'ombre d'elle-même. Elle ne s'occupe plus de rien, laissant les soins des enfants à une armée de domestiques. Elle ne mange pas, ne dort pas. Quand elle ne pleure pas sur la tombe de sa fille, elle nage. Par tous les temps, par toutes les mers. De plus en plus loin. Comme si elle espérait traverser l'océan à la nage, rentrer dans sa Bretagne natale sans rien d'autre qu'un maillot de bain mouillé. Comme si elle voulait laisser sa vie de richesses et de privilèges derrière elle, car, s'il y a une chose qu'elle a apprise, c'est que l'argent ne fait pas le bonheur. Un matin gris d'octobre, elle part nager comme d'habitude et ne revient pas. Ce n'est que trois jours plus tard que son corps échoue sur la rive, le crâne fracassé contre les rochers.

3.

Je commençais à bien connaître la prison d'État pour hommes : son odeur caractéristique de chou et de détergent, ses interminables contrôles à l'entrée, ses gardiens indifférents, qui m'adressaient à peine un regard et préféraient se concentrer sur mes papiers. Le bruit de mes pas sur le lino, et le léger couinement de la porte de la salle où Skip m'attendait. Il me regarda en fronçant les sourcils.

— Tu es en retard.

Je jetai un coup d'œil à ma montre.

— De deux minutes seulement.

— Ici, ça compte.

— Désolé.

Je m'installai face à lui, sur une petite chaise en plastique jaunie par le temps. Si j'étais en retard, c'était parce que j'avais pris le temps de parcourir les éléments du dossier sur le kidnapping et le meurtre de Rose Whyte que Dennis m'avait passé.

Je n'avais évidemment pas tout. Pour une enquête comme celle-là, le dossier d'instruction devait comporter plusieurs volumes, mais ce que j'avais étayait la thèse d'Edith : tout comme la petite Rose, l'affaire avait été étouffée. On avait fait cela de la manière la plus efficace qui soit, en noyant la vérité sous un déluge de chiffres et de données, d'expertises et de contre-expertises, de sorte que la proverbiale aiguille s'était retrouvée perdue dans la botte de foin. Tous les éléments étaient là, mais on n'en avait tiré aucune conclusion. Et pas une seule fois William Whyte ne fut interrogé en tant que suspect.

— Il va falloir sans doute que j'aille faire un tour à Kittery, dans le Maine, dis-je à Skip.

Il s'énerva aussitôt.

— Tu perds ton temps, je te l'ai déjà expliqué. Concentre-toi sur le tableau. J'imagine qu'il n'est toujours pas identifié ?

— Pas encore. – Je haussai les épaules. – Peut-être ne le sera-t-il jamais s'il s'agit d'un artiste peu connu.

— Si, objecta Skip. Quelqu'un doit forcément savoir quelque chose. Tu vas annoncer une récompense pour tout renseignement relatif au meurtre ou au tableau. Dis que je paie cent mille dollars. Non, attends. Cinquante mille.

— Je ne suis pas d'accord.

Skip croisa les bras et commença à ajouter quelque chose, mais je le coupai.

— Je vais t'expliquer pourquoi. Tu n'as peut-être pas fait un bon choix en m'embauchant. Ce genre d'annonce ne permet que rarement d'avoir des renseignements valables ; en revanche, elle ne manquera pas d'attirer tous les fêlés, les adeptes de la théorie du complot ou tout simplement ceux qui veulent mettre la main sur les cinquante mille dollars et ne rechigneront pas à te raconter une belle histoire à dormir debout. Si tu avais gardé Lamb, qui fait partie d'un gros cabinet d'avocats doté d'une armée d'assistants motivés, tu aurais pu le faire. Pour moi tout seul, ce n'est pas possible. Et cela m'amène à te reposer la question. Es-tu sûr que je suis celui qu'il te faut ?

Skip s'esclaffa.

— Tu veux vraiment que je te le dise ? Je ne peux pas me permettre de prendre Lamb ni aucun autre pingouin de son espèce.

— Parce que tu penses qu'il ne te croira pas sur parole ?

— Non, ce n'est pas ça. Généralement, les avocats peuvent croire n'importe qui, pourvu qu'on les paie. L'explication est bien plus simple. L'état de mes finances ne me le permet pas.

Je le regardai sans comprendre. Skip avait toujours eu de l'argent à ne savoir qu'en faire ; il conduisait une Porsche Panamera, buvait des vins français à trois cents dollars la bouteille, son dressing était plein de chemises taillées sur mesure et de costumes Armani. Il n'avait pas eu besoin de faire d'emprunt pour payer ses études, son appartement lui avait été offert.

— Je ne te crois pas, dis-je finalement. Il te demanderait combien pour te défendre, Lamb, dans les trois cent mille dollars, maximum ?

— Plutôt dans les cinq cent mille, grimaça Skip, plus les frais, et figure-toi que mon compte en banque est vide. Je ne suis pas actionnaire de la boîte, seulement un salarié qui touche dix mille dollars par mois. Père considérait que je devais d'abord faire mes preuves. Il n'avait pas exigé que je commence comme magasinier dans l'usine d'échelles, mais on n'en était pas loin. Comment veux-tu que je vive avec ça ?

J'ouvris la bouche pour lui rétorquer que je subsistais avec bien moins que cela, que j'avais un loyer à payer, des dettes d'étudiant à rembourser, mais Skip poursuivit sur sa lancée.

— Tu préfères que je fasse quoi, que je conduise une voiture japonaise ou achète ma nourriture à Wal-Mart ? Que je fasse moi-même le ménage chez moi, peut-être, que je lave mes chemises ? Que je passe mes vacances au camping ?

Il reprit son souffle, continua sur un ton plus calme.

— Non, je n'ai pas d'argent. Alors, tu vois, tu es mon seul espoir. Je ne peux pas payer une armée d'avocats. Et puis, en dehors de ton coût modeste, il y a une autre raison. Tu me connais, tu sais que je suis innocent. Il suffit que tu le prouves.

Et maintenant, moi aussi, j'étais en colère.

— Je ne pourrai pas t'aider si tu continues à me mentir ! Si l'on en croit les images des caméras de surveillance, tu étais à Hyannis Port à l'heure du meurtre. Qu'est-ce que tu faisais là ? As-tu rencontré ton père ?

— Non.

— Et je suis censé te croire comme ça, sans preuve ? Si tu n'étais pas au cottage, alors où ?

Skip soupira, comme si c'était moi qui étais déraisonnable, qui lui donnais du fil à retordre.

— Je me suis juste promené. J'avais prévu d'aller voir mon père, c'est vrai, puis j'ai changé d'avis. Ce n'est pas ça, l'important. Ce qui compte, c'est de retrouver d'où vient ce tableau et ce qu'il signifie.

Je me pris la tête dans les mains. Skip avait dit cela la veille et le jour précédent aussi. S'il le répétait encore une fois, j'allais balancer ma chaise contre le mur.

Il y eut un silence. Puis Skip lança d'une voix insistante :

— Comment est-ce que tu comptes t'y prendre, alors ? Pour retrouver d'où vient ce tableau ? Je ne comprends pas que cela nécessite autant de temps. Il doit y avoir des experts qui pourraient t'aider, peut-être des gens de chez Christie's. Hé, Zach ? Attends ! Tu vas où, là ? Nous n'avons pas terminé. Zach ?

4.

Je passai le reste de l'après-midi à essayer de construire une stratégie de défense qui tienne la route. Revenu à North End, j'enlevai les livres de la table basse du salon pour y étaler tous les documents en ma possession : le compte rendu de l'audience du grand jury, le procès-verbal d'arrestation de Skip, les notes que j'avais prises tout au long de ces trois derniers jours. Après un instant d'hésitation, j'y ajoutai également le dossier relatif au meurtre de Rose Whyte. Skip considérait peut-être que les deux affaires n'étaient pas liées, mais moi, je n'en étais pas si sûr.

Ayant ainsi préparé le terrain, j'allai dans la cuisine pour me faire un café. À mon retour de la prison, je m'étais arrêté chez Mike's Pastry pour acheter une boîte de cannolis, me disant qu'il aurait été dommage de passer autant de temps près d'une pâtisserie aussi célèbre et ne pas goûter toutes ses spécialités... et que, de toute façon, Victoria n'en saurait rien. Piochant dans la boîte, j'en pris un au hasard puis revins dans le salon avec ma tasse de café et mon gâteau.

Je me sentais très seul. Ce que j'avais dit à Skip tout à l'heure – qu'il aurait été dans son intérêt d'embaucher un avocat faisant partie d'un grand cabinet et disposant d'une armée d'assistants – était vrai. En Amérique, l'instruction est toujours à charge. Le procureur s'appuie sur la police criminelle et la police scientifique, alors que l'avocat de la défense ne peut compter que sur lui-même. Et même si la police a l'obligation de transmettre au défenseur des preuves à décharge, les cherchera-t-elle vraiment ? Après avoir fait connaissance avec Stone Dennis, j'en doutais.

Alors, que me restait-il ?

Ouvrant une nouvelle page dans mon bloc-notes, je notai les idées qui me venaient à l'esprit.

Le doute, d'abord. En principe, celui-ci profite toujours à l'accusé. L'essentiel, me souvenais-je de mes cours de droit pénal, était de magnifier les zones d'ombre. De créer un doute raisonnable dans l'esprit des jurés. Puisque, dans la procédure pénale, un témoignage a autant de valeur que des preuves directes, je devais tout d'abord démolir les dépositions à charge. Si celles des officiers ayant contrôlé Skip sur l'autoroute pouvaient difficilement être mises en cause, il n'en allait pas de même pour la jeune fille au pair. Son témoignage paraissait sérieux sur le papier, mais je me disais que, si on en venait là, je pouvais facilement le décrédibiliser. Après tout, la fille avait bien mentionné qu'elle n'y connaissait rien aux voitures. En plus, il faisait sombre, elle pouvait avoir mal vu. Et ensuite... Saisi d'une idée, j'attrapai mon téléphone et rentrai le nom de la Norvégienne, Signe Nilsen, dans le moteur de recherche du navigateur. Si je pouvais prouver qu'elle portait des lunettes, ou présenter au jury des photos sur lesquelles on la voyait picoler ou fumer de l'herbe, sa déposition serait irrémédiablement discréditée.

Après avoir bu une gorgée de café, je fis dérouler les résultats de la recherche sur l'écran de mon téléphone. Ce fut un échec. Signe Nilsen devait être un nom courant en Norvège, car il en existait plusieurs, sur Facebook et sur Instagram : pour autant que je pouvais en juger, aucune n'avait de lunettes. Aucune ne fumait, je notai dans la marge de vérifier auprès de Dennis laquelle des nombreuses Signe trouvées était la bonne et passai à l'élément suivant.

L'accusé.

Skip, mon ami le plus proche, un garçon brillant mais arrogant, et qui ne semblait toujours pas avoir compris la gravité des charges qui pesaient sur lui, sinon pourquoi ne répondait-il pas à mes questions ? Skip avait toujours nié son implication, n'avait rien dit à la police pendant les interrogatoires, mais pour autant, son attitude n'aidait pas. Face au jury, ce serait une catastrophe. S'il continuait de refuser d'expliquer sa présence à Cape Cod, s'il prenait les jurés de haut, aucun doute raisonnable ne pourrait m'aider. Et même s'il ne s'agissait pas d'une affaire de meurtre d'enfant où le sentiment d'horreur qui saisit les jurés est tel que toute accusation à peu près crédible a des chances de marcher, tant les jurés souhaitent que quelqu'un paie pour cela, un parricide était-il tellement mieux ? William Whyte était apprécié de tous, et, en outre, son corps avait été profané, ce qui n'arrangeait rien.

Je reposai mon bloc-notes en soupirant. Qui pourrait se porter garant de la bonne moralité de Skip, mis à part ses sœurs ? Je me rendais compte tout d'un coup que je ne connaissais pas ses autres amis, et pourtant, il devait en avoir. Tout comme je ne savais pas exactement à quoi il avait passé ces deux dernières années. C'était ma faute, au moins en partie. Pris par le travail, je donnais peu de nouvelles, et Skip et moi n'avions jamais été du genre à passer deux heures au téléphone à bavarder de tout et de rien, comme Victoria le faisait avec ses copines. Et depuis que j'étais en couple, depuis ce jour d'avril où j'avais croisé Victoria à la Frick Collection de New York, toutes mes pensées allaient vers elle. La tête penchée de côté, elle était arrêtée devant un tableau de Vermeer. Ses cheveux avaient la même couleur miel que ceux d'un des personnages, la jeune maîtresse vêtue d'un mantelet jaune à bordure d'hermine. Je n'osais pas l'approcher tant elle avait l'air absorbée par sa contemplation. Puis Victoria tourna la tête et me regarda droit dans les yeux. Avec ses pommettes hautes, son port de tête de danseuse, elle avait une beauté unique et remarquable, pas seulement le charme que confèrent la jeunesse et la bonne santé. Je la fixai, le cœur battant fort.

J'appris par la suite que c'était la première fois que Victoria mettait les pieds dans ce musée. Le cabinet d'avocats pour lequel elle travaillait cherchait à organiser pour ses clientes l'un de ces événements réservés aux femmes qui sont devenus tellement à la mode depuis quelques années. Victoria faisait partie du comité d'organisation et, à l'instant où je l'avais aperçue, elle se demandait si une visite guidée de la Frick pourrait faire l'affaire ou si les clientes préféreraient quelque chose de plus moderne. À l'époque, je ne savais rien de tout cela. La Frick Collection était mon musée préféré, et voir la beauté envoûtante de Victoria dans ce cadre magique et intime m'avait semblé être un signe du destin. Depuis lors, je n'avais pensé qu'à elle. Pourtant je ne l'ai jamais présentée à Skip alors que, avec son goût infaillible et son assurance, Victoria aurait été bien plus à l'aise dans son monde que je ne l'avais jamais été.

Je me levai et allai vers la fenêtre. Peut-être que les choses auraient été différentes si j'avais gardé un contact plus régulier avec Skip et ses sœurs. Si j'étais revenu à Boston pour un week-end de temps à autre, si j'avais pris le temps.

Dehors, des groupes de touristes chinois suivaient le chemin de brique rouge du *freedom trail*, le « chemin de la liberté », qui passe par North End et permet de ne manquer aucune des attractions historiques de la ville. Sur le trottoir d'en face, une mamma italienne portant un filet à provisions était en grande discussion avec l'épicier. Une petite fille en costume de fantôme attendait sagement à ses côtés. Je revins vers la table basse, ramassai toutes mes notes et papiers pour en faire une pile. Force était de reconnaître que je n'avais pas vraiment l'état d'esprit d'un pénaliste. Mettre en doute la parole de témoins alors que ceux-ci étaient visiblement de bonne foi me dégoûtait, jouer sur les mots aussi. Ce que je voulais réellement, c'était trouver le meurtrier de William Whyte. Et aussi, me convaincre moi-même, au-delà du doute raisonnable, que Skip n'avait rien à se reprocher.

J'attrapai ma veste et me dirigeai vers la sortie. J'avais besoin de changer d'air, de croiser des gens qui menaient une vie ordinaire, faite de grands et de petits tracas, et de joies aussi. Le groupe des touristes chinois était passé, mais d'autres venaient à sa suite, leurs téléphones mitraillant les vieux immeubles du quartier, et les fontaines du parc Rose Kennedy qui faisaient la joie des petits enfants. Créé sur le site d'une ancienne voie express, le parc était récent. J'y étais passé des dizaines de fois, admirant son design et l'ingéniosité des paysagistes, me disant aussi qu'il était remarquable que la matriarche du clan Kennedy soit née là, à North End. Ce jour-là, pourtant, je ne pouvais penser qu'à son prénom. Rose. La clef de l'énigme était Rose. J'en avais la complète certitude.

SAMEDI 21 OCTOBRE

Brooklyn

1.

Victoria déchira le sachet plastique et étala les épluchures sur le plan de travail d'une blancheur immaculée.

— Et voilà, dit-elle avec un sourire satisfait. Tout est prêt. Tu n'as pas oublié de sortir la photo ?

Je n'avais pas oublié. C'était même pour cette raison que j'étais rentré de Boston tard la veille au soir : pour ressortir la gigantesque photographie des parents de Victoria de derrière la commode, où elle était planquée, et pour passer la journée avec lesdits parents. Mes beaux-parents potentiels. Du moins, je l'espérais.

Le déjeuner était prêt. Un pain de viande, accompagné de frites de patate douce, d'apparence suffisamment rustique pour pouvoir prétendre être faites maison. 62,95 dollars et le traiteur nous avait offert les épluchures dans un petit sachet bien scellé. En dessert, un cheesecake à la framboise de chez

Eileen's. Et, pour arroser le tout, une bonne bouteille de pinot noir de Californie. Histoire de faire un clin d'œil aux origines russes du père de Victoria, j'avais choisi un vin des vignobles Joseph Swan, issu du plus célèbre domaine du pinot noir, le Russian River Valley. Nous avions dressé la table dans la cuisine, avec une nappe brodée et de la jolie vaisselle en porcelaine que Victoria avait apportées lorsqu'elle avait emménagé chez moi. Du jour au lendemain, mon appartement de célibataire, blanc et lumineux mais plutôt dépourvu de meubles, s'était rempli de tapis de yoga, de fers à friser, de petits pots de vernis à ongles et de portants de vêtements. Dans ses affaires, il y avait même une plante verte, un philodendron *Monstera deliciosa* luxuriant dans son cache-pot en rotin tressé. Depuis quelques jours, la plante faisait grise mine, comme si elle manquait d'eau.

— Parfait, murmura Victoria. – Elle portait un chemisier blanc, un jean étroit, roulé aux chevilles, et une paire d'escarpins à talons vertigineux. – Ils n'y verront que du feu. Tu crois que je suis bien, comme ça ?

Je jetai un regard vers l'immense photo de famille, qui n'avait jamais cessé de m'émerveiller. S'il fallait la preuve que l'alliance de la carpe (Betty, bouche proéminente, œil rond de poisson) et du lapin (Boris, grandes oreilles couronnant un corps squelettique) pouvait donner naissance à une beauté parfaite, elle était là, devant moi, en escarpins Louboutin.

— Tu es plus que bien, dis-je, tu es magnifique, quoi que tu portes. J'ai tellement de chance de t'avoir rencontrée.

J'attirai Victoria dans mes bras et commençai à déboutonner son chemisier sous le regard désapprobateur du couple parental, mais à ce moment on sonna à la porte et Victoria fit un bond en arrière.

Force était de reconnaître que Boris et Betty avaient préparé leur visite aussi soigneusement que leur fille l'avait fait. Non seulement ils étaient tirés à quatre épingles, mais en plus, ils étaient venus armés : un jeu d'échecs pour Boris, qui aimait terminer le repas par une partie lors de laquelle il démolissait immanquablement son adversaire, un sac en tissu plein de livres pour Betty.

Victoria plissa joliment le nez.

— Qu'est-ce que c'est que ça, maman ?

— C'est pour le bébé ! s'exclama Betty en retirant du sac un livre de comptines légèrement mâchonné aux coins. Nous sommes passés au vide-grenier chez les Griffith, tu sais, dans Angel Street, ils vendaient tout ! Il y avait même une poussette pas trop tachée, à dix dollars. J'aurais voulu la prendre, mais ton père a dit non, vu que tu n'étais pas encore enceinte. Et puis qu'aurait-on fait si, par malheur, tu avais un garçon ?

— La poussette était rose, précisa Boris d'une voix lugubre. Bien sûr, avec une petite couverture, on n'y verrait que du feu, mais à quoi bon se dépêcher, on a le temps.

— Et moi, je lui ai dit, enchaîna Betty, l'œil brillant : mais qu'est-ce que t'en sais ? Hein ?

Cette dernière question semblait m'être adressée et je dus reconnaître que je perdais pied.

— Je ne vous suis pas, marmonnai-je.

— C'est pourtant très simple. Est-ce qu'il y a, vous savez, une brioche au four ? – En face de moi, Victoria leva les yeux au ciel. – La maladie des neuf mois ?

— Euh, dis-je, conscient que, pour un avocat, je manquais cruellement de repartie.

— Est-ce qu'elle a des *signes* ? Les seins lourds, des nausées matinales, des renvois, peut-être ?

— Beth, dit Boris. Arrête donc avec ça, ils se décideront quand ils se décideront. Le fait qu'ils emménagent ensemble, de nos jours, cela ne veut rien dire. C'est toi qui te fais des films toute seule. Laisse donc Zach nous parler de l'affaire Whyte.

Cela partait sans doute d'une bonne intention, mais, en ce qui me concernait, ce n'était pas mieux.

— Euh, dis-je encore. C'est compliqué.

Trois paires d'yeux me fixèrent avec des expressions allant de la pitié (Boris) à l'encouragement (Victoria), en passant par l'inquiétude (Betty : et c'est ce crétin incapable d'aligner deux mots qui serait le père de ma petite-fille ?).

— Je veux dire, repris-je d'une voix mal assurée, ce n'est pas simple (vas-y, Zach, creuse). C'est un ami et tout (de mieux en mieux).

— Zach est déchiré entre la loyauté envers son plus vieil ami et sa conscience professionnelle, dit Victoria, sentant, sans doute, que ma pensée avait besoin d'être précisée. Le cas est complexe et la couverture médiatique n'arrange rien.

Betty opina du bonnet.

— Ça, c'est sûr. Ma voisine ne cesse de m'en parler, selon elle, ce Skip Whyte mérite la chaise électrique. Ils ont la peine de mort, dans le Massachusetts ?

— Non. Enfin, si, mais seulement pour les crimes fédéraux. Le terroriste qui avait fait exploser la bombe pendant le marathon de Boston a été condamné à mort, mais...

— Mais ils ont pas la peine de mort pour un simple meurtre. – Betty secoua la tête, avec regret, me sembla-t-il. – Non pas que son père valait mieux que lui, bien sûr. C'est vrai, ce qu'on dit pour la petite ? Il était de ce genre-là ?

— Je pense, dit Boris, que ces gens ont perdu tout sens des réalités. Trop d'argent.

Betty jeta un coup d'œil hésitant vers les Louboutin de Victoria.

— Oui, dit-elle. À propos, ma chérie, c'est nouveau, ça ? Je ne crois pas les avoir déjà vus ?

— Une super promo, sourit Victoria d'un air innocent. Je les ai eus pour un dixième de leur prix réel. Quatre-vingts dollars seulement.

Dès le début de notre relation, Victoria m'avait expliqué que, dans la vie, il y avait le vrai prix et le prix parents, qui représentait une fraction du précédent et était calibré pour ne pas choquer. Ce prix parents appartenait, selon elle, à la catégorie des pieux mensonges.

— Ah bon, dit Betty. Si cher que ça ? Moi, chez TJ Maxx, j'ai vu les mêmes pour trente-cinq dollars. Tu devrais les rapporter en magasin.

Victoria, qui avait en réalité payé plus de huit cents dollars pour ses pompes, ne broncha pas.

— J'y penserai, maman. Et si nous passions à table ?

Nous mangeâmes et bûmes plus que de raison, même si Betty faisait de vaines tentatives pour empêcher sa fille de boire – « Et si jamais tu étais enceinte, chérie, sans le savoir ? » – ; en guise de réponse, Victoria haussait les épaules et allumait une cigarette. Une fois le cheesecake mangé, Boris sortit son jeu d'échecs. Avant de partir à l'assaut de l'Amérique, à l'âge canonique de trente-trois ans, il avait grandi en Russie, où cela faisait apparemment partie des traditions.

— Allons-y, dit-il en installant son plateau, rien de tel que le jeu pour connaître le caractère d'un homme. Ma fille, par exemple, joue pour gagner. Elle ne cède jamais, même si, en face, c'est son petit cousin de six ans. Mais vous, Zach, vous êtes mou. Trop gentil. Vous voulez que tout le monde soit content, seulement, ça ne marche pas comme ça. Vous commencez ?

J'avançai un pion. J'avais mal à la tête et, pour une raison quelconque, le fait de voir Boris et Betty en double – une paire à table en face de moi, une autre à ma gauche, dans un cadre en bois foncé, tous plus moches les uns que les autres – me donnait l'envie de hurler.

— Tu fais une drôle de tête, me dit Victoria.

Je souris faiblement. Son père venait de me mettre échec et mat, en cinq coups.

2.

Dès le départ de Boris et de Betty, nous rangeâmes leur photo derrière la commode. Puis la fille indigne s'étira comme un chat.

— Appelle un Uber. Josh nous attend à l'Electric Room.

— Josh ?

— Mon copain flic. Il m'a dit qu'il avait du nouveau.

Et c'est ainsi que, quarante minutes plus tard, Victoria et moi faisions irruption dans l'un des clubs les plus en vogue de New York. Un endroit qui ressemblait à un vieux bar anglais – canapés Chesterfield et Union Jack – et où Victoria semblait tout à fait à sa place. C'était le genre de lieu où les filles étaient toutes grandes, blondes et minces et où les hommes avaient le torse en V et le bronzage de rigueur. Josh était un de ceux-là, un type qui ressemblait moins à un policier qu'à une star hollywoodienne jouant le rôle d'un policier. Agent spécial Tony DiNozzo, chemise blanche sur mesure, regard de braise. Et un grand sourire de carnassier lorsqu'il aperçut Victoria.

Il était difficile de s'entendre dans l'Electric Room et c'était sans doute pour cette raison que Josh nous avait donné rendez-vous là. Après des salutations qui pour lui consistèrent à me broyer la main, le copain policier de Victoria sortit un téléphone de sa poche, le déverrouilla puis tourna l'écran vers moi.

Le premier document était un rapport financier sur Caroline Glassman, née Whyte. Valeur de sa maison de Commonwealth Avenue : 19,7 millions de dollars. Fortune personnelle, en actions et bons du Trésor américains : 1,2 million. Valeur des parts dans la galerie d'art : 1 million. Ça continuait à l'avenant. Parts du cabinet de Ben, placements financiers, assurance-vie, valeur estimée d'œuvres d'art. En tout, la petite Caroline, cheveux blonds comme le reflet du soleil sur l'eau, regard bleu rieur, valait une trentaine de millions de dollars. Et c'était sans parler de la fortune personnelle de son mari.

Je levai les yeux sur Josh. Il était en train de murmurer quelque chose à l'oreille de Victoria, qui souriait d'un air rêveur.

— C'est tout ? Que Caroline soit riche, je le savais déjà. Toute la famille est pleine aux as. Je n'avais pas besoin d'en connaître les détails.

— Elle est clean ! me cria Josh par-dessus le rythme assourdissant de Radiohead – car l'Electric Room se targuait de passer de la vraie musique, pas seulement de l'électro. Une citoyenne parfaite, pas même une amende à son nom ni une femme de ménage non déclarée, rien. Un moment, les gars se sont intéressés à sa galerie – apparemment, elle fait la pluie et le beau temps sur le marché de l'art, elle vend des Rothko et des Pollock. Ils se sont imaginé qu'il pourrait y avoir du blanchiment là-dedans, mais ils n'ont rien trouvé. Je te dis, elle est clean.

— OK. Quoi d'autre ?

Victoria fronça les sourcils. Josh avala une gorgée de son whisky, puis partit d'un rire un peu forcé.

— J'aime les gens qui vont droit au but. Le rapport suivant, c'est sur sa sœur. L'écrivaine.

Je fis défiler le document pendant que Victoria commandait un autre verre et que Josh en profitait pour plonger le regard dans son décolleté.

La situation financière d'Edith était confortable aussi : elle était propriétaire de sa maison de Beacon Hill, possédait également une villa en Toscane, un bon portefeuille boursier, deux voitures de collection. Une note en bas du rapport précisait que, tout comme pour sa sœur, les biens détenus par Edith l'étaient en propre et, même si William Whyte était en colère contre elle, il n'avait pas vraiment les moyens de faire pression sur sa fille.

Je levai un sourcil interrogateur.

— J'imagine que vous n'avez rien sur Skip ou, si vous avez quelque chose, vous ne voulez pas le montrer ?

— Vous imaginez bien..., commença à dire Josh, mais Victoria l'interrompit.

— Il est où, le merci ? Josh est venu ici exprès pour t'aider, il n'était pas obligé et tu te conduis comme un connard.

Aussitôt, ce faux jeton de flic en profita pour poser sa main sur l'avant-bras de Victoria.

— Mais non, relax. Zach est sous pression, c'est tout, il n'a pas l'habitude. Aucun souci, mec !

Je serrai les poings et fixai la surface polie de la table. Si je partais maintenant, pas sûr que Victoria me suive. Mais rester là à regarder ce type draguer ma copine ? Je me mis debout avec un sourire qui tenait plus du rictus.

— Si tu veux bien nous excuser, Josh, nous allons rentrer.

À ce moment-là la musique s'arrêta, nous figeant à mi-chemin. Victoria leva les yeux au ciel. Josh tambourina des doigts sur la table. Puis d'un geste rageur, Victoria agrippa son sac à main et se lança en direction de la sortie. Je dus courir pour la rattraper, fendre la foule compacte qui s'écartait comme la mer Rouge sur son passage et se refermait à mon approche. Un Black hilare me donna une tape dans le dos, un petit gros renversa son verre de scotch sur mes chaussures quand je le bousculai.

Je ne réussis à rattraper Victoria que lorsqu'elle était déjà dehors, silhouette sombre s'éloignant dans la lumière jaune des lampadaires.

Je faillis alors lui parler de la bague. Me mettre à genoux, faire ma demande. Advienne que pourra.

— Victoria !

Elle s'arrêta net, pivota pour me faire face.

— Ne m'approche pas !

— Qu'est-ce que j'ai fait ?

Je ne l'avais encore jamais vue aussi furieuse.

— Victoria ! Mais qu'est-ce qui se passe ? Explique-moi !

Silence. Seulement mon cœur qui battait très fort et le rythme sourd de la musique qui s'échappait par la porte entrouverte du club.

Enfin, du bout des lèvres :

— Je suis enceinte. Peut-être. J'ai un retard.

De la même voix que l'on prend pour dire : « La fin du monde est proche. »

Puis Victoria se détourna et partit dans la nuit, me laissant là abasourdi, heureux, déçu.

DIMANCHE 22 OCTOBRE

Brooklyn

1.

J'avais le genre de gueule de bois qui donne envie de vomir son cerveau.

Après le départ de Victoria, j'étais retourné au club et j'avais bu, consciencieusement, d'abord avec le petit gros qui avait renversé le verre de scotch sur mes chaussures, puis avec le grand Black qui m'avait tapé dans le dos et pour finir avec Josh. Beaucoup de Grey Goose, un peu de Suze, un soupçon de Finlandia. Une facture qui dépassait les mille dollars.

— Aucune nana ne vaut ça, me dit Josh avant de partir. Crois-en mon expérience.

J'étais arrivé à la maison à six heures du matin, au moment où un pâle soleil teintait de jaune les toits des immeubles. Victoria avait laissé la fenêtre du salon ouverte et il régnait un froid polaire dans l'appartement. Machinalement, je me penchai pour ramasser les chaussures qu'elle avait abandonnées sur le carrelage de l'entrée, puis j'allai fermer la fenêtre. Une nouvelle journée commençait. Déjà, en face, une vieille dame était levée et faisait du café. Voyant que je la regardais, elle me sourit et m'adressa un petit signe de la main.

Je savais que je n'avais aucune chance de m'endormir, alors, au lieu d'aller me coucher, je partis dans la chambre me changer. Courir, c'était ce qu'il me fallait. Courir jusqu'à l'épuisement, jusqu'à ce que ce bébé ne compte plus, que notre relation ne compte plus, que rien ne compte.

La chambre était dans le noir, mais il y avait de la lumière et le bruit de l'eau qui coule dans la salle de bains adjacente. Après m'être changé, je passai une tête à l'intérieur.

— Tu veux des œufs brouillés ? me demanda Victoria d'une voix aimable en croisant mon regard dans le miroir de la salle de bains.

Elle était déjà debout – alien – et se brossait les dents.

Je faillis lui demander si c'était une blague de mauvais goût, mais, ne me sentant pas assez en forme pour une scène de ménage, je me contentai de secouer la tête et de repartir.

Prospect Park était désert. Le bac à sable où, dans mes rêves, je voyais s'amuser mon fils, le Long Meadow où je promenais mon imaginaire labrador, le cimetière quaker et le kiosque à musique avec ses délicates arches japonaises – tout était à moi, le terrain de jeux de mon désespoir.

Je courus sept kilomètres avant que le voile noir devant mes yeux ne m'oblige à m'arrêter.

Puis, le corps anesthésié par la fatigue, mais le cerveau toujours actif, lancé dans une boucle infernale des pourquoi, je revins à la maison.

Je devais parler à Victoria. Cette pensée était venue comme une évidence, alors que je grimpais les marches qui menaient au quatrième étage. Je réalisai soudain que j'avais pu mal comprendre, me méprendre sur ses intentions. Bien sûr qu'elle avait peur ! Nous nous connaissions depuis six mois à peine, elle ne pouvait pas être sûre que je voulais de cet enfant, que je voulais l'épouser. Si seulement j'avais fait ma demande cinq jours plus tôt, comme je l'avais prévu ! Tout aurait été différent maintenant.

Peut-être était-ce la fatigue, ou l'alcool, ou un espoir insensé. J'imaginai un petit chiot roux allongé sur le sol en pierre brute de la cuisine, une solide table en chêne dressée pour le dîner, un rôti au four, de la musique douce. Au centre de tout ça, comme un roi sur son trône, un bébé rieur dans sa chaise haute. Et Victoria qui me murmure à l'oreille : « Notre fils est magnifique, il a tes yeux. » Oui, Zach, et la marmotte, elle met le chocolat dans le papier d'alu. Et une partie de toi aura toujours six ans, l'âge que tu avais lorsque la Corvette de tes parents a dérapé sur une plaque de verglas.

Victoria était au téléphone. Je l'entendis avant même d'ouvrir la porte – il était question de soldes chez Anthropologie – et, lorsque je vins dans la cuisine pour me préparer un Bloody Mary et des œufs au tabasco, je la vis à travers la cloison vitrée qui servait de séparation avec le salon. Elle avait bonne mine. Cheveux blonds noués en queue-de-cheval haute, tenue de yoga Lululemon, une grande tasse, probablement du thé détox, à la main. J'attendis, mais la conversation durait, encore et encore, abandonnant les soldes au profit des voyages, puis se réduisant à un chuchotement entrecoupé de rires. Je finis mon petit déjeuner et ouvris le livre d'Edith. J'avais tout mon temps pour discuter de notre avenir avec Victoria.

Extrait de *Chronique secrète de la chute des géants* par Edith Whyte

Voici ce que ce livre n'est pas :

Ce n'est pas un règlement de comptes.

Ce n'est pas une quête d'argent ou de notoriété.

Ce n'est pas une divagation d'une malade mentale.

Ce que ce livre *est* tient en peu de mots : c'est une quête de la vérité.

J'ai longtemps hésité. J'ai pris conseil auprès de mes amis et beaucoup m'ont dit : « Laisse tomber, Edith. Tu n'as pas besoin de ça. Rien ne fera revenir les morts et puis tu n'as aucune preuve directe, rien qui tienne la route au tribunal en tout cas. » Je les ai écoutés et j'ai hoché la tête.

Ces gens-là ne sont plus mes amis.

D'autres m'ont dit : « Vas-y, Edith. Va montrer au monde quel genre de famille est la tienne, qu'à tous cela serve de leçon. » C'est à ces âmes courageuses que ce livre est dédié.

Nous sommes en 1951. Harry Truman est le président d'une Amérique grippée par la peur : celle de la guerre atomique, de l'agression soviétique, des traîtres qu'elle nourrit en son sein. Le procès de Julius et Ethel Rosenberg est sur toutes les lèvres. C'est dans ce climat de terreur et de paranoïa que William Whyte ouvre sa galerie d'art. Son propos est simple : offrir à l'Amérique de quoi rêver. De l'art européen, ancien et moderne, des madones, des natures mortes, des corps stylisés. Peu d'œuvres, mais d'une qualité rare, des artistes aussi divers que Bernardo Bellotto ou Egon Schiele. William Whyte est un homme charmant, très cultivé et ouvert d'esprit. Il passe la moitié de l'année en Europe, où il fréquente de grands marchands d'art, comme Hans Wendland ou les Wildenstein. C'est aussi un homme très discret, qui ne parle jamais de ses ventes ni de ses acheteurs. Il vit seul, dans un studio situé au-dessus de la galerie de Newbury Street. En Amérique, on ne lui connaît qu'un seul ami proche : Derek Starke, un universitaire noir éduqué à la Sorbonne et à Oxford, un homme d'une culture phénoménale.

Bien sûr, lorsqu'une personne venue de nulle part réussit de manière aussi remarquable, il se trouve toujours des mauvaises langues pour jaser. Surtout quand cet homme est beau, riche et célibataire. Y a-t-il quelque chose dans son passé qui doit rester caché, est-ce pour cela qu'il ne se lie avec personne ?

Notre vie serait bien plus facile si nous pouvions voir les péchés des autres comme des tatouages sur leur peau, si le crime marquait le criminel. Mais un homme en costume sur mesure, lisse, poli et souriant ? Qui pourrait affirmer quoi que ce soit avec certitude ?

LUNDI 23 OCTOBRE

New York-Boston

1.

J'étais désormais un homme sans repères, à l'avenir incertain. Marié, père de famille, heureux propriétaire d'un labrador et d'une maison de banlieue ? Célibataire largué par sa copine ? Père d'un enfant qu'on s'apprêtait à supprimer sans états d'âme, comme on extrait une dent de lait, un peu de douleur sur le coup, mais une demi-heure plus tard on n'y pense même plus ? Ou étions-nous censés continuer comme avant, comme si rien ne s'était passé, comme si le petit amas de cellules dans le ventre de Victoria ne représentait rien pour personne ?

Une chose était sûre : mon avis ne comptait pas. Victoria avait été très claire là-dessus. C'était son corps, sa vie, sa carrière ; mes rêves pathétiques n'avaient rien à voir avec elle. Tout au plus était-elle prête à noter mon désir de fonder une famille. Quant à sa décision, elle me la ferait connaître en temps utile, lorsqu'elle aurait eu l'occasion de peser le pour et le contre. Je pouvais très bien l'imaginer faisant justement cela, assise derrière son bureau, aussi sérieusement que si elle travaillait sur une stratégie de défense juridique : thèse, antithèse, synthèse. Rideau.

Puisque mon avenir n'avait plus de contour, je me tournai vers le passé ; il me semblait même que la route 95, que j'avais prise tôt le lundi matin pour mon voyage vers Boston, représentait une progression à la fois géographique et temporelle me ramenant vers ma vie d'avant. Mes années d'université, ma jeunesse qui, à défaut d'être dorée, était au moins insouciante. En dehors de ce drame initial, qui avait annihilé ma famille et m'avait condamné à des années de cauchemars nocturnes, mon enfance avait été d'une platitude exemplaire.

À la mort de mes parents, je fus recueilli par une sœur plus âgée de ma mère qui habitait dans le New Jersey. Tante Brenda travaillait comme hygiéniste dentaire et ne s'était jamais mariée. Si les services sociaux avaient imaginé qu'en me confiant à elle ils feraient d'une pierre deux coups, un peu à la Dickens, donner une mère aimante à un orphelin, combler une femme seule en manque d'affection, ils s'étaient trompés. Tante Brenda ne m'aimait pas, je ne l'aimais pas en retour. Pourtant, l'expérience fut réussie : ma tante s'acquitta de la tâche qui lui avait été confiée avec le même soin qu'elle apportait à tout ce qu'elle entreprenait. J'avais des oreilles propres et des dents bien alignées, de bonnes notes à l'école et des cadeaux éducatifs à Noël. Un enfant parfait, en somme, cauchemars nocturnes exceptés. Mais même cela, Tante Brenda parvint à en venir à bout, lorsqu'elle réussit enfin à convaincre le médecin de famille de me prescrire des tranquillisants.

Je gardais peu de souvenirs de cette époque. J'avais des amis et, lorsque j'étais au lycée, des petites copines. J'étais fier d'être premier de ma classe, d'avoir pu décrocher une bourse d'études. J'avais un excellent dossier scolaire, j'aurais pu faire tout ce que je souhaitais. Tante Brenda me recommanda avec insistance de me tourner vers les études d'orthodontie, un métier qui, selon elle, était sûr et bien payé. Je refusai, j'avais une idée assez précise de ce que je voulais faire. L'art, surtout l'art classique, me fascinait : il sublimait la souffrance, tout en la maintenant à une distance respectueuse. Il permettait de vivre par procuration. Ma deuxième passion était le droit. Le sophisme inhérent à la profession d'avocat me plaisait, l'exigence de prouver tout et son contraire. Il me semblait que, grâce à la distance émotionnelle offerte par l'art et la mauvaise foi conférée par la pratique du droit, je serais armé pour la vie.

J'étudiais donc l'histoire de l'art et le grec ancien à Duke, avant d'être admis à Harvard, la meilleure faculté de droit du pays. Tante Brenda me serra contre son cœur, pour la première fois de ma vie, je crois. Puis elle me dit que si je ne souhaitais pas revenir la voir tous les week-ends, il n'y avait aucun problème, elle comprendrait. D'ailleurs, elle envisageait de transformer ma chambre en cabinet de travail.

Je l'embrassai en retour, lui promis de lui écrire régulièrement, pour la tenir au courant de mes progrès universitaires, de ne jamais oublier son anniversaire et Noël. Je partais à Harvard le cœur léger. Puisque l'essentiel ne pouvait pas être atteint, rien ne comptait vraiment. Je n'avais pas d'attaches, je ne me souciais de personne. Jusqu'à ce que je fasse la connaissance de Skip et de sa famille.

À première vue, rien ne présageait qu'un jour Skip et moi pourrions devenir amis. Contrairement à moi, il avait fait toutes ses études à Harvard, d'abord un double diplôme d'histoire et de grec ancien, puis de droit. Évidemment, il connaissait tout le monde. Par sa naissance, par les liens qui unissaient la famille de sa mère aux autres brahmanes de Boston, il était un des leurs. Orphelin et boursier, j'avais suffisamment de lucidité et d'amour-propre pour me tenir à l'écart, préférant passer mes soirées en compagnie de mes semblables : un Chinois prénommé Bin affublé de lunettes aux verres aussi épais que des culs-de-bouteille, qui connaissait les mille premières décimales du nombre pi, et Ronald, un gros asthmatique qui ne portait que des T-shirts de Slipknot, un groupe de heavy metal, dans l'espoir d'être pris pour un dur. Je logeais sur le campus, dans un immeuble qui faisait partie d'un complexe nommé « Le Jardin botanique ». Il n'avait d'attractif que le nom : les bâtiments eux-mêmes, des longues barres d'immeubles des années 1950, comportaient des dizaines de petits studios bas de plafond, propres et fonctionnels mais totalement dénués d'âme. Une fois ma porte fermée, le soir, je devais faire un effort de volonté pour me rappeler que les sublimes façades romanesques de Sever Hall ou le flamboyant gothique victorien du Memorial n'étaient qu'à quelques minutes de marche. D'une certaine manière, même à Harvard, ma condition de banlieusard du New Jersey me collait à la peau.

J'aurais passé toutes mes années à Harvard comme ça, muré dans un confortable anonymat, si Skip n'était pas venu vers moi. Tout comme moi, il avait choisi de prendre des cours de grec ancien en plus de ses études de droit. Je me rappelle que nous étudiions Pythagore. Pour une raison quelconque, peut-être parce que, n'ayant pas de vie sociale à proprement parler, je ne manquais jamais un cours, les autres me prenaient pour un expert. C'était donc moi qu'on choisit pour trancher une dispute sur les cinq maux que, selon Pythagore, tout homme devait combattre.

— Il y a la guerre civile, dit Skip, se plantant devant moi, les mains dans les poches. J'en suis pratiquement sûr. L'ignorance, aussi.

— Les maladies et les passions du corps, fit son adversaire, un garçon roux qui avait de lointaines origines grecques et qui croyait, de ce seul fait, avoir la science infuse. Mais le dernier ?

— La boisson, dit Skip. Ces Grecs anciens picolaient comme des trous.

— Les désirs contre nature, objecta le roux.

— Non, les désirs contre nature font partie des passions du corps, dit Skip.

Il avait parié cent dollars, une somme astronomique pour moi, dérisoire pour lui. Si cette dispute lui importait, c'était pour une question de principe : un Whyte ne se trompait jamais.

— Lequel c'était, alors, à ton avis ? me demanda Skip.

Le garçon roux ne dit rien, se contentant de croiser les bras sur sa poitrine.

— Ni l'un ni l'autre. Le cinquième mal, ce sont les disputes de famille. Je m'en souviens parce que... Je m'en souviens.

Le garçon roux haussa les épaules et rempocha son argent. Skip me jeta un regard en coin.

— Tu sais quoi ? me proposa-t-il d'une voix faussement désinvolte. Je vais justement voir mon vieux ce week-end, mes sœurs seront là également. Ça te dirait de te joindre à nous ?

Je réalisai alors qu'il avait deviné, pour mes parents, qu'il avait compris que jamais je n'aurais à combattre le cinquième mal parce que je n'avais plus de famille.

C'est sur la route de Cape Cod, une route brumeuse comme celle que je prenais aujourd'hui, que Skip me parla des siens. Lui aussi était orphelin de mère et même sa belle-mère était morte, dans un accident. Depuis, son père vivait seul et, bien qu'il essayât de faire comme si de rien n'était, ce n'était pas facile tous les jours. Sa sœur Edith était un peu folle et sa sœur Caroline trop parfaite. Lui, Skip, les aimait toutes les deux, bien plus que les innombrables nurses qui avaient peuplé son enfance. Mais jamais, de toutes les années où je l'ai connu, Skip ne m'avait parlé de Rose. Comme si elle n'avait pas existé. Comme si sa mort n'avait pas causé celle de Delphine. Et il me semblait maintenant que les souvenirs mêmes de mon amitié avec Skip étaient faux et que le tracé de ma vie avait perdu sa netteté.

Extrait de *Chronique secrète de la chute des géants* par Edith Whyte

L'oubli est une faute.

Pourtant, certains jours je me dis que ce livre ne sert à rien, que *je* ne sers à rien. Ceux qui me liront, sans doute pas très nombreux, et ceux qui me croiront, moins nombreux encore, seront choqués par mes révélations. Sans doute considéreront-ils mon père d'un autre œil. Ils ne l'inviteront plus à dîner, ne lui enverront plus de carte de vœux à Noël. Peut-être, interrogés par leurs amis, nieront-ils l'avoir jamais connu. Cela durera quelques mois. Mais après ? Oublier demande moins d'efforts que s'indigner.

Et puis, le monde va de plus en plus vite. Qui se rappelle encore de ce qui s'est passé il y a à peine six mois ?

Depuis que mon père a appris l'existence du manuscrit, il ne me parle plus. Il ne m'a pas appelée pour mon anniversaire, ne m'a pas proposé de venir le voir et, pour la première fois depuis des années, des orchidées de chez Hanaya ne m'attendaient pas sur le pas de la porte ce matin-là, à mon réveil. J'ai patienté toute la journée, seule, de plus en plus triste. Le soir, n'y tenant plus, je lui ai envoyé un petit texto : parlons-en.

Je n'ai pas eu de réponse.

La lettre est arrivée deux jours plus tard. Une lourde enveloppe de papier crème portant le logo d'un cabinet d'avocats, mon nom inscrit dessus d'une belle écriture soignée. Au courrier, ce jour-là, il y avait aussi une carte de Skip, au recto un bouquet de marguerites, au verso ce message griffonné à la hâte : « Joyeux anniv', grande sœur ». J'ai posé la carte sur la cheminée, avec la lettre, puis je me suis occupée de ma déco. La veille, j'avais demandé à un ami de me procurer deux plants de cannabis, que j'ai décidé d'installer sur le rebord de la fenêtre, là où, d'ordinaire, je mettais les orchidées.

J'ai attendu le soir avant d'ouvrir la lettre du cabinet d'avocats. Je me doutais de ce qu'elle contenait, mais je n'avais pas pour autant envie de le voir écrit noir sur blanc. J'ai même envisagé un instant de la mettre à la poubelle, sans la lire, mais je ne l'ai pas fait. Il faut avoir le courage de ses convictions.

La lettre faisait quatre lignes en tout, une pour chaque décennie que j'avais vécue. Après des salutations d'usage, on m'informait que M. William Whyte était au courant de mes projets de publication et se réservait le droit d'intenter une action en diffamation. S'il décidait de lancer cette action, il n'hésiterait pas à employer tous les moyens légaux à sa disposition.

Le lendemain, j'ai appelé mon éditeur pour lui demander si je pouvais ajouter un chapitre à mon ouvrage. Ensuite, j'ai rédigé une réponse à la missive paternelle, que j'ai envoyée à ses avocats dans l'enveloppe la plus pourrie que j'aie pu dénicher. À une lettre brève, une réponse plus courte encore – la mienne ne faisait qu'une ligne. Elle m'avait été inspirée par un proverbe chinois : Rien ne manque aux funérailles des riches, sauf des gens qui les regrettent.

2.

J'arrivai avec quelques minutes d'avance à mon rendez-vous avec Jaycee Boua, l'employée modèle de Helping Hands et l'une des deux femmes de ménage qui avaient travaillé pour William Whyte. L'entreprise dont le slogan – « La qualité à votre service » – s'affichait en grosses lettres violettes occupait un petit pavillon dans l'est de Boston, non loin de l'aéroport. C'était sans doute une maison d'habitation reconvertie, qui avait gardé un panier de basket vissé au-dessus de la porte du garage. Pour l'heure, les deux places de stationnement devant l'entreprise étaient vides.

J'avalai ce qui me restait de café puis passai un rapide coup de fil à mon associée Kristen. Elle décrocha à la première sonnerie.

— T'as du nouveau ?

Elle rit.

— Salut Sherlock ! Ni bonjour ni comment vas-tu ? Dois-je comprendre que tu as passé un mauvais week-end ?

— Pardon, dis-je. Mais non. Pas du tout. Très bon, au contraire. Victoria a cuisiné un cheesecake et un pain de viande. Alors, du nouveau ?

Kristen fit mine de ne pas entendre la question.

— Menteur. Victoria est une terrible cuisinière et tu sais pourquoi. Là où les autres gens voient le beurre, le chocolat et le sucre, elle ne voit que les calories. Comment veux-tu être heureux avec une personne comme ça ? Elle a très bon goût en matière de déco et de fringues, c'est sûr, et elle est belle, mais sérieusement, Zach ?

Là, elle marquait un point, bien qu'il fût hors de question pour moi de l'admettre à voix haute. Kristen avait beau avoir le même âge et la même formation juridique que Victoria, elle n'avait jamais pu supporter mon amie, et cela allait bien au-delà de simples différends en cuisine. Je décidai que maintenant, c'était à mon tour d'ignorer sa question, si tant est que cela en fût une.

— Du nouveau ?

Mon associée expira bruyamment.

— Non. Enfin, si, j'ai fini le livre, ce William Whyte était quand même un vrai salaud. Tu crois que ce que la fille avance est vrai ?

— Je ne sais pas. Et pour le tableau ?

— Rien de nouveau. On cherche toujours. Je suis entrée en contact avec le conservateur de la Galleria degli Uffizi à Florence et il a peut-être une idée ; seulement, c'est encore trop tôt pour t'en parler. Et toi, qu'est-ce qui se passe ?

Que pouvais-je lui répondre ? Je vais peut-être devenir père, sauf que ma copine hésite à avorter ? Tout semble indiquer que mon meilleur ami est un parricide ?

— Rien, dis-je. Écoute, il faut que j'y aille. Merci pour ton aide.

Une Toyota Corolla blanche, propre comme un sou neuf, venait de se garer près de ma voiture. Au volant, il y avait une femme noire, aux cheveux soigneusement lissés. Il me semblait l'avoir déjà vue, peut-être lors d'un de mes nombreux week-ends passés chez les Whyte, mais je n'étais pas sûr. Je raccrochai et ouvris ma portière.

— Madame Boua ?

Elle jeta un rapide coup d'œil au gobelet de café froissé que j'avais laissé sur le tableau de bord, fronça les sourcils.

— Il y a une poubelle à l'intérieur. Venez.

Jaycee avait des ongles longs, couleur prune pailletée, et je me demandai comment elle pouvait faire le ménage avec. Comme si elle lisait dans mes pensées, elle haussa les épaules.

— Je n'avais qu'un seul client, William Whyte.

Tournant à gauche dans le couloir, elle ouvrit la porte d'un petit bureau qui devait, à l'origine, avoir été une chambre : il en gardait le papier peint fleuri, décoloré par le soleil. Un miroir tarabiscoté au-dessus d'une fausse cheminée complète avec des bûches en plastique jurait avec le reste du mobilier, gris, fonctionnel et bon marché. Je pris place sur une chaise visiteur, Jaycee Boua s'installant en face de moi, derrière une table sur tréteaux qui servait de bureau. Elle soupira.

— Ces dernières années, je travaillais surtout ici, en agence, à faire de l'administratif. Stevia voudrait partir à la retraite, s'installer en Floride, et le plan était pour moi de reprendre la société. Enfin, maintenant, cela ne se fera plus.

Je la regardai sans comprendre.

Jaycee détourna les yeux, fixa un point à ma droite, où une rangée de lettres encadrées de clients satisfaits s'alignait sur le mur au-dessus d'un meuble de rangement.

— Vous êtes un homme jeune, monsieur Damon. Et blanc. Vous ne réalisez pas. Dans ce genre de business, votre principal actif est votre réputation. Qui s'adressera à moi désormais ? Tant que Stevia est officiellement aux commandes, ça passe encore, si elle nous licencie, Maria et moi, les gens pourraient oublier. Mais c'est fini pour moi.

— Attendez, je ne comprends pas. Personne ne vous accuse, que je sache ? Ce n'est pas vous qui êtes mise en examen ?

La voix de Jaycee Boua trembla.

— Le meurtre salit tous ceux qu'il touche, monsieur Damon. Innocents et coupables. Même si le fils Whyte est condamné, tant qu'il n'a pas avoué, il y aura toujours un doute. Et puis, qui s'intéresse à la vérité ? La vérité ne fait pas jaser. Non, croyez-moi, les gens hésiteront à avoir affaire à moi, désormais.

Elle se redressa sur son siège.

— Mais vous n'êtes pas venu ici pour entendre mes lamentations. Posez donc vos questions, je vous écoute.

Dans les grandes lignes comme dans les détails, Jaycee Boua confirma ce que la police m'avait déjà dit. Cela faisait six ans qu'elle faisait le ménage pour le vieux M. Whyte ; il y a deux ans, lorsque sa coéquipière de l'époque avait eu des jumeaux, Maria Becker l'avait rejointe. Avant cela, Maria avait travaillé pour d'autres clients de l'agence.

— Vous savez pourquoi elle a voulu changer ?

— Évidemment. Toutes les filles rêvaient de travailler pour M. Whyte. D'abord, il n'y avait pas grand-chose à faire. La maison est grande, mais il la salissait peu, c'était surtout faire la poussière et arroser les plantes. Et puis il payait bien, non seulement l'agence, mais aussi il y avait toujours une enveloppe pour les fêtes de fin d'année et, croyez-moi, c'était quelque chose. J'ai pu refaire les tapisseries chez moi avec ce qu'il m'a donné.

— Et il n'était pas...

J'hésitai. Comment demander à une femme si son employeur nonagénaire avait tenté d'abuser d'elle ? Par chance, Jaycee devina et rit de ma confusion.

— Vous lisez trop de romans, monsieur Damon. Si M. Whyte avait eu envie d'une petite gâterie, il avait les moyens de se payer les services d'une excellente professionnelle. Seulement, je n'ai jamais rien entendu de tel. Avec nous, il était toujours poli, même s'il parlait peu. « Bonjour, au revoir, comment va votre fils, madame Boua ? » C'était tout et ça me suffisait. Non, croyez-moi, c'était un bon job.

Je sortis de mon portefeuille la photo du tableau retrouvé dans les mains du mort.

— L'avez-vous déjà vu auparavant ?

Jaycee Boua se pencha en avant, les sourcils froncés.

— La police m'a montré ce tableau. Je ne l'ai jamais aperçu dans la maison. Il y en avait pourtant partout, des tableaux, tous plus sombres les uns que les autres. Un jour, je lui avais dit : « Ce qu'il vous faut, monsieur Whyte, ce sont des dessins de fleurs ou des paysages, pas ces trucs déprimants. » – Elle scruta l'image. – Encore que celui-ci n'est pas trop mal, le bébé Jésus est plutôt mignon et les couleurs sont belles. Mais non, ça ne me dit rien. Peut-être que l'assassin l'avait apporté avec lui.

— Et mardi dernier, tout était comme d'habitude ?

— Absolument. Je l'ai dit au capitaine tout maigrichon, là, qui est venu m'interroger. On a terminé par le hall d'entrée, j'ai pris les poubelles et on est parties. M. Whyte a fermé derrière nous. À dix-huit heures, nous étions dans ma voiture.

Je pointai l'index en direction de la fenêtre.

— C'était celle-là ?

— Oui, monsieur.

Je n'avais aucune raison de douter de son histoire, d'autant plus que celle-ci était confirmée par les enregistrements vidéo d'une station-service. Et, même si, en déposant Maria Becker chez elle à Kingston, Jaycee était revenue tuer le vieil homme, ce n'était pas sa voiture que la fille au pair de la maison voisine avait vue.

Il me restait une dernière question. Je la posai en choisissant mes mots avec soin.

— Il arrive que des personnes âgées s'imaginent des choses, par exemple lorsqu'elles mettent leur portefeuille ou leur montre au mauvais endroit ;

ensuite elles accusent leurs proches ou leurs employés de maison, car elles sont terrifiées d'admettre que leur mémoire défaille. Est-ce que ça pouvait être le cas de M. Whyte ?

Jaycee me regarda d'un air peu amène.

— Non. Et ne vous gênez pas comme ça, le maigrichon aussi m'a posé cette question, il est consciencieux, ce gars-là. Ma réponse n'a pas changé. M. Whyte était vieux, mais il n'était pas gâteux. Jamais il ne nous a accusées de quoi que ce soit, ni moi, ni Maria. Je l'aurais su. Vous pouvez vérifier avec Stevia, si vous ne me croyez pas. – Elle se leva. – Et avant que vous ne me demandiez où j'ai passé la soirée de mardi dernier, je vais vous le dire. J'étais avec mon fils de onze ans et mon ami, qui est lieutenant aux Stups. Il peut témoigner que j'étais chez moi avant vingt heures, que j'y suis restée toute la soirée et toute la nuit. Il prétendra même que j'ai ronflé, mais ne le croyez pas, c'est faux. C'est lui qui ronfle.

3.

L'immeuble où habitait Maria Becker était sale comme le poumon d'un fumeur. Situé sur l'artère principale de Kingston, une banlieue de Boston où même la lumière du soleil paraissait crasseuse, il était aussi éloigné de la splendeur tranquille du cottage des Whyte qu'un seau d'ordures l'est d'un seau à champagne. Je survolai du regard un mur de parpaings tagué, une caméra de circulation défoncée, deux jeunes aux yeux vitreux assis sur les marches de l'immeuble d'en face. La porte cochère n'était pas fermée. À l'intérieur, il flottait des odeurs de friture et de tabac froid. Je sonnai à la porte du deuxième étage marquée d'un M.B. Il y avait une plaque de blindage anti-tournevis autour de la serrure.

Mon opinion défavorable de Maria Becker changea toutefois dès qu'elle m'ouvrit. C'était une petite femme très digne, très droite, cheveux gris tirés en chignon serré et sourire chaleureux. Elle devait avoir pas loin de soixante-dix ans, mais elle se maintenait en forme – d'ailleurs, elle était vêtue d'un short de sport et de baskets de running, avec un chronomètre au poignet.

— Vous courez ? ne puis-je m'empêcher de demander.

— Je m'entraîne pour le marathon. C'est mon rêve. Mais entrez donc.

L'appartement était très propre, bien que très encombré. Des bibelots partout, des photos de famille, quelques tableaux que je jugeais sans grand intérêt, des paysages ou des portraits pleins de niaiserie qui ne devaient servir qu'à masquer des décolorations laissées sur le mur par des accrochages plus anciens.

J'acceptai son offre de café et m'installai dans l'un des fauteuils à oreilles du salon, mon bloc-notes ouvert sur mes genoux. Il y avait un dictaphone posé sur une étagère de livres, à ma droite, et je me suis dit que j'aurais dû m'en acheter un, cela m'aurait facilité la vie.

Maria Becker revint de la cuisine avec un petit plateau chargé de deux tasses de café et d'un sucrier en porcelaine. Elle me tendit ma tasse puis s'assit, le visage soucieux.

— Je vous écoute, monsieur Damon.

Je n'avais pas vraiment de questions, mon idée était de confirmer l'histoire de Jaycee, puis de demander à Mme Becker comment elle avait passé sa soirée. Je ne m'attendais pas à beaucoup de résistance de la part de cette femme intelligente, mais je n'espérais pas de révélations non plus. Aussi, je fus surpris lorsque, ayant avalé une gorgée de son café, Maria Becker me dit d'une voix claire :

— J'ai observé quelque chose qui pourrait vous intéresser. Ces dernières semaines, M. Whyte passait ses soirées à étudier des catalogues de musées d'art et de salles de vente. Il en avait des cartons entiers, il les recevait par courrier.

Je consultai mes notes.

— Personne ne m'a parlé de ça.

— Jaycee ne s'occupait jamais de son bureau et, moi, je ne l'avais dit à personne. Je ne sais même pas si c'est important pour l'enquête. Mais vous êtes l'avocat du fils, j'ai pensé que cela pouvait vous être utile, pour sa défense.

— Vous ne le croyez pas coupable alors ?

— Ni lui ni aucun des enfants. – Maria Becker se pencha en avant, le regard de ses yeux bleus limpides ne quittant jamais le mien. – Je n'ai aucune preuve de quoi que ce soit, bien sûr, mais je pense que M. Whyte consultait ces documents de manière compulsive parce qu'il avait peur.

— Peur de qui ? de quoi ?

— Je ne sais pas. C'était peut-être sa conscience qui le tourmentait.

— Et ce serait lié au tableau qu'on a retrouvé posé sur son corps ? L'avez-vous déjà vu ?

Je sortis la photo et la tendis à Maria Becker. Elle eut un mouvement de recul, avant de la prendre. Sa main tremblait légèrement.

— Non. Il n'était pas dans la maison avant le meurtre. Pourtant, ce n'étaient pas les tableaux qui manquaient dans cette maison.

— Ça pourrait aussi être lié aux accusations du livre d'Edith.

— Peut-être. Je ne l'ai pas lu. J'ai vu mentionné dans la presse qu'elle rendait son père responsable de crimes atroces. Mais je n'en sais rien, en réalité. Ce que je vous ai dit à l'instant, qu'il avait peur, c'est juste une observation de vieille femme. Ça ne vaut rien. Je peux me tromper.

Maria Becker but une gorgée de son café, le regard perdu dans le vague. Elle semblait regretter maintenant d'avoir partagé ses impressions avec moi. Au bout d'un moment, elle reprit d'une voix sourde :

— Vous souhaitez peut-être que je vous confirme mon emploi du temps de mardi dernier ?

— Volontiers.

Je pris des notes, puisqu'elle attendait manifestement que je le fasse, même si elle ne fit que répéter ce que le capitaine Dennis et Jaycee Boua m'avaient déjà dit. Le ménage au domicile de William Whyte, au cours duquel elle n'avait rien remarqué d'inhabituel. Le trajet de retour dans la voiture de Jaycee Boua. L'arrêt à la station-service d'East Sandwich. « J'avais besoin d'utiliser les toilettes, dit-elle, que voulez-vous, à mon âge... » L'arrivée à la maison, un peu avant dix-neuf heures.

Quant à sa soirée et sa nuit du mardi, elle les avait passées seule, à écouter de la musique et à feuilleter de vieux albums de famille.

— Bien sûr, me précisa-t-elle, si j'avais su que M. Whyte allait se faire tuer, j'aurais invité une amie à dormir, cela m'aurait donné un meilleur alibi que Wolfgang Amadeus. Mais la mort a tendance à frapper sans prévenir. – Elle eut un petit sourire triste. – Et voilà que je parle comme l'héroïne d'un mauvais roman.

Je la remerciai pour le café et me levai pour partir. J'avais encore deux autres questions, mais elles relevaient de la pure curiosité et je ne me sentais pas en droit de les poser. Toutefois, Maria Becker perçut mon hésitation.

— Vous semblez intéressé par cette photographie. J'ai remarqué que votre regard y revenait sans cesse.

Elle avait raison : je trouvais l'image, représentant un jeune couple vêtu à la mode des années 1930, saisissante. L'homme surtout, qui dégageait une vitalité et une intelligence rares. Il posait près d'une fontaine. À côté de lui, une femme qui ressemblait comme une fille à Maria Becker, mais était probablement sa mère, souriait timidement devant l'objectif.

— Vos parents ?

— Oui. À Paris, avant la guerre.

— Comment s'appelaient-ils ?

— Isabelle et Léonard. Ils sont décédés, maintenant, bien sûr.

— C'est une très belle photo. Et c'est curieux, j'ai l'impression de connaître l'endroit où elle a été prise, et, pourtant, je ne suis jamais allé à Paris.

Mon interlocutrice sourit.

— L'architecture classique, je suppose. Pour moi, toutes les capitales d'Europe continentale se ressemblent. Est-ce tout ce que vous vouliez savoir ?

Je la remerciai et partis. Je n'allais pas lui faire l'affront de lui demander pourquoi elle travaillait encore à cet âge ni pourquoi elle faisait des ménages. Cela ne me concernait pas, à moins que cela ait un lien avec l'enquête, et je n'en voyais aucun. Perdu dans mes pensées, je dévalais l'escalier sombre et sale lorsque mon portable se mit à sonner dans ma poche. Le numéro m'était inconnu, mais je pris tout de même le risque de décrocher. Une voix d'homme, cultivé, âgé.

— Monsieur Damon ? Je m'appelle Derek Starke, j'étais un ami de William. J'ai besoin de vous parler.

MARDI 24 OCTOBRE

Boston

1.

Le matin suivant, je pris mon petit déjeuner dans un café végan. De ma part, c'était sans doute un acte de masochisme, car à l'instant où je poussai la porte vitrée sur laquelle se balançait un attrape-rêves, je réalisai que j'avais surtout envie de bacon. Trop tard. À l'intérieur, les murs de brique repeints en blanc étaient parsemés de touches de couleurs acidulées : rose bonbon, vert pistache, jaune citron. Comme une crèche, mais pour adultes. Le menu, griffonné sur une ardoise à grand renfort de smileys, était incompréhensible, je pointai du doigt un plat au hasard.

— Un chia bowl ? gazouilla la fille tatouée derrière le comptoir. Et comme boisson ?

Ils ne servaient pas de café, alors j'optai pour un Sunrise, nom donné au jus de carotte saupoudré de germe de blé.

J'avais une heure à tuer avant mon rendez-vous avec Derek Starke. La veille, au téléphone, il s'était contenté de m'annoncer que l'information qu'il voulait partager avec moi concernait la mort de William Whyte. Lorsque je l'avais pressé de m'en dire davantage, il s'était fermé comme une huître en répétant : « Demain, vous saurez tout demain. » Il m'avait donc fallu prendre mon mal en patience, ce qui n'était pas une mince affaire : mon enquête piétinait et l'espoir insensé que Derek Starke puisse me dire quelque chose qui me mette sur la voie m'avait empêché de fermer l'œil de la nuit.

Le fait que mon portable reste silencieux ajoutait à mon désespoir. Je n'avais toujours pas de nouvelles de mon associée concernant le mystérieux tableau et, surtout, aucune nouvelle de Victoria. Je lui avais pourtant écrit des textos la veille, à neuf heures, puis à onze heures du soir. Des messages soigneusement neutres, réécrits trois fois au moins, chaque mot pesé, choisi pour ne paraître ni faible ni collant. Un modèle du genre.

Le contenu de mon chia bowl avait un goût de sciure. Je le mâchais tout de même avec application lorsque mon regard fut attiré par l'écran de télévision fixé au mur à ma droite. La télé avait été réglée sur New England Living, une chaîne dédiée à l'art de vivre de la côte Est. À l'écran, une journaliste au sourire éclatant marchait le long des rayonnages de livres reliés de cuir, à la rencontre de son invitée. Vêtue d'une robe chasuble informe, celle-ci avait un nez aquilin et des cheveux en pétard. À côté de la pimpante présentatrice avec son vernis assorti au rouge à lèvres, Edith Whyte faisait figure d'épouvantail, mais, au moins, elle avait la voix qui portait. J'attrapai mon bol et mon smoothie et me glissai derrière la table voisine, plus proche de la télévision.

— Tout d'abord, lança la journaliste en direction de la caméra en s'asseyant dans un fauteuil en cuir et en croisant ses longues jambes, je vous remercie d'être venue. C'est une grande force morale que de parler de son art au moment où vous êtes frappée par un deuil.

Edith s'agita, mal à l'aise, puis hocha la tête. La journaliste enchaîna dans un sourire :

— Edith, je sais que nos téléspectateurs se posent cette question. Avez-vous abordé le sujet du livre avec votre papa, avant sa publication ? Que pensait-il de votre recherche de la vérité ?

Il y eut une longue pause, puis Edith fixa la caméra du regard.

— L'activité littéraire est une expérience de liberté. Comprenez-moi bien, j'aimais mon père. Mais aimer quelqu'un ne signifie pas accepter de passer sous silence des choses graves. Ce que je dis dans le livre est la vérité, et la vérité dérange. Est-ce pour autant qu'elle ne doit pas être dite ?

— Comme c'est courageux de votre part, minauda la journaliste. Ce refus de tenir compte des conséquences. Vous êtes-vous attendue à une telle réponse du public ? Votre ouvrage est en tête du palmarès des ventes du *New York Times*, tout le monde en parle. Pourtant, je sais aussi qu'il y a eu des réactions très négatives, des personnes qui vous accusent de profiter du scandale pour gagner des fortunes, pour vous faire un prénom.

Edith croisa les bras sur sa maigre poitrine.

— Oui, le scandale fait vendre, et alors ? Je n'ai pas écrit ce livre pour l'argent qu'il pouvait me rapporter. Je vis modestement, ce que j'ai me suffit. Non, si j'ai médiatisé mon propos, c'était uniquement pour pouvoir partager cette vérité le plus largement possible. Pour mettre en garde. Beaucoup de gens ont été bernés. Derek Starke, par exemple. Un homme que je respecte et que j'admire, croyez-vous que s'il avait su de quoi mon père était capable, il serait resté ami avec lui ?

Prenant un air navré, Edith secoua la tête.

— C'est juste ça. Dire la vérité. Expier, en mon nom, la faute de mon père, de ma famille qui est devenue complice par son silence. C'est mon chemin de croix.

La journaliste ouvrit sa jolie bouche rouge, mais Edith n'avait pas terminé.

— Une chose encore, qu'on soit clair là-dessus. En publiant ce livre, mon but n'était pas d'arriver à la condamnation judiciaire de mon père. Ce qui me motive, c'est l'éthique de la vérité, ce qui n'est pas la même chose que la responsabilité pénale. Et, sur ce point, j'ai gagné mon pari.

Les yeux de la journaliste brillèrent, elle savait déjà que son émission allait battre des records d'audience.

— Edith, vous êtes une belle âme et je vous remercie pour votre franchise. J'ai une autre question pour vous, mais c'est tellement délicat. Vous permettez ? – Et, sans attendre l'assentiment de son invitée : – Des sources bien informées indiquent qu'un tableau a été déposé sur le corps de votre papa. Pensez-vous que le tueur a fait cela pour vous mettre en difficulté ? Qu'il ou elle aurait voulu lier le meurtre et la publication du livre ?

Edith réfléchit, le front plissé par la concentration.

— Cela me paraît tout à fait probable. Je n'avais jamais vu ce tableau auparavant, pourtant son apparition ne m'étonne pas. Et je sais que je vais décevoir une partie des téléspectateurs, mais je voudrais préciser une chose : je ne me sens pas coupable de la mort de mon père.

— Bien sûr, murmura la journaliste, posant une main compatissante sur le bras d'Edith. Et je comprends que tout cela soit un bouleversement pour vous. Le meurtre de votre papa, d'abord, puis les accusations portées contre votre frère. Vous m'avez dit avant le début de l'émission que vous ne le croyiez pas coupable ?

Edith soupira.

— Évidemment. Je n'imagine pas un instant que cela puisse être Skip. D'ailleurs, je ne pense pas qu'il aurait eu le courage nécessaire pour commettre un meurtre. Alors, qui ? Il faut chercher dans le passé.

— Et c'est sur cette note, déclara la journaliste, que nous terminons notre émission. Le passé nous rattrape toujours. Vivons donc au présent dans la justice et la dignité, mus par l'exemple flamboyant d'Edith Whyte.

La caméra s'arrêta un instant sur les jambes élégamment croisées de la journaliste avant de faire un gros plan du visage ingrat d'Edith. Je consultai ma montre. Il me restait encore trente minutes avant d'aller retrouver Derek Starke dans sa maison de Beacon Hill.

Extrait de *Chronique secrète de la chute des géants* par Edith Whyte

Vous vous demandez peut-être : si je savais tout cela, pourquoi n'ai-je rien dit plus tôt ? Est-ce l'absence de preuves qui m'a freinée ? La peur de me voir couper les vivres ? La crainte de la réaction de mes proches ? Vous vous imaginez une femme pas très belle, plus très jeune, sans mari, sans enfants. Que lui reste-t-il ? Sa famille. Sa position sociale. L'argent. Le fait de ne pas devoir travailler pour gagner sa pitance, la reconnaissance que lui procure ce nom connu et respecté. Et vous, madame, que faites-vous dans la vie ? Je suis la fille de William Whyte. Je siège au conseil d'administration de la fondation familiale. C'est presque un métier.

Il vous suffit de réfléchir deux minutes à ma situation pour que, vous aussi, vous songiez : moi, à sa place, j'aurais fait pareil, je n'aurais rien révélé à personne, quelles preuves j'ai ? Rien qui tiendrait au tribunal. Et puis qu'est-ce que cela change, le passé est mort et enterré au cimetière le plus chic de Boston, où un fleuriste grassement payé vient tous les lundis déposer des roses blanches. Quelqu'un serait-il plus heureux, le monde serait-il un endroit meilleur, si on découvrait que le vieux William

Whyte, un presque nonagénaire qui n'embête personne, a commis un crime par le passé ? Cette pauvre Edith a eu raison de ne rien divulguer. Oui, elle a eu mille fois raison.

Vous vous direz cela et vous aurez tort. Si je me suis tue pendant des années, ce n'est pas parce que je dépendais financièrement de mon père ni parce que je n'avais pas d'autre famille.

La réalité est bien plus simple.

Je me suis tue pendant des années parce que, même si la vérité m'avait éclaté au visage, j'avais choisi de ne rien voir.

Appelez ça la lâcheté, si vous voulez.

Moi, je préfère dire « confiance aveugle ».

Tout comme moi, vous avez été enfant. Vous avez cru au Père Noël, à la petite souris, au Prince Charmant. Vous avez cru en vos parents, aussi, lorsque vous étiez petit, ils étaient vos dieux, ils ne pouvaient pas avoir tort. Et vous avez eu beau grandir, vous couvrir de rides, vous dégarnir, au fond de vous, vous y croyez toujours un peu. Vous êtes une partie de vos parents. Ils rejaillissent sur vous. Alors, tant que cela ne vous touche pas de trop près, vous fermez les yeux et vous participez au maintien d'une légende familiale.

Et puis il suffit de bien chercher, on trouve toujours une explication. Pourquoi, après tout, ce qui est arrivé à Rose n'aurait-il pas été le fait d'un kidnappeur étranger à la famille ?

Oh, je sais ce que vous pensez à présent : il n'y a pas pire aveugle que celui qui ne veut pas voir.

Et moi, je vous réponds : que celui qui n'a jamais fermé les yeux me jette la première pierre.

2.

Pendant que j'étais dans le café, le ciel avait tourné à l'anthracite et les lampadaires à gaz, qui restaient allumés jour et nuit à Beacon Hill, avaient du mal à percer l'obscurité. Ce quartier, l'un des plus chics de Boston, est aussi l'un des plus sombres, composé comme il est de maisons de brique rouge parmi lesquelles serpentent des ruelles étroites, de brique également. Je ne croisai personne en chemin ; à croire que je visitais une ville fantôme. Les premières gouttes de pluie s'écrasaient sur le porche lorsque je sonnai à la porte de Derek Starke.

La porte s'ouvrit sans bruit. Je clignai des yeux, surpris, avant de me reprendre rapidement et de tendre la main au vieil homme à la peau couleur d'ébène qui me faisait face. Quant à sa maison, elle était à l'image du quartier. Après la gaieté forcée du café, j'avais le sentiment de tomber dans une caverne : il y avait là de hautes bibliothèques en bois noir, des lampadaires aux abat-jour de velours bordeaux, des huiles ternies par le temps au point de devenir méconnaissables. Je suivis mon hôte à l'intérieur d'un petit salon étouffant où un plateau nous attendait déjà : du café, noir, et du sucre, blanc, tous deux présentés dans des jolis pots Art déco. Les tasses en porcelaine de Chine avaient l'épaisseur d'une feuille de papier, les petites cuillères étaient en argent. Derek Starke entreprit de servir le café, mais ses mains tremblaient tellement qu'il dut reposer la cafetière.

— Cela ne vous ennuie pas de...

Je versai le café dans les tasses, puis, prenant place sur une banquette capitonnée, me préparai à écouter. Dehors, la pluie tambourinait sur les vitres et un érable solitaire et dégarni agitait ses branches dans le vent.

Il était évident que mon hôte avait répété son discours. Je me demandai même s'il n'avait pas consulté son avocat. Cela sentait le réchauffé, comme s'il avait déjà raconté cette histoire plusieurs fois.

— Avant qu'on ne commence, me dit-il de sa voix grave, je dois vous dire que William était mon meilleur ami. Du moins, je le pensais. Nous nous connaissions depuis le milieu des années 1950, d'abord dans un cadre professionnel, puis amical. C'était aussi un homme très complexe. Un homme qui pouvait être incroyablement généreux, qui avait le cœur sur la main, mais qui tolérait mal les intrusions dans son intimité et qui faisait tout pour décourager les questions trop personnelles. Aussi, bien que je sois très surpris des accusations que sa fille a portées contre lui, je ne suis pas en mesure de les réfuter. Je n'en sais rien, tout simplement.

Il se tut, le regard baissé sur sa tasse de café dont il se mit à remuer le contenu avec une petite cuillère. Était-ce ce qu'il pensait vraiment ou ces paroles étaient-elles dictées par la prudence ? Derek Starke continuait d'enseigner à Harvard, je le savais, il ne pouvait pas se permettre d'être associé à un scandale. En Amérique, c'est votre profil moral plutôt qu'un manque éventuel de connaissances qui vous coûte votre carrière.

— Est-ce pour me dire cela que vous m'avez fait venir, monsieur Starke ?

Il hésita, comme s'il n'était plus certain de ce qu'il voulait me confier. Ses yeux, très sombres, me sondaient. Finalement, il se lança.

— Non. J'ai une information pour vous. William m'avait appelé le jour de sa disparition, dans la matinée. Il était bouleversé, incohérent. J'ai même cru au départ qu'un de ses enfants était mort ou avait eu un accident. Mais lorsque je lui ai posé la question, il m'a dit que non, malheureusement. Que c'était plus grave encore. Et qu'il avait besoin que je vienne afin que nous trouvions ensemble une solution efficace et discrète.

Je regardais Derek Starke sans comprendre.

— Il a dit « Non, malheureusement », lorsque vous avez demandé si un de ses enfants était mort ? Vous croyez qu'il parlait d'Edith ? Mais pourquoi à ce moment-là ? Cela faisait des mois qu'il savait, pour le livre.

— Il était au courant, oui. Il envisageait de lancer une action en justice contre elle. Je vous avoue que je me suis posé la même question et que je n'ai pas trouvé de réponse.

— J'imagine donc que cela signifie que vous n'êtes pas allé le voir ?

— Je n'en ai pas eu le temps. Dix minutes à peine après ma conversation avec William, mon gendre m'a téléphoné pour me dire que ma fille venait d'accoucher. Je n'ai qu'une fille, monsieur Damon, et je désespérais d'avoir des petits-enfants un jour. Alors, quand mon gendre m'a appelé, je n'ai plus pensé à rien. J'ai pris mon sac de voyage – il était prêt depuis des semaines – et je suis parti. J'ai appris la mort de William à mon arrivée à Albuquerque.

— Et qu'est-ce que vous avez pensé, alors ?

— C'est difficile. Évidemment, il y avait eu cette histoire d'Edith. Plus jeune, elle avait eu des épisodes psychotiques. En outre, elle aussi m'avait téléphoné mardi dernier, disant qu'elle avait besoin de me parler, qu'elle craignait la réaction de William. C'est ma filleule et elle a l'habitude de venir vers moi quand elle se trouve dans une situation difficile. Je me suis dit alors qu'il était possible qu'elle soit allée voir son père et qu'ils se soient disputés au sujet du livre. Mais après, en réfléchissant un peu, j'ai songé qu'il pouvait s'agir d'un autre enfant. Il pouvait être question de Skip ou même de Caroline. Je suis au conseil d'administration de sa galerie ; je me suis demandé si William n'avait pas pu prendre ombrage du fait qu'elle ne propose maintenant que de l'art moderne, alors que, du temps de William, l'accent avait été mis sur l'ancien. William était très particulier au sujet de sa galerie, c'était un peu son quatrième enfant. Ces derniers temps, il vivait en reclus et ne sortait guère, mais, tout à la fin de l'été, il a effectué une visite surprise à Newbury Street et ce qu'il y avait vu ne lui avait manifestement pas plu, bien qu'il ait refusé de m'en dire davantage.

— Et vous ne lui avez pas suggéré qu'il se montrait déraisonnable ? Après tout, la galerie est à Caroline maintenant, c'est à elle de choisir les œuvres qu'elle expose.

Starke secoua la tête d'un air navré.

— Non...

Je réfléchis. Tout cela ne m'avançait pas beaucoup. Je tentai une autre question :

— En parlant d'œuvres, avez-vous déjà vu le tableau retrouvé sur le corps de William ?

Je sortis la photographie de mon portefeuille et la lui tendis.

Il me la rendit aussitôt, comme si le papier lui brûlait les doigts.

— Non. Non, je ne l'ai jamais vu. Mais, comme je vous l'ai précisé tout à l'heure, cela ne m'étonne pas. William était un homme très secret.

Je pris une gorgée de mon café pour me donner le temps de formuler ma pensée.

— Je n'ai fréquenté William que quelques années, mais j'ai toujours cru bien le connaître. Et puis j'ai lu le livre d'Edith, qui parle d'un être froid et manipulateur, d'un vrai monstre. Je ne sais que penser.

Derek Starke haussa les épaules.

— Depuis toujours, Edith est persuadée que son père était un homme mauvais. C'est une opinion qui perdure chez elle malgré l'absence de début de commencement de la moindre preuve. L'homme qu'elle décrit dans son livre n'est pas celui que j'ai connu. Il avait ses défauts, certes, mais c'était un père qui faisait de son mieux.

Mon hôte sourit tristement.

— Je suis sûr que Skip et Caroline vous ont dit la même chose. Le problème, avec Edith, c'est qu'elle était déjà assez grande lorsque William s'est remarié avec Delphine. Elle ne lui a jamais pardonné. Quant à Skip et Caroline, ils ne se souviennent pas de leur mère. La dynamique familiale était forcément différente pour eux.

Derek Starke se leva et je l'imitai. Loin de m'avoir aidé, cette conversation ne fit que m'accabler davantage. Car mon hôte avait sans doute raison, ce bouleversement soudain chez William Whyte ne venait pas de ce qu'avait pu faire ou dire Edith ; cela, il le savait déjà. Non, il avait appris quelque chose au sujet d'un de ses deux autres enfants. Et, quelques heures plus tard, la police arrêtait Skip sur l'autoroute, lancé dans ce qui, de tout point de vue, ressemblait à une fuite. Puis on découvrait le corps sans vie de William Whyte, le crâne défoncé, le meurtre mis en scène.

3.

— Pourquoi aimez-vous l'art, Zach ?

Cette question m'avait été posée par William Whyte le lendemain de ma toute première nuit au cottage. Je m'étais réveillé tard, il était dix heures passées et le soleil d'automne filtrait à travers les persiennes. Pendant quelques instants, j'avais eu du mal à me souvenir où j'étais, tant cette chambre luxueuse, avec son lit à colonnes en acajou sculpté et son semainier ancien embossé de cuir était à l'opposé de mon triste petit studio sur le campus. Même les draps ici avaient une odeur différente – non pas celle, légèrement chimique, qui caractérisait toutes mes affaires depuis que je les portais au Lavomatic situé près de ma barre d'immeuble, mais une odeur de frais, de soleil et de vent.

Lorsque j'étais descendu vers la salle du petit déjeuner, une pièce aux murs recouverts de lambris dont les grandes fenêtres s'ouvraient sur l'océan, j'avais espéré n'y croiser personne. Je n'avais pas eu cette chance : William Whyte s'y trouvait encore, avec son journal et son café. J'avais hésité sur le pas de la porte. Cet homme si riche et si cultivé m'intimidait, je n'avais pas l'habitude de côtoyer des gens de son espèce. Remarquant mon trouble, il avait reposé son journal et m'avait fait signe de me joindre à lui.

La nourriture se trouvait sur une desserte, disposée dans des plats à couvercle en argent, comme dans un hôtel cinq étoiles. Je n'osai pas les ouvrir tous, de peur de passer pour un malotru, ou un goinfre – je ne savais pas ce qui aurait été pire. William attendit que je me serve des œufs brouillés et du bacon et que je prenne place à table avant de me poser sa question.

— Pourquoi aimez-vous l'art, Zach ? Avez-vous grandi entouré de belles choses ?

Je souris en me rappelant la maison de Tante Brenda. Ma tante avait sans doute beaucoup de qualités, mais sa sensibilité artistique se limitait aux photographies de chatons qui ornaient le calendrier dans lequel elle notait ses engagements à venir.

— Pas vraiment, non. Mais j'ai reçu en cadeau, pour mes dix ans, une encyclopédie de peinture classique. C'est devenu mon livre de chevet. Il me semblait découvrir un monde rêvé, merveilleux et pérenne.

William hocha la tête.

— Je comprends. Dans l'art, on essaie toujours que les choses soient parfaites, parce que c'est difficile dans la vie. Vous avez déjà entendu ça ? Ce n'est pas de moi, c'est Woody Allen qui le dit, dans *Annie Hall*. Notre existence... n'est pas parfaite, par définition. On perd des êtres chers, on se trompe, on fait des erreurs. Des hommes frustes se tournent vers la drogue ou la boisson, d'autres, plus sophistiqués, découvrent la religion ou l'art. Skip m'a dit hier que vous étiez orphelin. Moi aussi. Et, tout comme vous, j'ai cru pendant longtemps que l'art était la seule forme supportable de vie. La satisfaction que je retirais à posséder une toile sublime ne faiblissait jamais. Tandis que les gens...

William repoussa sa tasse de café et se leva.

— Mais vous voulez que je vous dise ce que j'en pense maintenant ? Il faut apprendre à lâcher prise. Ce n'est que lorsque vous lâcherez prise sur votre passé que vous libérerez un espace mental nécessaire pour accueillir de nouvelles choses. De nouvelles expériences. De nouvelles personnes. Que pensez-vous de notre famille ?

Une autre question difficile. Les Whyte m'intimidaient et me fascinaient en même temps. L'érudition et la langue acérée d'Edith, la tranquille assurance de Skip, la perfection du visage de Caroline. La complicité évidente entre le frère et les sœurs, le regard affectueux que leur portait leur père. Je dis :

— J'aurais aimé avoir une famille comme la vôtre.

William gloussa.

— Quel beau compliment et j'ai l'impression qu'en plus vous êtes sincère. Est-ce parce que, à vos yeux, nous correspondons à une image de famille modèle ? Mais rassurez-vous, nous ne sommes pas parfaits. Moi, par exemple, j'ai fait des erreurs, mais je suis trop fier pour accepter qu'on me condamne pour ces erreurs ici et maintenant. J'attendrai le jugement divin.

— Je ne savais pas que vous étiez croyant.

— Je ne le suis pas. Si je l'avais été, je pense que je n'aurais pas commis de fautes. Mais c'est le passé, tout ça : je ne vais plus vous retarder avec mes questions de vieil homme. Les enfants sont partis jouer au tennis – rejoignez-les, il leur manque un partenaire pour les doubles. Skip est blond, vous êtes brun, tous les deux beaux garçons – vous pourriez vous imaginer dans ce tableau célèbre d'Edward Hopper.

4.

Je n'avais pas vu Caroline depuis une semaine et la pâleur de son visage me bouleversa. Elle lisait lorsque la minuscule bonne philippine m'introduisit dans la bibliothèque, une pièce inondée de lumière dont tout un pan de mur était recouvert de rayonnages. Accrochée entre deux hautes fenêtres, une toile abstraite leur faisait face. Cela ressemblait à de Kooning, et, connaissant les moyens financiers de Caroline, c'en était probablement un.

Absorbée par sa lecture, elle ne remarqua pas ma présence tout de suite et j'eus le temps d'observer les ombres noires qui s'étaient logées sous ses yeux, le petit pli amer qui apparaissait entre ses sourcils. Puis elle leva son regard vers moi et son visage s'illumina dans un sourire. Elle reposa son livre ; c'était *Gone Girl*.

— Tu te rappelles comme Edith lisait toujours des bouquins très profonds, abscons, même ? me dit-elle. Margaret Atwood, Salman Rushdie, *et si mon livre n'est pas la vérité, il aurait pu être la vérité* ? Alors que, moi, je reste encore et toujours sur du léger, du populaire.

Je pris place face à Caroline.

— Je me rappelle ses lectures. Elle m'intimidait, à l'époque. Sans cesse vent debout contre quelque chose, que ce soit le nucléaire, la vraie fourrure ou les faux seins. Mais elle n'a pas tellement changé, si ?

Caroline haussa les épaules.

— Ma sœur n'existe que dans le combat. C'est son identité. Il y a des gens qui sont comme ça, on n'y peut rien. Papa nous a toujours dit que le premier mot d'Edith, c'était « Non ». Pas « Maman ». « Non. » C'est pour parler d'elle que tu viens me voir ?

— D'elle et de Skip. Ce matin, j'ai fait connaissance avec Derek Starke. Je ne sais que penser de la conversation que nous avons eue. Il prétend que, le jour de sa mort, William l'avait appelé pour lui dire qu'il était bouleversé par ce qu'il avait appris au sujet d'un de ses enfants. Il n'a pas précisé lequel, ni même s'il s'agissait d'un homme ou d'une femme. Mais, comme cela fait un moment que ton père savait, pour le livre d'Edith, je me suis demandé si...

Caroline me sourit.

— Tu voudrais savoir s'il pouvait être question de Skip ?

J'acquiesçai.

— Je ne crois pas. Skip vit au-dessus de ses moyens, mais papa était au courant. Nous en avons même parlé samedi dernier, lorsque je déjeunais avec lui. Papa avait appris, je ne sais comment, que j'avais prêté de l'argent à Skip et il m'avait demandé si j'étais consciente que je n'en reverrais jamais la couleur. J'ai dit que oui, bien sûr, je le savais, mais il a tenu tout de même à me rembourser. Il m'a répété que Skip était sa responsabilité, pas la mienne. Je n'ai pas encaissé le chèque, je l'ai encore.

Caroline se leva et quitta la pièce, revenant quelques instants plus tard avec un bout de papier qu'elle me tendit sans un mot. Un chèque de banque à l'ordre de Caroline Glassman Whyte, d'une valeur d'un million de dollars.

Je levai un regard incrédule vers elle.

— Tu avais prêté un million à Skip ?

— Non, six cent mille seulement. Mais papa m'a dit que les demandes n'allaient sûrement pas s'arrêter et qu'il ne serait pas toujours là pour effacer l'ardoise. Il savait qu'il pouvait me faire confiance.

Je contemplai de nouveau le chèque. Le montant me faisait tourner la tête, tous ces zéros bien alignés, comme une rangée de moineaux sur un fil.

— Est-ce que Dennis est au courant ?

— Bien sûr, je lui en ai parlé. Je ne pouvais pas faire autrement, ce n'est pas un chèque ordinaire, la banque lui aurait signalé ça, de toute façon, ils tiennent des registres. Ce que Dennis avait du mal à comprendre, c'est qu'un million ce n'est rien quand on a grandi dans une famille comme la nôtre. Papa n'allait pas déshériter Skip pour cela et Skip n'avait donc aucun motif pour commettre un meurtre.

— Alors, tu penses que la remarque de ton père concernait Edith ?

— Je le crois. Cette histoire du livre avait beaucoup touché papa. Pour lui, les prétendues révélations d'Edith étaient une vraie trahison, et encore, il n'avait pas lu le manuscrit, il ne savait pas tout.

— Comment ça ?

— Je ne le lui ai jamais donné. Ce livre, j'en ai eu connaissance avant sa publication par une amie qui travaille dans la presse. Cette amie m'avait passé des épreuves non corrigées, mais je n'ai pas voulu laisser ce torchon à papa. Du coup, je lui avais dit que je n'avais pas le livre, mais qu'on me l'avait décrit dans les grandes lignes. Il savait qu'Edith le croyait capable de l'enlèvement et du meurtre de Rose, mais il n'était pas au courant pour tout le reste. C'est tellement ridicule. Je n'ai pas voulu lui faire encore plus de peine.

— Donc il est tout à fait possible que William ait pu découvrir les autres accusations le jour de la sortie du livre ? Qu'est-ce qu'il aurait fait, à ton avis, après avoir appelé Derek Starke ? Aurait-il pu exiger qu'Edith vienne le voir ?

Caroline sourit d'un air triste.

— Je ne veux pas te suivre sur ce terrain-là, Zach. Ça reste ma sœur. Je n'arrive pas à croire qu'elle...

Je la contemplais en essayant de croiser son regard, mais le soleil était de face et m'aveuglait. C'était une erreur de ma part de sous-entendre qu'Edith puisse y être pour quelque chose. Je savais que Caroline ne me confierait plus rien qui pourrait impliquer sa sœur, je tentai donc une approche différente.

— Lorsque je les ai interrogées, l'une des femmes de ménage m'a dit que William était exactement comme d'habitude, mais l'autre a soupçonné qu'il passait ses soirées à étudier des catalogues de salles de vente. Est-ce que tu sais de quoi il s'agissait ?

Il y eut un silence, je crus même que Caroline n'allait pas répondre. Mais finalement, elle murmura :

— Papa était sur les nerfs ces derniers temps, c'est certain, mais il le cachait bien. C'est une question d'éducation. Je ne sais pas si c'étaient des catalogues des salles de ventes qui le mettaient dans cet état, mais oui, il y avait un truc. Et je sais à quoi tu penses, tu penses au livre. À ces accusations grotesques concernant son passé. Tu t'imagines qu'il pourrait y avoir du vrai là-dedans, qu'il vérifiait s'il y avait des preuves contre lui. Je t'avoue que cette idée m'a traversé l'esprit, à moi aussi. Seulement, Zach...

Caroline se pencha vers moi et je vis une larme rouler sur sa joue.

— Ce que je viens de te dire, il faut que cela reste entre nous. C'était mon père et, quoi qu'on puisse apprendre maintenant, je l'aimais. N'oublie jamais ça.

MERCREDI 25 OCTOBRE

Boston

1.

Je ne pouvais pas me permettre le luxe des scrupules. La liberté de Skip était en jeu et si je pouvais sauver sa tête en faisant peser des soupçons sur Edith, je n'allais pas m'en priver. C'est ainsi que je me retrouvais, tôt le mercredi 25 octobre, à l'entrée du poste de police de Bourne.

À l'accueil, le flic crâne d'œuf était toujours occupé à feuilleter son catalogue de mobil-homes. Il m'adressa un signe de tête distrait, avant de replonger dans sa lecture. Posé sur une serviette en papier près de son coude, il y avait un donut à demi mangé, recouvert d'une couche épaisse de sucre glace. Je sentis mon estomac gargouiller. Dans ma hâte d'innocenter Skip, j'avais quitté North End sans prendre de petit déjeuner, et maintenant, j'en payais le prix.

Stone Dennis était à pied d'œuvre depuis longtemps, ce dont il ne manqua pas de m'informer avec un coup d'œil appuyé sur sa montre lorsque je passai la tête par la porte de son bureau.

— 7 h 30 du matin, je suis là depuis une heure déjà, je vous écoute, monsieur Damon.

Que cet homme était loin du stéréotype de flic qui s'épanouit sur les écrans ! Pas de donuts, ici, pas de bedaine, pas de signes d'addiction d'aucune sorte, ni à l'alcool, ni aux femmes. Quoique si, peut-être, une addiction à l'ordre. Un bureau impeccablement rangé, le nœud de cravate bien serré, la parole rapide.

— Allez-y, monsieur Damon, abusez de mon précieux temps, je suis tolérant, je vous laisse dix minutes.

Ainsi encouragé, je me lançai.

— Il me semble qu'au cours de votre investigation, vous ne vous êtes pas suffisamment penché sur le cas Edith Whyte. Or, il existe de nombreuses preuves directes et indirectes que celle-ci était en conflit avec son père et avait les moyens de commettre ce meurtre.

Dennis hocha la tête, mais je n'arrivai pas à lire son regard, caché par le reflet lumineux sur ses lunettes. Je me rappelai tout d'un coup que c'était un vieux truc d'avocats de la défense, pour éviter aux prévenus de se trahir : mettez-leur des lunettes, non seulement ils passent pour des intellos, mais en plus personne n'arrive à savoir à quoi ils pensent. Tout comme je ne savais pas ce que Dennis faisait de mes arguments.

— Le mobile, donc, repris-je d'une voix ferme. Edith avait provoqué son père et j'ai appris de source sûre qu'il envisageait une action en diffamation contre elle.

Dennis hocha encore la tête.

— Tout à fait. Continuez.

— Ma théorie – ma certitude, même – est que William Whyte n'était au courant que d'une partie des accusations qu'Edith avait lancées contre lui. Le jour de sa mort, jour de la sortie du livre, il a découvert le reste. Et, en apprenant ces divagations grotesques, il a exigé que sa fille vienne à Hyannis Port. Or on sait que, après la fête donnée en l'honneur de la publication de son livre, Edith s'est retirée chez elle en prétextant un mal de tête, sans personne pour confirmer ce qu'elle faisait. Elle aurait pu louer une voiture, aller voir son père. Je pense qu'il peut être intéressant de vérifier la liste des appels passés et reçus sur son portable et si une tour de Cape Cod aurait capté le signal émis par son téléphone.

— C'est fascinant, dit Dennis, se rejetant en arrière sur sa chaise, les mains croisées derrière sa nuque. Figurez-vous que j'y ai pensé également, quelques jours avant vous, et que j'ai vérifié tout cela. Le portable d'Edith est resté chez elle tout l'après-midi du mardi, non que cela prouve quoi que ce soit. Elle est peut-être folle, mais ce n'est pas une idiote. Et vous savez quoi ?

Il me fit un sourire qui ne me disait rien qui vaille, un sourire de poisson mort.

— Dans la police, on est le contraire des écrivains : on n'est pas à la recherche d'une belle histoire, ce qu'on veut, c'est du simple. Votre ami et client, Skipper Pythias Whyte, était sur place, il était le seul à avoir les clefs de la maison de son père.

— Faux. Les femmes de ménage auraient pu se faire faire un double.

— Il a un passé de violence, continua Dennis, imperturbable. Vous l'ignoriez peut-être ?

— Quelques bagarres d'étudiant, rien de très grave, c'est vieux, tout ça. Ce n'est quand même pas là-dessus que vous allez bâtir votre accusation ?

— Pour moi, tout cela est très simple. Votre client a lu le livre de sa sœur et a mis le tableau entre les mains de son père assassiné pour qu'on croie qu'il y a un lien. D'où un avocat spécialisé en droit de l'art. Il vous utilise comme un rideau de fumée.

— Cela ne tiendra jamais au tribunal. Ce ne sont que des suppositions.

— Absolument. Et il existe un point en votre faveur, je vous le concède. Les analyses sont formelles, le sang qu'on a trouvé sur votre ami n'est pas celui de son père. C'est son propre sang, il provient bien d'une petite coupure sur sa main. Seulement, cela ne change rien, parce qu'il y a une chose que vous ignorez encore. Alors, vous vous entêtez. Vous savez, je ne vous blâme même pas. Orwell a dit qu'il faut constamment se battre pour voir ce qui se trouve au bout de son nez.

Dennis s'interrompit et se mit à feuilleter le dossier placé sur la table devant lui. Je crus qu'il faisait cela pour me signifier la fin de notre entretien, mais, au bout d'un instant, il reprit d'une voix sourde :

— Pourtant, vous avez besoin de vous mettre ça dans le crâne : votre ami, Skipper Pythias Whyte, a le meilleur mobile de tous. Il a des dettes.

— Avait, dis-je, soulagé parce que ce n'était que ça. Je le sais, sa sœur Caroline m'en a fait part. Elle lui a prêté de l'argent.

— Qu'il va pouvoir lui rendre maintenant qu'il est riche, grâce à la mort de son père. Mais ce n'est pas de ces dettes-là que je voulais vous parler. Ce que Caroline vous a raconté, c'est de la gnognote, elle ne sait pas tout. Elle a remboursé l'achat de la Porsche, des costumes Armani, le ski à Courchevel et les week-ends aux Bahamas. En réalité, cela va bien au-delà. Votre ami Skipper Pythias Whyte doit un paquet d'argent à des gens qui ne rigolent pas.

Dennis finit manifestement par trouver ce qu'il cherchait, car il leva de nouveau les yeux vers moi, un sourire narquois sur ses lèvres fines.

— J'ai réussi à obtenir deux témoignages qui concordent, c'est du béton. Il a des dettes de jeu colossales et ces gens qui ne rigolent pas l'avaient informé qu'ils allaient lui casser les genoux s'il ne les remboursait pas illico presto. C'est pour cette raison qu'il est allé à Hyannis Port mardi dernier, pour demander de l'argent à son père. Maintenant, que dites-vous de cela ?

2.

Il n'y avait rien à dire. Je remerciai le capitaine Stone Dennis pour son temps précieux et j'allai me soûler dans un pub irlandais miteux situé à une rue du poste de police. Ce n'était ni l'heure ni le lieu, mais je m'en moquais. Moi aussi, je connais mes classiques et une autre citation d'Orwell avait pris racine dans mon cerveau en écrasant toute pensée cohérente : aux moments de crise, ce n'est pas contre un ennemi extérieur que l'on lutte, c'est toujours contre son propre corps. Ou, dans mon cas, contre sa propre loyauté.

Je ne cherchai pas à varier mes poisons. Le barman servait de l'Absolut et c'est ce que je bus, avec la régularité d'un métronome, tout en portant des toasts silencieux à mes illusions perdues. À William Whyte, que j'aimais et respectais comme un père et qui avait des zones d'ombre aussi importantes que la face cachée de la lune. À mon amitié avec Skip, qui m'avait embauché pour le sortir de ce mauvais pas car il savait que je serais facile à berner. Et aussi parce que mes services ne coûtaient pas cher. À Victoria, qui prenait, toute seule, la décision concernant mon enfant à naître.

Contre tout cela, je ne pouvais rien. C'était cela qui faisait le plus mal. *L'enfer, c'est les autres*, murmura une voix dans ma tête. Encore un classique, tiens ! J'avalai mon verre de vodka cul sec avant de le reposer sur le bois collant du comptoir. J'avais envie de revenir à l'époque de Tante Brenda, temps béni où je n'aimais personne. Où les problèmes des autres n'étaient pas mes problèmes. Je faillis l'appeler alors, ma tante Brenda, mais je pensai que cela risquait de la déranger. Au lieu de cela, je commandai un autre verre. Puis je sortis mon bloc-notes et je commençai à y inscrire la sacro-sainte triade de l'investigation criminelle. Je devais réfléchir comme Stone Dennis pour trouver un moyen de le contrer.

Mobile : c'est là que réside toujours la réponse. Argent ? Vengeance ? Pourquoi le tableau et l'inscription au feutre ? Manœuvre de diversion, comme semblait le croire Maigrichon Ier ? Je n'étais pas convaincu.

Opportunité : Les deux femmes de ménage. Edith – et pourquoi pas ? Caroline, Derek Starke ? Non. *Skip ?* Voiture grise devant la maison.

Moyens : Clefs, code de l'alarme. Tout le monde connaissait le code, apparemment, mais personne n'avait de clef. Sauf Skip, qui prétendait l'avoir perdue. Oui, mais les femmes de ménage auraient pu faire un double. Et, bien sûr, il n'était pas exclu que William ait ouvert à son meurtrier.

Moyens bis : il ne faut pas beaucoup de force pour fracasser le crâne d'un vieil homme. Le rapport de police mentionnait un traumatisme crânien fermé, avec juste une coupure superficielle à l'arrière de la tête, qui avait très peu saigné. Arme du crime ? Un objet contondant, de forme arrondie. Cela pourrait être tout et n'importe quoi, et n'importe qui aurait pu le faire. Est-ce que ce n'importe qui pouvait aussi savoir où William Whyte cachait le tableau ? Sur ce point au moins, les témoignages étaient unanimes : personne ne reconnaissait l'avoir vu, ni même en avoir entendu parler. Alors, qui ? Si William le gardait quelque part dans le cottage, les femmes de ménage auraient pu le savoir. William aurait pu aussi montrer le tableau à un proche. Pas à Edith, mais peut-être à Caroline ou Skip. Ou à Derek Starke, sauf qu'il était dans un avion pour Albuquerque, je pouvais faire confiance à Dennis pour l'avoir vérifié.

En bas de la feuille, je marquai : et si c'était une vengeance ? De qui, pourquoi ? Je n'avais plus d'idées. Ma tête me faisait mal, j'avais froid et faim. Je fis signe au barman de me servir un autre verre.

Ce qu'il me fallait, c'était un ami, quelqu'un avec qui j'aurais pu débattre de mes hypothèses, quelqu'un qui me dirait de ne pas perdre confiance. Seulement, j'avais beau avoir vécu trois ans à Harvard, tout près de cette ville, je n'y avais pas d'amis. Dès ce premier week-end passé en leur compagnie, les Whyte étaient devenus mon univers. Oubliés, Bin et Ronald. Abandonnées, toutes les tentatives de me lier avec les autres, le club de cinéma que je fréquentais de temps à autre, la fille mignonne que je croisais les lundis à la cafétéria.

Il ne faut pas mettre tous ses œufs dans le même panier, aimait à répéter Tante Brenda. La seule personne dans cette ville que j'aurais eu plaisir à voir maintenant, c'était Caroline. Mais je ne pouvais tout de même pas aller lui avouer que je soupçonnais sérieusement son frère adoré. Moi, son avocat, celui en qui elle avait toute confiance.

— Il y a une dame qui vous cherche, me dit le barman en plaçant un nouveau verre plein à ras bord devant moi.

Je tournai la tête. C'était Edith. Aussi ébouriffée que sur le plateau télé, la veille, sauf que maintenant des gouttes de pluie perlaient dans ses cheveux. Je clignai des yeux. Était-ce le fait de penser à Caroline qui avait fait apparaître sa sœur ? La matérialisation de la pensée, à travers le prisme d'un miroir déformant.

— Je ne veux pas te parler, réussis-je à articuler.

Edith hocha la tête sans répondre, s'installa sur le tabouret à côté.

— La même chose pour moi, lança-t-elle au barman.

Une fois servie, elle trinqua contre mon verre.

— Est-ce que tu me comprends, maintenant ? – Elle pointa du doigt mes notes. – Ce que j'ai ressenti en apprenant que mon père était un criminel ? Comme si le sol s'était ouvert sous mes pieds et que je tombais, tombais...

— Oui, dis-je. Mais je ne veux pas en parler.

— C'est Dennis qui m'a appelé, poursuivit Edith comme si elle n'avait pas entendu. Il m'a expliqué que tu étais sans doute en train de te soûler dans un bar à proximité du poste de police. Tu étais facile à trouver, aussi. C'est le premier endroit que j'ai vérifié.

Elle posa un billet sur le comptoir.

— Viens, je vais te ramener à la maison.

— Non merci.

— Ne fais pas le con, Zach. Tu n'es pas en état de conduire et tu le sais très bien. Tu as bu combien de verres, six, sept ?

— Huit, précisa le barman, en croisant ses bras poilus sur sa poitrine.

— Tu vois. Ma famille ne mérite pas qu'on se tue pour elle. Rentre à la maison, puis, lorsque tu auras cuvé, tu pourras prendre ta décision.

— Je ne vous sers plus, de toute façon, dit le barman. Je ne tiens pas à avoir un cadavre sur les bras.

— Il y a cette blague, dis-je à Edith, je l'ai entendue à l'école de droit. Assister un criminel avant qu'il soit arrêté, c'est être son complice. Assister un criminel après qu'il est arrêté, c'est être son avocat.

Je m'esclaffai, mais Edith ne sourit pas.

— Qu'est-ce que je fais à Boston, tu peux me l'expliquer ?

— Tu essaies de faire le bien. – Edith me guida vers la porte. – Mais si tu ne veux plus nous connaître, tous autant que nous sommes, je comprendrais. Je peux même aider Skip à trouver un autre avocat.

Dehors, il pleuvait et le vent s'était levé, me giflant au visage.

— Ne t'embête pas, dis-je à Edith. Je vais prendre un taxi.

Avant qu'elle ne puisse protester, je sortis mon téléphone de ma poche. Il affichait quatre messages en absence, tous de Kristen. J'enfonçai la touche Rappel.

— Allô ? C'est toi, Zach ?

— Dis-moi que tu as découvert quelque chose.

Kristen gloussa.

— En effet. Je sais maintenant, sans l'ombre d'un doute, qui a peint le tableau retrouvé entre les mains du mort et d'où il vient. À toi de voir si cela peut t'aider dans ton enquête.

Je fis signe à Edith que j'avais besoin d'être seul, puis je sortis mon bloc-notes de ma poche. C'était comme si je n'avais pas bu : la vague d'adrénaline conjuguée au vent qui soufflait dehors me dessoûla plus vite qu'une douche froide.

— Je t'écoute.

La voix de Kristen était devenue sérieuse.

— C'est grave, Zach. Très grave. Le conservateur d'Uffizi à Florence vient de me contacter, c'est lui qui l'a identifié. Le tableau s'appelle *La Vierge à l'Enfant entourée de saints*, il est de Benozzo Gozzoli, un artiste italien du XVe siècle. Et il est recherché.

— Par Interpol ? C'est une œuvre volée ?

— Pire.

— Comment ça, pire ?

Edith, qui était restée à quelques pas de moi, lança un regard interrogateur dans ma direction. Je baissai la voix et me tournai vers le mur du bar.

— Qui le recherche, ce tableau ?

— Les Monuments Men, Zach. C'est une œuvre volée par les nazis. Avant la guerre, elle appartenait à un galeriste de Vienne nommé Léon Aronson. Selon les informations qu'on m'a transmises, le propriétaire du tableau comptait utiliser l'œuvre pour payer sa sortie d'Autriche, pour lui et son épouse, mais il n'en a pas eu le temps. Le tableau a été saisi et Léon Aronson est mort dans un camp de concentration.

— Et sa femme ?

J'entendis Kristen feuilleter un document.

— Je crois qu'elle a réussi à s'échapper. Le dossier ne mentionne pas d'enfants, mais précise que Mme Aronson était enceinte à l'époque.

Extrait de *Chronique secrète de la chute des géants* par Edith Whyte

Mon père dit souvent que si l'artiste crée son travail, c'est la société qui le transforme en œuvre d'art. En affirmant cela, il oublie la troisième partie de l'équation : c'est le galeriste qui transforme l'œuvre d'art en espèces sonnantes et trébuchantes. C'est cela, le don de mon père : prendre de l'art et en faire des millions de dollars, tout en discrétion et avec le sourire.

Et où trouve-t-il les œuvres qui font sa fortune ? Pour le savoir, nous devons regarder presque quatre-vingts ans en arrière.

La fin des années 1930, en Europe, est une époque terrible. Les populations vivent dans la peur et c'est cette terreur abjecte qui permet l'installation au pouvoir d'idéologies totalitaires. C'est cette peur qui muselle la presse libre, qui valide la suspension de la Constitution en Allemagne, qui donne la possibilité au nazisme de prendre racine. L'individu n'est plus rien, seul compte le collectif. L'idéologie domine le discours, les frontières entre le réel et la fiction se brouillent et plus personne ne sait vraiment si le monsieur israélite qui vous salue aimablement tous les matins est le bon voisin qu'il prétend être.

Dès 1933, Hitler, passionné d'art et lui-même peintre raté, organise la spoliation des Juifs. Des sources fiables estiment que près de vingt pour cent d'œuvres d'art en Europe furent pillées par les nazis et que cent mille pièces ne furent pas retournées à leurs propriétaires. Nul ne sait ce qu'elles sont devenues.

William Whyte arrive en Allemagne en 1949. En tant qu'historien d'art diplômé de Harvard, il est embauché par le Monuments, Fine Arts, and Archives program, un organisme américain fondé en 1943 et dont le rôle est de retrouver les biens pillés par les nazis et de les expertiser. Jeune homme brillant et séducteur, William Whyte s'épanouit sur le vieux continent, fréquente une starlette italienne, noue des amitiés avec des marchands d'art. L'Europe est ravagée, mais qu'à cela ne tienne : quand on a de l'argent, quand on est américain, le champagne coule à flots. William voyage beaucoup, passe des week-ends à Paris, sur la Riviera italienne. Il joue au casino, fait du ski en Autriche, il est beau, il est invité partout, les vieilles familles lui ouvrent leurs portes, dans l'espoir, qui sait, de marier leurs filles.

Parmi ceux que William fréquente, un marchand d'art du nom de Hans Wendland, un Allemand au passé inventé de toutes pièces qui opère depuis la Suisse. Les deux hommes se retrouvent souvent, semblent être les meilleurs amis du monde. Puis en 1951, sans prévenir qui que ce soit, William démissionne de son poste. Il retourne à Boston et, peu après, ouvre une petite galerie d'art. Ainsi, il pose la première pierre de son immense fortune.

JEUDI 26 OCTOBRE

Boston

1.

Je n'avais toujours aucune nouvelle de Victoria. Pas de « Je t'aime », pas de « On le garde », pas de « J'ai besoin de toi ». Rien. *Nada.* Je l'imaginais vivre sa vie, comme si de rien n'était, manger, rire, dormir. Choisir ses tenues le matin, rêver devant une paire de Jimmy Choo, dicter des courriers à Lynette. Je l'imaginais vivre, sans moi, mais avec mon bébé dans le ventre, et j'en étais malade.

La seule chose que je ressentais désormais à son encontre, c'était de la colère, mêlée à une pointe de culpabilité parce que je me trouvais dans Newbury Street, en face d'une jolie maison de ville ancienne. Située dans la partie de la rue la plus proche de Boston Common, le plus ancien parc public des États-Unis, connu pour sa grande statue de George Washington et ses kitschissimes bateaux-cygnes, la maison avait des bow-windows à tous les étages, et une inscription discrète sur sa porte vitrée. Faisant un effort de volonté, je chassai l'image de Victoria de mon esprit. Je n'avais pas à me sentir coupable juste parce que je me trouvais devant la galerie Whyte. Ni parce que je me réjouissais à l'idée de revoir Caroline.

La première fois que Skip m'avait invité à venir passer le week-end à Cape Cod, il m'avait prévenu : « Ne t'avise pas de tomber amoureux de ma sœur. » Je me rappelle avoir trouvé ça drôle. Genre grand frère protecteur, sauf que je n'y étais pas du tout. C'était pour moi que Skip était inquiet, pas pour Caroline. Parce qu'il savait l'effet qu'elle faisait sur les hommes, avec son corps souple, ses yeux bleus magnifiques, son regard direct et innocent.

Le même regard qui s'illumina lorsque je poussai la porte vitrée de la galerie.

— Zach !

Caroline courut m'embrasser. Vêtue d'un jean noir moulant et d'un petit pull gris à col rond, elle était manifestement en train de refaire l'accrochage dans sa galerie. Des toiles abstraites, taches sombres sur fond plus sombre encore, attendaient appuyées contre le mur. Il n'y avait personne dans la galerie à part elle.

— Je te dérange ?

— Jamais tu ne me dérangeras. De toute façon, ce n'est pas comme s'il y avait foule, j'ai même donné congé au personnel pour la journée, nous sommes officiellement fermés. Depuis que le livre d'Edith est paru, les gens viennent moins ; en revanche, on est assaillis par la presse. Tous veulent savoir si j'étais au courant, pour mon père. Ce que j'en pense. Mais c'est juste un mauvais moment à passer, on s'en remettra.

Je souris devant tant d'optimisme.

— Je l'espère.

— C'est certain. Le cliché sur les milieux de l'art, c'est qu'il s'agit de la troisième plus grande industrie non régulée au monde, après le trafic d'armes et la drogue. Il y a des règles, mais la principale est celle de la discrétion quasi pathologique. Si papa avait effectivement vendu quelques toiles ayant été volées aux familles juives, ses acheteurs ne se manifesteront pas, ils auront trop peur de se faire reprendre leurs œuvres. Et puis c'est vieux, tout ça, cela se serait passé quand, dans les années 1950 ? Et je suis mariée à un Juif. Ce qui prouve encore une fois à quel point toutes ces allégations sont ridicules. Papa adorait Ben et, toi aussi, il t'aimait comme son propre fils.

— Je sais. C'est pour ça que j'ai du mal à croire aux accusations d'Edith. Alors, tu penses que les clients reviendront ?

— Bien sûr ! La seule chose qui puisse vraiment couler une galerie d'art, en dehors de l'inaptitude du galeriste à saisir la tendance du moment, c'est de se faire prendre à vendre des faux. Comme ce qui est arrivé à Knoedler.

Je hochai la tête sans répondre. Caroline faisait référence à la célèbre galerie new-yorkaise qui avait fait faillite quelques années plus tôt, lorsque sa direction s'était retrouvée impliquée dans la vente de faux tableaux de Mark Rothko. C'était dans tous les journaux et j'avais même écrit un papier pour le Centre des études sur le droit de l'art, dirigé par

Kristen. Je regardai les toiles sombres appuyées contre le mur derrière Caroline. De l'art abstrait dans son expression la plus pure, des œuvres pleines de force et de personnalité, un parti pris artistique. J'espérais pour elle que les clients allaient revenir, mais je n'en étais pas sûr. Pour le moment, toutefois, ce n'était pas ma préoccupation principale.

— Je ne sais pas quoi faire pour Skip, finis-je par lui dire. Comment le défendre. Les indices dont la police dispose sont accablants.

J'en restais là. Inutile d'avouer à Caroline que, moi-même, je commençais à douter de Skip, et que j'avais de plus en plus de mal à ignorer la recommandation que m'avait faite Kristen la veille, juste avant de raccrocher : « Ne le défends pas, Zach. C'est ton ami, certes, mais le fils d'un salaud sera toujours un salaud. Par définition. »

Caroline fit un pas vers moi, posa sa main sur mon avant-bras.

— Je suis sûre que ce n'est pas lui. Ni Edith, d'ailleurs. Et pourtant, je sais de quoi ça a l'air, que tous les indices convergent vers eux. Mais on n'a pas été élevés comme ça. Skip est un bon garçon. – Elle me fit un sourire désarmant. – Tu veux bien m'aider avec les tableaux ? Je me rends compte maintenant que je n'aurais pas dû laisser mon personnel se reposer aujourd'hui. Je n'y arrive pas, toute seule.

— Bien sûr.

Caroline avait déjà préparé, sur l'ordinateur, le plan du nouvel accrochage. Son idée semblait être la progression vers la noirceur : on commençait, près de l'entrée, par une toile d'un bleu lumineux, presque joyeux, avant de glisser vers des tons plus froids et plus sombres.

— C'est de qui ?

— Meyer. Un jeune artiste autrichien. Cela ne se devine pas facilement, mais tous ces tableaux représentent des vues de Vienne. Le rond d'une fontaine, le château de Schönbrunn. Le bleu du Danube. Cette série s'appelle *La Nuit viennoise*. L'artiste sera là pour le vernissage samedi. Tout cela a été prévu de longue date, je n'ai pas eu le courage d'annuler.

Caroline fit un pas en arrière, surveillant le tableau que nous venions de suspendre d'un air critique.

— Je ne sais pas si ça marche. La précédente expo est restée en place pendant des mois et j'ai l'impression qu'on voit encore sur le mur la trace des anciens cadres. J'aurais dû faire repeindre, mais je n'y ai pas pensé. C'est curieux comment le passé persiste à laisser une empreinte dans notre vie d'aujourd'hui. Comme si...

— Attends.

À mon tour, je reculai de quelques pas et regardai le petit tableau bleu sur lequel je devinais la forme d'une fontaine. Le premier voyage que nous avions fait, Victoria et moi, était à Vienne. Nous avions passé des journées entières à marcher dans la ville, émerveillés devant tant de beauté. Si je fermais les yeux, je pouvais encore revoir cette ville que j'avais tellement aimée. Et, soudain, je sus. Sans l'ombre d'un doute.

Je repensai au tableau retrouvé sur le corps. Nous nous étions tous trompés, moi le premier. Nous n'avions pas cherché au bon endroit.

Caroline, qui était en train de redresser un cadre sur le mur, se figea à mi-chemin et me lança un regard interrogateur.

— Tu es devenu tout bizarre, Zach. Est-ce que tout va bien ?

— Il faut que je te laisse. Je crois... je crois que je sais qui a tué ton père.

2.

— Vous faites partie de la famille ? me lança la fille à la coiffure afro assise sous la plaque « Registres-État civil » du bureau des archives et statistiques de Dorchester.

Je lui souris.

— Je ne crois pas que cela ait de l'importance. Dans l'État du Massachusetts, l'information relative aux mariages, naissances et décès est une donnée publique, sauf pour quelques cas bien définis.

La fille se renfrogna aussitôt.

— Et la personne est née après 1926 ? Parce que si c'est avant, c'est pas chez nous, il faudrait aller au...

— Elle est née après 1926. La date de naissance serait 1940 ou 1941.

— En principe, dit la fille, nous ne travaillons pas comme ça. Pour avoir le certificat, il faut une date, un lieu et un nom de naissance. Et c'est plus simple de le faire en ligne.

— Je suis déjà là.

— Oui, dit la fille. Bon.

Elle jeta un coup d'œil par-dessus mon épaule, espérant peut-être voir une foule de demandeurs qui lui permettrait de m'envoyer sur les roses. Malheureusement pour elle, il n'y avait personne.

Poussant un soupir, elle pianota sur les touches de son ordinateur. Puis fronça les sourcils.

— C'est les deux que vous voulez, mariage et naissance ?

— S'il vous plaît, oui.

— C'est vingt dollars pièce. Liquide ou carte bleue. – Derrière la fille, une grosse imprimante se mit à ronronner. – Voilà, c'est en train de sortir.

— Vous êtes sûre que vous avez la bonne personne ?

Elle me regarda d'un air excédé.

— Vous m'avez bien communiqué le numéro de sécurité sociale, non ? Maria Becker, née Aronson. Fille de Léon et Bella Aronson, date de naissance : 29 janvier 1941. C'est elle.

Il me restait encore beaucoup à faire avant de pouvoir me confronter à Maria Becker. Le fait qu'elle soit la fille du galeriste autrichien, propriétaire légitime du tableau retrouvé dans les bras d'un homme assassiné, ne prouvait rien en soi. Tout comme le fait qu'elle m'avait menti sur le lieu où la photographie de ses parents avait été prise : non pas à Paris, mais à Vienne, que Léon et Bella Aronson avaient tenté de fuir. J'avais toutes les raisons du monde de la soupçonner, mais, pour autant, je n'étais pas naïf au point de croire que ce genre de preuve indirecte pourrait être admis au tribunal.

Non, il me fallait quelque chose qui relie la femme de ménage au meurtre. Je me suis dit que ma meilleure chance, c'était de retrouver la voiture avec laquelle Maria Becker était revenue au domicile de William Whyte et que la fille au pair avait aperçue. Je savais donc que la voiture devait forcément être grise et basse. Ce n'était pas beaucoup, mais c'était mieux que rien et c'est par cela que je décidai de commencer.

Dennis m'ayant informé au début de l'enquête que la femme de ménage n'avait pas de véhicule à son nom, j'en conclus qu'il n'y avait que deux possibilités. Soit Maria Becker en avait loué un, à proximité de son domicile – il y avait un RentACar deux blocs plus loin –, soit elle en avait emprunté un. Les deux options me paraissaient également hasardeuses, sauf à imaginer que la femme de ménage ait pu avoir accès à une voiture sans que son propriétaire le sache.

Un bref coup de fil à Jaycee Boua me permit d'avoir le nom des personnes chez qui Maria Becker travaillait.

— Elle n'a que trois autres clients, me dit Jaycee. Maria est âgée, elle fatigue vite. Et comme elle n'a plus de voiture, elle ne fait des ménages que chez des gens qui n'habitent pas trop loin, elle s'y rend en bus ou à pied. Chez les Papernik, à Plymouth, elle fait deux heures de repassage le mardi. Chez les Horton, c'est le jeudi, elle nettoie l'argenterie, Mme Horton a une de ces collections et elle dit qu'elle n'a confiance qu'en Maria. Puis le vendredi matin, elle va chez les McCoy. Ils sont jumeaux et ont au moins cent ans. Maria range un peu et fait la cuisine. Au fait, vous avez réussi à faire ce que vous vouliez, avec son numéro de sécurité sociale ?

Je confirmai, notai l'adresse des clients de Maria, puis raccrochai en remerciant Jaycee. Celle-ci ne m'avait pas demandé pourquoi je posais toutes ces questions, ce qui pouvait signifier qu'elle soupçonnait elle-même Maria. À moins que, tout simplement, elle essaie d'en savoir le moins possible sur cette triste affaire.

Je commençais par l'adresse la plus proche, celle des McCoy. Un petit pavillon de Kingston, situé dans la partie respectable de la ville, mais apparemment laissé à l'abandon – la peinture s'écaillait et le jardin était envahi de mauvaises herbes. Pas de voiture devant la maison. Pas de garage. J'attendis longtemps que des pas traînants s'approchent de la porte et qu'un visage émacié, au nez semblable à un bec d'oiseau, apparaisse dans l'étroit interstice entre la porte et le chambranle.

— C'est pourquoi ? On n'a besoin de rien.

Clairement, ma vue n'inspirait aucune confiance à M. McCoy ; en tout cas, pas suffisamment pour qu'il enlève la chaîne. Il ressemblait à l'un de ces chiens qu'on aperçoit quelquefois sur la plage arrière des voitures, à hocher la tête sans arrêt, sans me quitter des yeux. Peut-être avait-il la maladie de Parkinson.

— Je suis venu vous parler de Maria Becker.

— De qui ? Connais pas.

Puis il me claqua la porte au nez. J'eus beau presser mon doigt sur la sonnette, les McCoy ne m'ont plus rouvert.

3.

J'eus plus de chance chez les Papernik. Une dame fort volumineuse m'invita à entrer dans une maison où régnait un joyeux désordre, et m'offrit un café. Aussitôt assis, je débitai d'une traite l'histoire concoctée de toutes pièces qui se résumait au fait que le nom de Mme Papernik était apparu dans un fichier central des assurances, car sa voiture aurait été volée. Malheureusement, le dossier ne contenait aucune autre information, même pas la marque de son véhicule. Mme Papernik pouvait-elle m'aider ? J'étais bien conscient des failles du système informatique de notre société, raison pour laquelle, au lieu de lui passer un coup de fil, j'étais venu la voir en personne.

La dame m'écouta attentivement, il me sembla même qu'elle avait gobé mon histoire. Je bus une deuxième tasse de café, me réjouissant de mes talents d'acteur.

Pour autant, cette visite non plus ne résolut pas mon problème. Mme Papernik conduisait une grosse berline familiale, « rouge Ferrari », précisa-t-elle dans un gloussement, qui ne correspondait en rien à la description du véhicule vu par la jeune fille au pair. « Quant à M. Papernik, il ne se déplace qu'à vélo, c'est plus sain », me dit-elle. Est-ce que je savais que la sédentarité provoquait autant, si ce n'est plus, de cancers que la cigarette ? Moi-même, faisais-je du sport ? Elle pouvait me donner l'adresse d'un excellent club, où les douches restaient toujours propres. J'eus un mal fou à endiguer le flot de paroles de la brave dame. Ce n'est qu'au bout d'une demi-heure, ayant noté l'adresse du club de sport et le nom d'une tisane dépurative qui avait changé sa vie, que je réussis à m'éclipser enfin.

Chez les Horton, une autre déception m'attendait, sous la forme d'une vieille acariâtre, propriétaire d'une ancienne Cadillac blanche toute rouillée. Cette fois, j'avais donné une raison différente pour ma visite : j'avais une mère âgée qui perdait peu à peu ses facultés physiques et mentales. Je cherchais une assistante à domicile, on m'avait recommandé Maria Becker.

— Est-elle fiable ?

— Oui, marmonna Mme Horton, sans me quitter un instant du regard.

Elle ne me proposa pas de café, nous restâmes dans l'entrée qui sentait vaguement la pisse de chat. Je persistai.

— Mme Becker est-elle attentive aux besoins d'une personne âgée ? Est-elle patiente ?

— Oui, toujours, dit Mme Horton, mais sans beaucoup de conviction.

J'attendis, mais elle ne semblait rien avoir d'autre à ajouter.

Je me faisais à moi-même l'effet d'un démarcheur à domicile qui n'avait pas encore atteint ses objectifs de la journée.

— Et peut-on lui faire confiance pour conduire ? Ma mère va régulièrement chez le podologue et le kinésithérapeute. À votre avis, Mme Becker pourrait l'y emmener ?

Je jetai un coup d'œil vers la Cadillac garée dehors. Certes, elle n'était pas grise, mais dans la pénombre, la fille au pair aurait-elle pu se tromper ? En face de moi, la vieille peau ne disait rien. Je reformulai ma question :

— Cela vous arrive-t-il de laisser votre voiture à votre femme de ménage, pour les courses, par exemple ?

La vieille femme s'anima enfin.

— Mais ça ne va pas la tête ! s'exclama-t-elle. Cette Maria Becker a déjà embouti sa propre voiture, il ne manquerait plus que je lui laisse la mienne !

D'ailleurs, précisa Mme Horton d'une voix stridente, elle gardait toujours ses clefs de voiture sur elle, dans une petite sacoche en tissu qu'elle trimballait partout.

Il ne me restait plus que les agences de location de voiture. Du moins, c'était ce que je croyais, jusqu'au moment où je l'aperçus. Une Pontiac grise et basse, garée dans l'allée menant à la maison voisine de celle de Mme Horton. Le genre de voiture qui, dans la pénombre, aurait pu passer pour la Porsche Panamera de Skip. Quant à la maison devant laquelle cette voiture était garée, tous ses volets étaient fermés. Je remontai les marches du pavillon de Mme Horton.

Elle m'ouvrit aussitôt, à croire qu'elle m'espionnait par le trou de la serrure.

— Quoi encore ?

— Est-ce que Mme Becker travaille aussi pour vos voisins ?

La vieille me rit au nez.

— Travaille, non. Mais elle arrose leurs plantes. Depuis qu'ils sont à la retraite, ils sont tout le temps partis, Venise en gondole, Maroc à dos de chameau, savent plus quoi faire.

— Et si elle arrose leurs plantes, cela veut dire que Maria Becker a les clefs de chez eux ?

Mme Horton hocha la tête.

— Ben évidemment. Et alors ?

— Avez-vous une idée du lieu où vos voisins gardent la clef de leur voiture ?

La vieille plissa les yeux.

— C'est pour votre maman que vous avez besoin de savoir ça ?

Je lui souris. On m'a toujours dit que j'avais le genre de visage ouvert et avenant de celui à qui l'on donnerait le bon Dieu sans confession. J'espérais que ce serait encore le cas.

— Madame Horton, vous avez raison, je ne vous ai pas dit toute la vérité. C'est parce que, pour l'instant, je n'ai pas le droit de vous révéler quoi que ce soit. Il va falloir que vous me croyiez sur parole : je suis avocat, pas cambrioleur. Et j'ai besoin de savoir si Mme Becker a pu avoir une occasion d'utiliser la voiture de vos voisins avant de la remettre à sa place. Pour cela, il faut que vous me disiez si vous savez où les propriétaires gardent les clefs.

La vieille femme mâchonna sa lèvre inférieure.

— Prouvez-le ! Vous croyez quoi, que vous pouvez vous pointer ici, me raconter des bobards et, moi, je goberai tout, c'est cela ? Il se trouve où, votre cabinet d'avocats ?

— À New York.

Je sortis ma carte de mon portefeuille, la lui tendis.

— Et qu'est-ce qu'un avocat de New York ferait à embêter une pauvre vieille dame dans le Massachusetts ?

Je soupirai.

— C'est une longue histoire, madame Horton. Croyez-moi. Maintenant, pouvez-vous me dire si vous savez où vos voisins gardent leurs clefs de voiture ? Si vous l'ignorez, dites-le-moi simplement, je ne perdrai plus mon temps.

On se mesura du regard, la vieille femme et moi. Si elle refusait de me répondre, quelles étaient mes options ? Obtenir auprès du cadastre le nom des voisins, les rechercher dans les annuaires téléphoniques en espérant qu'ils n'étaient pas sur liste rouge, les traquer au fin fond du Sahara ou des steppes d'Asie centrale ? Cela allait me prendre des semaines.

— Je n'ai plus de mère, dis-je à Mme Horton. J'ai eu tort de vous mentir et je m'excuse. Je n'ai pas de père, non plus. Ils sont morts tous les deux, dans un accident de voiture, alors que j'avais six ans.

La femme haussa les épaules, détourna le regard. Son visage se radoucit, un peu, même si sa voix resta toujours aussi stridente.

— Et quand on est avocat, on ne sait pas utiliser sa cervelle, c'est ça ? Dans le vide-poches de l'entrée, voilà où ils gardent les clefs. C'est évident, non ? J'aimerais bien savoir ce qu'on vous apprend, à l'école de droit ! Allez, ouste, maintenant. Et si vous persistez ou si je vous vois rôder près de la maison de mes voisins, j'appelle la police.

Trente-quatre minutes plus tard, je m'arrêtai dans un crissement de pneus devant l'immeuble de Maria Becker. Je comprenais mieux, maintenant. Ce quartier pourri, où personne ne s'intéressait aux affaires de ses voisins. Cette caméra de circulation défoncée, qui n'enregistrait plus rien. Cette femme septuagénaire qui faisait toujours des ménages. J'avais cru à une pauvreté digne et j'avais eu tort sur toute la ligne. C'était de la préméditation, aussi simple que ça.

Je montai quatre à quatre l'escalier nauséabond et pressai le doigt sur la sonnette.

4.

Un rai de lumière jaune filtrait sous la porte de l'appartement de Maria Becker, mais aucun son ne provenait de l'intérieur et j'eus beau sonner, personne ne vint m'ouvrir. J'étais en train de sortir mon téléphone pour raconter toute l'histoire au capitaine Dennis lorsque j'eus l'idée de pousser la porte. Elle tourna sur ses gonds sans offrir de résistance.

Je n'eus pas besoin d'aller plus loin que l'entrée. Dans le petit salon encombré, au milieu des bibelots et des tableaux, accroché par une corde en nylon au lustre de bronze, le corps de Maria Becker se balançait doucement. Ses pieds nus se trouvaient à quelques centimètres à peine au-dessus du sol. À côté d'elle, un petit tabouret renversé. Et une paire de chaussures de course qu'elle avait dû enlever avant de monter sur le tabouret.

Il ne fallait rien toucher, je savais cela, évidemment. Je n'avais aucun doute quant au fait que cette femme était morte et, pourtant, je dus faire appel à toute ma volonté pour ne pas soulever son corps, pour ne pas trancher la corde. Je sortis de nouveau mon téléphone pour composer le numéro de Dennis. Mon cœur battait trop fort dans ma poitrine et il y avait un mauvais goût métallique dans ma bouche.

Trois sonneries, puis cette voix impatiente que je commençais à si bien connaître.

— Stone Dennis, j'écoute.

Je lui expliquai en quelques mots où j'étais et ce que j'avais trouvé. Le reste de l'explication, je le laissai pour plus tard.

— Ne touchez pas au corps, dit le capitaine. J'envoie une équipe de patrouille et les techniciens de scène de crime. Moi-même, je suis à deux heures de route, au moins. – Il jura entre ses dents. – Et dire que c'est vous qui l'avez trouvée ! Bon, on ne va pas perdre de temps, regardez autour de vous. Est-ce qu'elle a laissé une lettre ?

Il y en avait une, sur la table basse, coincée sous une petite bergère en porcelaine.

— Oui, il y a un mot. Je vous le lis ?

— Vous pouvez le faire sans laisser vos empreintes partout ?

— Je pense.

— Alors, allez-y.

Je sortis un stylo de ma poche et l'utilisai pour pousser la petite bergère de côté.

C'était une longue lettre manuscrite, plusieurs feuillets écrits serrés, sans marges, une confession ainsi qu'un exposé des faits. La lettre était adressée « Aux services de police de l'État du Massachusetts ». Non datée, mais signée.

— Ça y est. Vous écoutez, Dennis ?

— Oui, bordel. Lisez.

> Je m'appelle Maria Becker, mon nom de jeune fille est Aronson. J'ai été employée comme femme de ménage au domicile de William Whyte, industriel et ancien marchand d'art, depuis octobre 2016. Je savais que M. Whyte avait profité du malheur de ma famille, puisqu'il avait acquis *La Vierge à l'Enfant* de Benozzo Gozzoli auprès d'un receleur suisse. Il l'avait fait en sachant pertinemment que ce tableau faisait partie des œuvres d'art spoliées aux Juifs ; c'est même pour cela qu'il l'avait acheté, parce que l'œuvre était recherchée et que le receleur suisse, Hans Wendland, la cédait pour pas cher. William Whyte pouvait donc se faire une belle marge en le revendant en Amérique.
>
> Je ne peux pas affirmer avec certitude que M. Whyte connaissait l'histoire de ma famille. Je pense que c'est probable. Après tout, il travaillait à l'époque pour l'organisme qui recherchait justement les œuvres d'art spoliées et j'imagine que, avant d'acheter le tableau, il avait dû se renseigner sur sa provenance. Je pense toutefois que cela lui importait peu. *La Vierge à l'Enfant* avait de la valeur, elle

était en excellent état de conservation, c'était ce qui comptait.
J'ai mis longtemps avant de retrouver la trace de ce tableau – beaucoup trop longtemps. Je n'ai véritablement commencé mes recherches qu'après le décès de mon mari. Je n'ai pas eu d'enfant, mes parents étaient morts. Je n'ai jamais eu de frères et sœurs. J'étais seule au monde et il me fallait une cause. C'est comme ça quand on est vieux : le présent est couvert de brume, il ne compte pas vraiment, mais le passé retrouve forme et couleurs. Celle de mon enfance était noire, la couleur du deuil et de la souffrance. Je voulais que quelqu'un paie pour cela.
Il m'a fallu six ans pour apprendre ce qu'était devenue *La Vierge à l'Enfant*. Ces années, je les ai passées dans les archives, à suivre des pistes qui se terminaient en impasse, à interroger des conservateurs de musée du monde entier. Tout cela pour découvrir que le tableau se trouvait dans l'État du Massachusetts où moi-même j'habitais. À moins de dix-sept miles de chez moi. Pour une raison que j'ignore, William Whyte n'avait jamais revendu ce tableau, il l'avait gardé pour lui. Appelez ça ironie du sort, si vous voulez. Moi, je me suis dit que c'était un signe du destin.
Je ne pouvais pas punir le receleur suisse : le temps que je retrouve sa trace, il était déjà mort. Le seul qui me restait était William Whyte et j'étais déterminée à ce qu'il paie pour ses péchés. Ce n'était pas facile à faire.

L'homme était riche, menait une existence protégée, ne sortait presque jamais de chez lui. Et puis je ne voulais pas passer les dernières années qu'il me restait à croupir en prison.
Pour commencer, j'ai vendu la maison dans laquelle j'avais vécu avec mon mari et j'ai déménagé à Kingston. Puis je suis allée me faire embaucher chez Helping Hands. Ce n'était pas un hasard, bien sûr. J'avais appris, au détour d'une conversation, qu'ils fournissaient des aides ménagères à M. Whyte tout comme à d'autres riches propriétaires de Hyannis Port. Pour autant, au début, je n'ai pas demandé à travailler pour lui. Je savais que la patronne de l'agence trouverait ça louche et qu'elle refuserait. J'ai donc fait des ménages chez d'autres, en me montrant digne de confiance, irremplaçable, et j'ai attendu mon tour. Puis, en 2016, j'ai appris qu'une place se libérait, car la coéquipière de Jaycee Boua, enceinte de jumeaux, ne pouvait plus travailler. J'ai demandé à la remplacer. Cette fois, ma requête n'a surpris personne : c'était une place convoitée, parce que le travail n'était pas pénible physiquement et je me faisais vieille. Stevia a accédé à ma demande et j'ai pu enfin rencontrer cet homme qui avait profité du malheur des Juifs pour s'enrichir.
J'ai attendu deux années avant d'agir. Des années que j'ai passées à surveiller William Whyte avec un mélange de dégoût et de fascination. Était-il conscient de ce que lui et ses semblables avaient fait ? Le regrettait-il ? Je me le

demandais. J'avais été sidérée d'apprendre que sa plus jeune fille avait épousé un Juif. Certains jours, je commençais même à me dire que je m'étais trompée de cible, que j'aurais mieux fait de rechercher la trace de vrais criminels nazis, ceux qui avaient arrêté mon père, par exemple, ou ceux qui l'avaient martyrisé à Auschwitz. Il y avait aussi le fait que William Whyte avait toujours *La Vierge à l'Enfant*. Il la gardait dans un placard fermé de son bureau et, quelquefois, alors que je travaillais dans la pièce, il sortait le tableau de sa cachette pour le contempler. Je ne savais que penser du fait qu'il ne l'avait pas vendu – éprouvait-il des remords ?

Puis j'ai appris l'existence du livre d'Edith.

C'est Caroline Whyte qui en a parlé un jour à son père. Ils prenaient un café dans la bibliothèque ; les enfants de Caroline jouaient dehors et son mari était absent, comme d'habitude. J'étais en train de faire la poussière et les Whyte ne m'accordaient aucune attention. En ce qui les concernait, j'aurais pu être un meuble.

— Papa, a dit Caroline. – Elle était la seule à l'appeler comme cela, les deux autres enfants disaient « père ». – Mon cher papa, je suis désolée de vous apprendre cela, mais Edith s'est mise en tête de traîner notre nom dans la boue. Elle a écrit un livre sur vous, sur notre famille. Un ramassis d'allégations grotesques. J'en ai déjà parlé à mon avocat et il va tout faire pour en interdire la publication.

William Whyte n'a rien dit pendant un long moment. Puis il a demandé à Caroline si elle pouvait lui apporter le livre.
Caroline a répondu qu'elle préférait ne pas le faire.
— C'est un tissu de mensonges. Dans ce livre, Edith parle de Rose et de la galerie. De ce que vous avez fait en Europe, après la guerre.
— Je n'ai rien fait de mal, a dit William Whyte.
Là, j'ai compris qu'il ne regrettait rien et que je ne m'étais pas trompée en faisant de lui la cible de ma vengeance. Il a ajouté :
— Apporte-moi ce texte, Caroline, je dois savoir de quoi il retourne.
J'ai eu beau tendre l'oreille, ils n'ont rien dit de plus ce jour-là. Mais, lorsque je suis revenue la semaine suivante, un manuscrit était posé sur le bureau de William Whyte. Le titre, *Chronique secrète de la chute des géants*, était imprimé sur la page de couverture et je me suis dit alors que je n'étais plus seule, que quelqu'un d'autre travaillait avec acharnement pour punir cet homme. Je me suis même demandé si je devais me mettre en contact avec Edith, si on devait unir nos forces. Finalement, je ne l'ai pas fait. Chacun son combat. Et puis leurs histoires ne me regardaient pas, ce que je voulais, c'était le faire souffrir pour ce qu'il avait fait à *ma* famille, à *mon* peuple.
Caroline est revenue voir son père plusieurs fois par la suite. C'est une gentille fille, même si elle est celle d'un monstre. Je ne crois pas à la théorie selon laquelle les enfants ressemblent forcément

à leurs parents. Si j'avais eu une fille, j'aurais voulu qu'elle soit comme Caroline. C'est une des raisons pour lesquelles j'écris cette lettre. Pour ne pas faire souffrir les innocents.

J'ai finalement décidé d'agir le jour de la sortie du livre d'Edith. Je voulais être la première à frapper, avant que l'opprobre général ne me vole la victoire. Mon plan était prêt depuis des semaines et j'avais même répété deux fois le trajet jusqu'à Hyannis Port, le soir, histoire de palier tout imprévu. J'ai aussi provoqué un accident avec ma voiture, pour que tout le monde sache que je n'avais plus de moyen de locomotion. Pour qu'on ne puisse pas remonter jusqu'à moi.

Mardi 17 octobre, j'ai fait exprès de laisser mon portefeuille près de la banquette capitonnée située dans le hall d'entrée du cottage. Si M. Whyte l'apercevait, il devait croire que le portefeuille était tombé de mon sac à main. C'était mon excuse pour revenir chez lui. Puis je suis montée en voiture avec Jaycee Boua (qui, je tiens à le préciser, n'était au courant de rien). En route, je lui ai dit que j'avais besoin d'utiliser des toilettes et nous nous sommes arrêtées à une station-service qui, comme je le savais, était équipée d'une caméra de surveillance. Ensuite, Jaycee m'a déposée devant chez moi.

Stone Dennis – j'avais presque oublié son existence – se moucha bruyamment.

— C'est tout ?

— Non. Il y a encore une page. Écoutez.

C'est moi qui ai placé le tableau entre les mains de William Whyte. Je voulais qu'on le trouve comme ça, qu'on s'interroge sur la signification et la provenance de ce tableau, qu'on découvre qui était vraiment cet homme. Le mort avait l'air paisible, comme endormi, on ne voyait pas le sang. Ce n'est que le jour suivant que j'ai appris ce qui s'était passé, qu'on avait arrêté le fils, Skipper Whyte. C'est la raison pour laquelle j'écris cette lettre, car je crois que l'accusation se base surtout sur le fait qu'on aurait aperçu sa voiture. Mais la voiture, c'était la mienne, celle que j'ai empruntée. Skipper Whyte ne doit pas payer pour les crimes des autres.
Quand vous lirez cette lettre, je serai déjà loin. Ma mission sur cette terre est remplie.
Mais, avant de partir, je voudrais demander pardon à la famille Whyte. Aristote a dit : « L'intention fait la culpabilité et le délit », et j'ai causé une souffrance inutile, je le comprends maintenant. Simplement, pendant ces dernières années, je n'ai pas réussi à penser à autre chose.

Adieu.

Maria Becker, née Aronson

5.

Caroline se mit à pleurer lorsque je lui appris la nouvelle.

— C'est fini, alors ? C'est cette petite femme grise qui a tué papa ? Pour une histoire qui s'est passée avant même sa naissance ?

La nuit était en train de tomber, douce et claire pour la saison. Nous étions assis sur les marches de la maison de Commonwealth Avenue, cachés de la rue par une rampe de fer forgé. Caroline était sortie sur le perron lorsque j'avais sonné à la porte ; en entendant la nouvelle, elle s'était assise comme si ses jambes ne la portaient plus. Maintenant, son corps compact n'était qu'à quelques centimètres du mien, la vague de ses cheveux blonds lui cachant le visage. Il me suffisait de faire un infime mouvement pour la toucher, j'aurais presque pu prétendre que ce n'était pas intentionnel. Je me forçai à regarder ailleurs, vers l'avenue, à cette heure une masse sombre transpercée de quelques lumières.

— Oui, c'est fini. Il y aura de la paperasse à remplir, et le graphologue de la police doit encore attester de l'authenticité de la lettre, mais Dennis m'a confirmé que la demande de libération de Skip sera présentée au juge demain matin à la première heure. Ce qui veut dire qu'il pourra sortir en fin de matinée.

— Grâce à Dieu. Grâce à toi, aussi. – Caroline s'essuya les yeux du revers de la main. – Et dire que je l'ai toujours bien aimée, cette petite vieille. Elle était tellement discrète, on ne l'entendait même pas. C'est vrai ce que tu as dit, qu'elle s'était inscrite à l'agence uniquement dans l'espoir de travailler un jour pour papa ? Quel genre de personne faut-il être pour planifier sa vengeance pendant toutes ces années ?

Mon téléphone sonna avant que j'eus le temps de répondre à Caroline. Je me levai pour prendre l'appel, m'éloignant vers la bordure du jardin.

Une voix de femme inconnue.

—Je m'appelle Alexa Fletcher, monsieur Damon. Je crois que vous avez cherché à me joindre.

Je dus me concentrer pour me rappeler qui c'était : la policière qui, trente ans plus tôt, avait enquêté sur l'enlèvement et le meurtre de Rose. Pourtant, il ne s'était passé que quelques jours depuis que je lui avais laissé un message téléphonique.

— Je vous écoute.

— Venez me voir à Kittery. J'ai longuement hésité avant de vous téléphoner, mais je crois qu'il est important que vous sachiez certaines choses. Demain matin, est-ce que cela vous convient ?

La femme semblait sérieuse, préoccupée, et je n'eus pas le courage de lui dire qu'il n'y avait plus aucune raison pour moi de venir la voir, sauf peut-être par simple curiosité. Et même celle-ci était teintée de dégoût : avais-je vraiment besoin de la confirmation que William Whyte avait tué sa fille Rose et avait par la suite bénéficié de complicités au sein de la police qui lui avaient permis d'étouffer ce crime ?

— Demain matin me paraît difficile, j'ai déjà quelque chose de prévu. J'essaierai de venir dans l'après-midi si cela est possible pour vous ? Je ne vous dérangerai pas longtemps.

Alexa Fletcher remercia et raccrocha, et je revins auprès de Caroline.

— C'était qui ?

— Quelqu'un qui souhaitait une interview. Tu ne te rends pas compte à quel point je suis devenu une célébrité. Ces mêmes gens qui, hier, me maudissaient parce que j'allais défendre un parricide, chantent maintenant mes louanges pour avoir permis de libérer un innocent. J'ai même reçu un appel d'un type qui prétendait représenter les studios Universal. Selon lui, ils souhaiteraient faire un film sur cette affaire.

Caroline me regarda, alarmée :

— Tu ne vas tout de même pas accepter cela ?

— Bien sûr que non. Tout ce que je veux, c'est retrouver ma vie d'avant et oublier que le droit pénal existe. Dès que je ferme les yeux, je vois les jambes de cette pauvre femme se balancer au-dessus du sol. Je ne souhaite surtout pas revivre cela.

— Tu rentres chez toi, alors ?

— Oui, demain ou après-demain.

En réalité, la perspective de revenir à la maison me terrifiait. Victoria gardait toujours le silence. Je ne m'imaginais pas vivre auprès d'elle et faire comme si rien ne s'était passé.

Caroline se leva.

— Dans ce cas, puis-je te proposer un dîner à la bonne franquette avant que tu ne nous quittes ? Les garçons sont déjà couchés et Ben est toujours en Géorgie, il y a une grève des contrôleurs aériens, il ne rentre que dans deux jours. Je ne veux pas manger seule. On ouvrira une bonne bouteille de vin. Allez, viens !

Elle commença à gravir les marches, me lançant un sourire par-dessus son épaule. Je n'avais qu'une envie, celle de la suivre à l'intérieur de la maison, mon cerveau en proie à une confusion de sentiments grandissante. La pensée de Victoria m'arrêta. Cela plus le téléphone qui se remit à sonner dans ma poche.

Derek Starke. Je décrochai, tournant le dos au sourire de Caroline et à cette maison accueillante.

— Que puis-je pour vous, monsieur ?

— Je suis désolé, chevrota le vieil homme, de vous déranger si tard. Vous devez être en train de dîner...

— Pas encore. – Je souris malgré moi. – Est-ce qu'il s'est passé quelque chose ?

— J'ai reçu une lettre. De William. Postée le jour de sa mort. Vous savez comment marche la poste maintenant, ils ont dû la perdre ou l'envoyer d'abord en Alaska ou au Texas... C'est sans doute pour cela qu'elle a mis autant de temps.

— Que dit cette lettre, monsieur Starke ?

Un silence. Je commençais à craindre qu'encore une fois il me demande de repasser chez lui le lendemain matin lorsque le vieil homme marmonna :

— C'est presque illisible. Il a dû l'écrire à la hâte ou sous le coup d'une grande émotion... Vous savez, malgré tout ce qu'on dit sur le passé de William, sur ses convictions, mon cœur se serre à l'idée de l'imaginer seul, angoissé, ne sachant pas vers qui se tourner. Une amitié vieille de soixante ans, cela ne se gomme pas comme ça...

J'attendis. Il ne m'appelait pas juste parce qu'il avait reçu une lettre à laquelle il ne comprenait pas un traître mot. Il y avait forcément autre chose.

— C'est au sujet de la galerie. Il écrit que Caroline souhaite vendre, qu'elle veut dorénavant se consacrer à l'éducation de ses enfants. Je crois qu'il s'est senti trahi. Malgré son succès dans les affaires, la galerie de Newbury Street, c'était toute sa vie. Alors, dans sa lettre, il me demande si je serais prêt à m'impliquer davantage dans la gestion de la galerie, à en assumer la direction. Est-ce que vous comprenez ce que cela signifie, monsieur Damon ? Dans la tourmente, j'étais le seul sur qui il pensait pouvoir compter. Et je n'ai pas été là pour lui.

VENDREDI 27 OCTOBRE

Boston

1.

Après avoir mis un temps interminable à quitter Boston grippée par le trafic matinal, j'arrivai au sud de la ville de Bourne un peu avant neuf heures. En tournant à gauche dans Connery Avenue, je laissai la ville derrière moi. D'un côté de la route, il y avait des forêts, de l'autre, un cimetière militaire dont j'apercevais au loin des rangées de petits drapeaux plantés dans le sol près des tombes. Au bout de deux kilomètres, je tournai encore à gauche, dans Sheriff's Place. De là, à moitié caché par les arbres, on apercevait déjà le cube gris de la prison. Laissant la voiture sur le parking, je m'approchai de l'entrée.

Il ne manquait que le tapis rouge.

Le reste : les photographes, les curieux, les groupies qui, dès le début de son incarcération, avaient écrit à Skip pour lui proposer qui un mariage, qui un plan à trois, qui un amour platonique et éternel étaient tous là. Devant l'entrée de la prison d'État pour hommes s'entassaient peluches, fleurs et bougies allumées dont la flamme vacillait dans le vent froid de la fin octobre. Les téléobjectifs guettaient l'arrivée de l'héritier des Whyte. En attendant et faute de mieux, on me mitrailla aussi de toutes parts.

— Ils en feront un saint martyr, maintenant, marmonna le flic bourru qui m'accompagnait à l'intérieur. C'est ça, l'Amérique, il n'y a pas de juste milieu, tout est dans l'excès. Je crois que ce sont les grands espaces qui font cela, le cerveau des hommes copie le paysage, il n'y a pas de limite, ni à la haine ni à l'amour. Vous l'emmenez où, votre client ?

— Chez lui, dans un premier temps. Mais si la pression médiatique ne retombe pas, il faudra que je lui trouve une chambre d'hôtel à proximité. Nous n'avons toujours pas la date des obsèques de son père, alors il ne peut pas partir loin.

— Entendu. – Le flic s'arrêta, la main sur la poignée. – Et bravo pour ce que vous avez fait. C'est Stone Dennis qui aurait dû trouver le lien avec la femme de ménage, mais lui, quand il a une idée en tête, il ne peut pas envisager autre chose. Je le sais, j'ai bossé pour lui. Bonne chance.

La porte pivota et, soudain, Skip fut devant moi, pâle et amaigri, mais indubitablement heureux.

Il sourit en me voyant.

— J'ai eu raison de t'appeler à l'aide, mon ami. Nous avons gagné.

Puis nous sortîmes sous le crépitement des flashs et les cris hystériques de la foule.

Le reste de la matinée fut passé à esquiver : les photographes à moto qui nous suivirent jusqu'à

North End ; une autre foule, plus petite, qui attendait devant l'immeuble de Skip ; des appels incessants sur mon portable, sur celui de Skip, sur la ligne fixe. Une fille s'était perchée sur l'escalier de service de l'immeuble en face et essayait de prendre des photos avec son téléphone. Un groupe d'évangélistes, vêtus de pourpre, se mit à chanter des cantiques sous nos fenêtres. Nous tirâmes les lourds rideaux, allumâmes les lumières. L'air était bleu de la fumée des cigarettes. À un moment, Edith fit son apparition, la mine renfrognée. Elle embrassa son petit frère sur la joue, murmura à mon intention :

— T'as vu, j'avais raison, cette pauvre femme, je la plains vraiment.

Puis elle s'éclipsa de nouveau, laissant dans son sillage une boîte Tupperware pleine de roulés au pavot.

Skip les déposa sur la table basse.

— Je ne supporte pas ces trucs et Edith le sait très bien. Je ne vois pas pourquoi elle persiste à en faire. – Il fronça les sourcils. – À moins que ce soit pour toi.

Je levai les yeux de l'écran de mon téléphone.

— Un grand éditeur new-yorkais me propose un contrat en or massif pour un livre sur ce qu'il appelle l'affaire Whyte. Et ils seraient également intéressés par ton autobiographie.

— Je ne suis pas un écrivain.

— Ce n'est pas important, ils l'écriront pour toi, il suffit que tu les autorises à mettre ton nom sur la couverture.

Skip rit.

— Pas de droits cinématographiques ? J'aurais préféré un film.

— Si. Robert Guest, des studios Universal, m'a appelé hier et, comme je n'ai pas répondu, il m'a rappelé ce matin. Ces gens voudraient tourner un film sur toi.

— Je peux jouer mon propre rôle ?

— Ils disent que oui. Ils se sont penchés sur la question et t'ont trouvé suffisamment photogénique.

— N'importe quoi, souffla Skip, mais je voyais bien qu'il était flatté.

À midi pile, Caroline sonna à la porte. Comme toujours lorsque j'apercevais le frère et la sœur côte à côte, je fus frappé par leur ressemblance presque gémellaire : les mêmes cheveux blond doré, les mêmes yeux d'un bleu intense, les mêmes pommettes hautes. De parfaits Aryens. Cette fois, pourtant, une ombre se tenait à côté d'eux, celle de Rose. Et je ne pus m'empêcher de penser aux révélations qu'Alexa Fletcher s'apprêtait à me faire.

Parmi les appels manqués sur mon portable, il y avait celui de Victoria, passé à dix heures du matin, au moment même où je quittais la prison avec Skip. Je m'isolais dans ma chambre pour la rappeler. Cela faisait cinq jours que je ne lui avais pas parlé et mon cœur battait à tout rompre à l'idée de ce qu'elle pourrait m'annoncer.

Sa voix était joyeuse lorsqu'elle décrocha.

— Te voilà enfin ! Je voulais te dire bravo. T'as eu raison, finalement.

— Oui. Merci. Victoria, il faut qu'on discute. Il faut que je sache ce que...

— Je suis désolée, Zach (elle ne semblait pas du tout désolée), ce n'est pas le bon moment. Le cabinet organise un concert privé cet après-midi. Melody Gardot et Lenny Kravitz. Comme ça, il y en aura pour tous les goûts. Il faut que j'y aille.

— Victoria...

— Je t'aime. À plus.

Elle raccrocha.

Je tournai la tête. Skip se tenait dans l'embrasure, les bras croisés.

— Un problème ?

Skip était mon meilleur ami, mais je n'avais pas envie de lui en parler. Ce qui se passait entre Victoria et moi ne regardait personne d'autre. Peut-être que Skip et moi étions pareils, finalement : chacun préférait garder ses secrets.

— Non. Non, c'était Victoria, mais elle était occupée, je la rappellerai plus tard. Tout va très bien.

Il ne me croyait pas, je le voyais bien. Pourtant, il se contenta de hausser les épaules.

— Si tu le dis. Caroline est en train de partir. Tu viens lui dire au revoir ?

Extrait de *Chronique secrète de la chute des géants* par Edith Whyte

Un crime est-il plus grave lorsqu'il est motivé par la haine ? Doit-il être puni plus sévèrement ?

C'est une question à laquelle je suis incapable de répondre. Une vie est une vie. Et en même temps...

Le mieux est que je vous en laisse juge.

Dès leur plus jeune âge, les Whyte sont élevés dans le culte du sport. Caroline nage comme un poisson, fait de la voile. Elle a des bras costauds qu'elle cache sous de délicats chemisiers à manches longues. Skip excelle au tennis et au golf, à un moment, on lui promet même une gloire nationale avant que William n'y mette brutalement le holà. Jamais son héritier, l'enfant sur lequel reposent tous ses espoirs, ne sera sportif professionnel. Même moi, l'anguleuse, maladroite Edith, j'ai réussi à trouver un sport qui me convient. Je suis une cavalière émérite ; mon frère et ma sœur me surnomment le Centaure.

William Whyte fait grand cas des performances sportives de ses enfants, de la perfection physique des deux plus jeunes, de mon esprit vif. La volonté de la nature, croit-il, tend à élever le niveau des êtres.

Cette pensée n'est pas de lui, c'est une citation, mais de qui, les enfants ne le savent pas.

Peu à peu, le souvenir de Rose et de Delphine s'efface, gommé par le temps, remplacé par des expériences nouvelles. Il n'y aura pas d'autre femme dans la vie de William, c'est à ses enfants qu'il dit consacrer sa vie, à ses enfants, à son entreprise et à sa galerie.

Un jour, les enfants, réunis à la maison pour les vacances, regardent un documentaire à la télévision. Il s'agit d'un reportage sur les Lebensborn, ces pouponnières pour petits Aryens conçues par les SS. Skip, qui est dans l'âge bête, rigole en voyant une petite fille blonde :

— Regardez, on dirait Caroline.

Quant à moi, j'ai une question :

— Si les nazis ne voulaient que des enfants parfaits, que faisaient-ils des autres, des handicapés, mentaux ou physiques, de ceux qui ne correspondaient pas à leurs idéaux ?

— On les euthanasiait, répond William à voix basse.

— Des bébés comme Rose ? Tués ?

William jette un regard inquiet vers Caroline.

— Oui. Les nazis considéraient que des enfants comme Rose étaient une erreur de la nature. Et qu'il était plus humain, plus juste de mettre un terme à leur existence avant qu'ils n'y soient trop ancrés.

— Alors, demandé-je, c'est peut-être un nazi qui a pris Rose ?

— Peut-être, dit William, avec un nouveau regard vers Caroline. Écoute, est-ce qu'on est vraiment obligés d'en parler maintenant ? Devant les petits ?

— Ça pourrait être une explication, dis-je, comme si je n'avais pas entendu. Un nazi l'a enlevée et l'a tuée parce qu'elle était handicapée.

— Edith, s'énerve mon père, tu vas te taire, oui ou non ?

— Et si j'écrivais à la police ? Pour leur dire ça ? Ils reprendront peut-être l'enquête depuis le début ?

Mon père se lève, jamais encore je ne l'ai vu aussi furieux. J'ouvre la bouche pour demander pardon, trop tard. Une gifle met fin à la discussion.

SAMEDI 28 OCTOBRE

Boston-Kittery

1.

L'homme, grand et un peu voûté, se tenait sur le palier maintenant plongé dans la pénombre. Il ne ressemblait ni à un journaliste ni à un fanatique. Son nom, nous dit-il à travers la porte, était Said Muhammad et il était là pour nous parler d'Edith.

Skip avait refusé de le recevoir.

— Cela doit être un des Syriens d'Edith, c'est une vraie Croix-Rouge, ma sœur, elle recueille tous ceux qui le demandent, donne sans compter. Ces gens abusent de sa confiance, lui mentent, la volent, elle ferme les yeux. Je ne vais pas inviter cet homme à entrer. Je n'ai rien à lui dire.

Pour autant, Said Muhammad, qui avait suivi notre échange depuis le palier avec un manque total de curiosité, ne se décidait pas à partir. Adossé au mur, il attendait patiemment qu'un de nous vienne lui parler. Ce que je finis par faire, tant sa présence silencieuse me portait sur les nerfs. Je sortis sur le palier, déclenchant du même coup le détecteur de mouvement, qui alluma les spots fixés au plafond. Notre visiteur cligna des yeux et baissa le regard sur ses chaussures élimées.

— Que souhaitiez-vous nous dire au sujet d'Edith Whyte, monsieur Muhammad ?

— Je la connais depuis longtemps, monsieur.

Il avait une voix gutturale, sans doute plus habituée aux dures syllabes arabes qu'à la gaieté forcée de l'américain. Pour autant, il s'exprimait sans faire d'erreurs et je me demandai si Edith lui avait servi de professeur.

— J'ai vécu dans la maison de Mlle Whyte pendant deux ans. Je suis seulement parti au printemps dernier, parce que j'ai décidé de faire venir ma femme du Pakistan et Mlle Whyte n'était pas d'accord.

— Et vous pensez détenir des informations qui pourraient nous intéresser ?

L'homme regardait toujours ses chaussures.

— Mlle Whyte est gentille, mais elle est folle, *majnuna*. Elle invente des choses, dans sa tête, c'est comme au cinéma, c'est jamais simple. Je le sais maintenant, il ne faut pas croire un seul mot de ce qu'elle dit. Et elle fait des colères terribles, quand ça ne va pas comme elle veut. Elle peut casser une assiette ou un vase, elle peut jeter la nourriture. Et aussi, Mlle Whyte haïssait son père. Elle aurait préféré être orpheline, ne pas avoir de famille. Voilà.

L'homme leva enfin les yeux, me fixant d'un air de défi.

— C'est tout ? Vous n'avez pas de preuves contre elle, pas d'informations qui pourraient par exemple démontrer qu'elle se trouvait à Hyannis Port au moment du meurtre ?

— Elle en est capable. Je peux témoigner.

— Là n'est pas la question... Est-ce que vous savez qu'une femme a reconnu avant-hier avoir commis ce meurtre ?

L'homme secoua la tête avec obstination.

— Les journaux écrivent beaucoup de bêtises. Mlle Whyte est folle. Je peux témoigner.

La porte s'ouvrit dans mon dos et la voix de Skip retentit dans la cage d'escalier.

— Rentre à l'intérieur, Zach. Quant à vous, monsieur, si vous ne partez pas tout de suite, j'appelle la police. Et si vous répétez à qui que ce soit ce genre d'idioties ou si vous vous avisez de contacter la presse, je ferai en sorte que vous regrettiez votre Pakistan natal !

Said Muhammad ne bougea pas, mais son regard plongea de nouveau vers ses chaussures.

— Je n'irai pas voir les reporters, monsieur, pas du tout. Mais j'espérais une petite récompense...

— Une quoi ?

Des portes commencèrent à ouvrir aux étages du dessous et j'entendis des pas précipités, sans doute ceux de l'homme de ménage. Je regardai Skip : une veine battait sur sa tempe, il serrait et desserrait les poings. D'ici peu, il allait sauter à la gorge de ce pauvre Pakistanais et, là, ce serait retour à la case prison. Je ne pouvais pas accepter cela. Alors, j'attrapai Said Muhammad par les épaules et, tout en le poussant en direction de l'escalier, lui murmurai à l'oreille :

— Vous feriez mieux de partir, maintenant, vous voyez bien qu'il n'est pas en état de discuter. Je vous recontacterai.

Puis j'entraînai Skip à l'intérieur de l'appartement et claquai la porte au nez de l'homme de ménage qui arrivait déjà en haut des marches, un sourire gourmand d'anticipation sur son visage replet.

— C'était quoi, cette histoire ? T'avais pas à lui parler !

Une fois à l'intérieur, Skip ne se calma pas ; il allait et venait dans l'entrée comme il l'avait fait au parloir de la prison. Trois pas à droite, arrêt, demi-tour. Trois pas à gauche.

— Je voulais entendre ce qu'il avait à me dire. Et puis tu n'as pas de doutes, toi ?

— Des doutes ? – Skip se figea à mi-chemin, le regard braqué sur moi. – Pourquoi j'en aurais ? C'est cette femme qui a tué père, cette Maria Becker. Elle a avoué et elle s'est donné la mort ensuite.

Je ne savais pas quoi lui répondre, je ne savais même pas ce que je ressentais réellement. J'avais juste exprimé à voix haute ce malaise que j'éprouvais depuis l'avant-veille, depuis que j'avais trouvé cette pauvre vieille femme pendue et lu sa pitoyable lettre. C'était trop net, trop commode et puis la façon dont cette lettre était tournée, le fait qu'elle ne décrivait pas le meurtre lui-même, seulement sa préparation... mais je ne me voyais pas expliquer tout cela à Skip.

Il parlait encore :

— Non, je n'ai aucun doute. Et je n'imagine pas un instant qu'Edith ait pu tuer père. Putain, c'est ma sœur, quand même ! Tu ne peux pas comprendre.

C'était à mon tour de le dévisager.

— Comprendre quoi ?

— La famille. Combien c'est important. La seule chose qui compte.

— Et l'amitié ?

— C'est pas pareil. Des amis, ça va ça vient. Regarde Derek Starke, par exemple. Mon père le considérait comme son plus vieil ami, presque son frère, mais tu sais que ce vieux singe a abusé de Caroline, quand elle était encore une petite fille ? Elle m'a raconté ça, mais elle n'a jamais voulu le dire à père, pour ne pas lui faire de la peine. Parce qu'on est une famille et on se soutient.

Il y avait beaucoup de choses que j'aurais pu répondre à cela. Qu'Edith était celle par qui le scandale était arrivé, qu'elle avait cloué son père au pilori, qu'elle avait terni le nom qu'ils portaient tous. Que la vérité ne dépendait pas des liens du sang. Que, tout orphelin incapable de comprendre les liens familiaux que j'étais, j'avais toujours été là pour lui. Que Dieu nous donne une famille, mais que c'est grâce à Dieu que nous pouvons choisir nos amis.

J'aurais pu dire tout cela et plus encore. Mais à la fin, je ne dis rien. Je décrochai ma veste du portemanteau, ouvris la porte et dévalai à mon tour l'escalier.

Extrait de *Chronique secrète de la chute des géants* par Edith Whyte

L'argent fait-il le bonheur ? Je suis tentée de répondre non, parce que je suis marquée par l'histoire de ma famille, par le fait que, pour nous, il n'y a pas eu de fin heureuse. Mais peut-on en juger *a posteriori* ? Mes souvenirs d'enfance sont-ils irrémédiablement teintés par les vilaines vérités qui affleuraient sous la surface, bien que, enfant, je n'en sois pas consciente ?

Est-ce qu'un bonheur est moins vrai parce qu'il ne dure pas toute une vie ?

Le jour où Delphine part nager vers son destin débute la dérive de ma famille. Moins d'un an plus tard, Skip est envoyé en pension. Il commence son séjour dans cette vénérable institution de la côte Est par une attaque en règle contre le fils d'un sénateur, à qui il casse le nez. Scandale, excuses, renvoi. Retour à la maison, puis nouvelle pension. Un peu plus loin, celle-ci, et un peu moins chic. Mon frère, cet enfant si beau et si blond, à l'apparence si douce, se tient à carreau pendant deux semaines.

Père adresse une chaleureuse lettre de remerciements au directeur de l'établissement, le félicitant de gérer son petit monde avec rigueur et fermeté.

Le jour même, Skip tente de mettre le feu aux écuries.

Renvoyé.

Nouvelle pension.

Plus dure, celle-ci.

Deux ans plus tard, à l'occasion d'une visite de routine, le médecin de famille diagnostique chez Skip un trouble de l'attention et de l'hyperactivité. Mon frère est bourré de psychotropes. Il devient calme, trop calme. Il ne pose plus de problèmes. Lorsque nous nous retrouvons pour les vacances, il parle à peine, se contentant de passer sa journée à taper des balles avec sa raquette de tennis, comme un métronome. Père sourit, il trouve ça normal. Ce qui compte, c'est que les apparences soient sauves. Et dans cette famille, dans ce milieu, le maintien des apparences est l'art suprême, celui qu'on maîtrise à la perfection.

Il faut nous voir lorsque, réunis à Hyannis Port pour des vacances, nous posons sur la pelouse pour la photo officielle. Père et Skip en blazer et pantalon de toile, moi debout derrière la chaise en fer forgé, tous les trois entourant une ravissante jeune fille en robe à fleurs.

Cette jeune fille est Caroline et elle est d'une beauté à couper le souffle.

C'est la seule de la famille à échapper à la pension. Père la garde près de lui, lui pardonne tout, lui autorise tout. Dans cette immense maison dont une seule pièce – la nursery de Rose – reste interdite d'accès, Caroline règne en maître. Petite fille, elle choisit ses repas, ses tenues, l'heure du coucher. Adolescente, elle porte des robes de grands couturiers français, organise des fêtes somptueuses, possède un cheval et un voilier.

Est-elle heureuse pour autant ? Nul ne le sait.

Le propre des apparences est qu'elles ne laissent pas percevoir la vérité du cœur derrière une façade lisse et richement ornée.

2.

Après avoir quitté Skip, j'errai au hasard dans les rues de North End, trop fâché et blessé pour réfléchir. Il faisait beau et les trottoirs étaient noirs de monde, les gens du cru se mêlant aux touristes et aux Bostoniens venus des autres quartiers. Les premiers se faisaient photographier devant la maison de Paul Revere ou la Old North Church, qui ont toutes deux joué un rôle important dans la révolution américaine. Les seconds étaient surtout là pour les restaurants et se pressaient devant Bricco ou Carmelina's – les deux institutions italiennes du quartier – en attendant qu'une table se libère. La vendeuse de chez Mike's Pastry m'adressa un sourire et un signe de la main lorsque je passai devant sa boutique, mais je ne m'arrêtai pas. J'en avais assez de Boston, et de North End. J'en avais assez des histoires des Whyte. Il était temps que je parte, et pourtant, je n'arrivais pas à me défaire du sentiment que ma mission restait inachevée.

Ce n'est que lorsque je me retrouvai de nouveau dans Hanover Street, à quelques mètres de ma voiture, que je compris où mes pieds m'avaient mené sans même que j'y pense. Je sortis mon téléphone de ma poche et composai le numéro de la messagerie. Il y avait un message enregistré, laissé la veille à 18 h 18.

— Monsieur Damon, Alexa Fletcher à l'appareil. Vous m'avez promis que vous viendriez me voir cet après-midi, mais, manifestement, vous avez changé d'avis. – Un soupir. – Écoutez, je suis là demain également. Je suis là tous les jours, mais ne tardez tout de même pas trop. Il faut que je vous parle d'Edith. C'est une fille très perturbée. Voilà, appelez-moi dès que vous pouvez. Ou venez me voir. C'est important.

La veille, lorsque Alexa Fletcher m'avait laissé ce message, Skip et moi étions en train de fêter sa libération et j'étais bien trop ivre pour conduire, de toute façon. Mais là, je n'avais plus d'excuse. Et les paroles de notre visiteur du matin avaient piqué ma curiosité. Ce livre que tout le monde prenait pour la plus stricte vérité était-il un tissu de mensonges, les élucubrations d'une vieille fille perturbée qui haïssait son père et cherchait à le rendre responsable de tous les maux ? Selon Derek Starke, selon Said Muhammad, c'était possible. Et voici qu'Alexa Fletcher me mettait en garde également.

Je vérifiai le détail du trajet sur mon téléphone. Une heure et demie d'autoroute, deux heures si je passais par la côte. La ville de Kittery est connue pour ses magasins d'usine et pour sa gargote à homards typique de la Nouvelle-Angleterre, nappes cirées à carreaux et flotteurs bariolés accrochés aux poutres. Je n'y avais jamais mis les pieds, mais j'étais décidé à remédier à cela tout de suite.

Pour aller à Kittery, Maine, depuis Boston, il faut emprunter le North Washington Street Bridge, avant de tourner à droite sur l'autoroute n° 1 qui longe le port de la ville. U.S. Highway 1 est la route la plus longue qui traverse les États-Unis du sud au nord : elle commence à Key West en Floride pour se terminer quelque deux mille trois cent soixante-neuf miles plus loin à Fort Kent, Maine, à la frontière canadienne. Autour de moi, des petits bolides de sport portant des plaques de Floride (*Sunshine State*) slalomaient entre des pick-up trucks surdimensionnés venus du Texas (*Lone Star State*) et de la Caroline du Sud (*In God We Trust*). Je quittai l'autoroute à la hauteur de Salem, haut lieu de la chasse aux sorcières dans l'Amérique puritaine du XVIIe siècle, puis je passais quelques instants à Newburyport, une ravissante petite ville côtière, à savourer un café sur la jetée. Ce n'est que lorsque je me trouvai sous les délicates arches d'acier du Piscataqua Bridge qui relie le New Hampshire au Maine que je commençai à m'interroger sur ce qui m'attendait au bout du trajet. Au téléphone, Alexa Fletcher avait semblé anxieuse. J'étais curieux de ce qu'elle pourrait m'apprendre.

J'étais en train de me garer devant une coquette petite maison à bardage de bois blanc, située dans un quartier résidentiel de la ville, quand mon téléphone sonna dans ma poche. Victoria.

Voix saccadée, sans doute en train de faire son jogging.

— Il y a du nouveau, Zach.

Je coupai le moteur. Je voulais lui demander si, dans son état, c'était raisonnable de courir, mais elle ne m'en laissa pas le temps.

— Josh a téléphoné. Ne le dis à personne, mais Derek Starke a été interrogé par le FBI, ce matin.

Victoria ne pouvait pas me voir, pourtant je haussai les épaules.

— Au sujet de la galerie, probablement. Il en est administrateur, Victoria. Ils voulaient sans doute savoir s'il était au courant des œuvres spoliées aux Juifs par William. Le trafic d'art est un crime fédéral. S'ils retrouvent les tableaux ou même des acheteurs, ils vont entamer des démarches de restitution. Cela se fait de plus en plus, maintenant.

— Peut-être, dit Victoria, sans beaucoup de conviction dans la voix. Ou peut-être qu'il y a autre chose. Écoute, j'arrive en montée, il faut que je te laisse.

Elle raccrocha.

Je tournai la tête. Une femme était sortie de la maison et se tenait près de ma voiture. La soixantaine souriante, twin-set et perles. Lorsque enfin je quittai le véhicule, elle me tendit la main.

— Je suis contente que vous soyez venu. J'ai fait une terrible erreur, il y a trente ans, et je pense que vous êtes le seul qui puisse m'aider à faire connaître la vérité.

— Il faut que vous essayiez d'imaginer le contexte, me dit Alexa Fletcher.

Je me trouvai dans son salon, confortablement installé dans un fauteuil club en cuir patiné par le temps, les pieds posés sur un beau tapis persan un peu élimé. À côté, une horloge ancienne égrenait les minutes et le soleil se reflétait sur la surface lisse d'un piano à queue. Je notai les natures mortes peintes à l'huile qui ornaient les murs, les rayonnages surchargés de livres. Voilà une femme qui avait du goût et des moyens.

— En 1990, je venais d'être promue lieutenante, je ne me sentais plus de bonheur et de fierté. Première femme lieutenante à la criminelle du Massachusetts et j'avais à peine trente ans. J'avais le sentiment d'être infaillible. C'est d'ailleurs cela qui m'a perdue.

— Alors, c'est vrai, ce que le livre d'Edith...

Je laissai ma phrase en suspens. Je ne parvenais pas à y croire : Alexa Fletcher allait-elle réellement reconnaître avoir touché un pot-de-vin pour étouffer toute l'affaire ? Était-ce sa mauvaise conscience qui la poussait à m'en parler ou subissait-elle des pressions extérieures ?

Elle rit, voyant que je comprenais mal.

— Vous n'y êtes pas du tout. Vous remarquez ces beaux meubles, ce piano et, pour vous, c'est abject, c'est l'argent du crime. Mais ce n'est pas le cas. Il y a quelques années, j'ai touché un héritage. Je pourrais vous montrer les papiers, une estimation notariée ; seulement, ce serait plus simple si vous me croyiez sur parole.

Elle attendit ma réponse. Je hochai la tête.

— Continuez, je vous en prie.

— J'y ai beaucoup réfléchi, vous savez, à ce qui s'est passé. Pas avec la petite, non : vous verrez que l'explication est toute simple. Mais à ce que, moi, j'ai fait. Pourquoi j'ai agi de la sorte. Et je pense en avoir trouvé la cause.

Elle se leva, marcha vers la fenêtre. La maison était placée au bord d'une petite route de campagne et on entendait, dehors, des enfants faire du vélo. Alexa Fletcher les contempla un moment, secoua la tête.

— C'est mon orgueil qui a eu raison de ma carrière. Ce sentiment d'être invulnérable, d'être meilleure que mes semblables. Vous savez, c'est très humain de s'imaginer que les autres peuvent se faire avoir, mais pas vous. Que vous êtes plus fort, plus méfiant, que vous ne commettrez pas les mêmes erreurs. Je crois qu'on a tous au fond de nous ce sentiment de supériorité. C'est comme cela que les gens deviennent victimes des escrocs ; c'est comme cela que des femmes par ailleurs pas idiotes placent tous leurs espoirs dans les promesses des hommes mariés. Parce qu'on se croit plus fort. Et puis la réalité vous rattrape.

Elle se tourna vers moi avec un sourire.

— Je suis sûre que là, maintenant, vous vous dites que je suis gâteuse. Ou que je suis tombée amoureuse de William Whyte. Mais ce n'est pas ça du tout. Laissez-moi vous raconter toute l'histoire, depuis le début.

3.

— Lorsque le chef de la police m'a appelée, ce mardi 31 juillet 1990, un peu après minuit, il m'a dit deux choses : que la petite Rose Whyte, âgée de trois mois, avait disparu du domicile de ses parents, et qu'il me confiait cette enquête parce que le père du bébé avait expressément demandé que l'enquête sur l'enlèvement soit menée par une femme. Il a ajouté qu'il n'était pas à l'aise avec cette requête. Il n'est pas nécessaire d'être de la police pour savoir que les disparitions d'enfants sont les pires enquêtes qui soient. J'étais jeune, relativement inexpérimentée. En plus, compte tenu de la position sociale et de la richesse des Whyte, la pression, politique et médiatique, allait être énorme. Le chef de la police, qui était un homme sage, m'a dit que si je ne voulais pas de cette affaire, il comprendrait. Il expliquerait aux Whyte que ce n'était pas possible et il confierait l'enquête à quelqu'un d'autre. Ou, comme le permet la procédure, il me ferait travailler en binôme avec un collègue plus expérimenté. Il m'a demandé de réfléchir et de le rappeler.

— J'aurais dû me méfier, à ce moment-là. J'aurais dû me poser des questions. Le pourquoi de cette requête. Ce que cela impliquait pour moi. Je ne l'ai pas fait. J'ai répondu au chef que je n'avais pas besoin de réfléchir, que je me sentais prête. Puis je me suis mise en route. Le temps pressait, c'est toujours le cas dans les affaires d'enlèvement. J'ai fait vite. Il était minuit quarante-quatre à ma montre lorsque je suis arrivée à West Hyannis Port. William Whyte et son épouse m'attendaient près du portail. Lui portait une veste en toile bleu marine par-dessus une chemise rayée, un pantalon à pinces, une paire de mocassins. Elle était en robe de chambre, pieds nus. Tous les deux pleuraient.

Je regardais la femme qui se tenait devant moi. Son sourire avait disparu et elle aussi semblait au bord des larmes.

— Vous étiez seule ?

— Oui, mais les autres sont arrivés peu après. Deux techniciens de scène de crime. Un photographe de la police. Un maître-chien, avec son berger allemand. Je me suis fait conduire dans la nursery, j'ai contemplé le berceau vide, la petite couverture en crochet et le mot des ravisseurs, j'ai vu la fenêtre ouverte et les traces de boue sur le rebord. Puis je suis redescendue dans la cuisine, pour interroger les parents.

— Que vous ont-ils dit ?

— C'est dans le dossier, j'imagine que vous l'avez lu.

— Rien d'autre ?

— Non.

— Et les enfants ? Ils étaient dans la cuisine, eux aussi ?

— Ils dormaient. Toutes nos allées et venues ne les ont pas réveillés, ce qui ne m'a pas du tout surprise, beaucoup de petits ont un sommeil profond comme ça. Je ne leur ai parlé que le lendemain. De toute façon, ils n'auraient été d'aucune aide. À cinq et trois ans, ils étaient bien trop jeunes. Et la fille aînée, Edith, n'était pas là.

— Et ensuite ?

— Le maître-chien est revenu bredouille, son berger n'arrivait pas à suivre de piste, il tournait en rond dans le jardin. Les techniciens de la scientifique travaillaient toujours sur l'empreinte de pas, mais à ce moment-là déjà, je savais que c'était inutile. Ce crime n'avait pas été commis par une personne venue de l'extérieur. C'était une mise en scène.

Alexa Fletcher se mordit les lèvres, le regard perdu au loin, ses doigts occupés à faire des petits plis dans le tissu soyeux de sa jupe. Au-dehors, les voix d'enfants s'étaient tues. Seul s'entendait le bruissement de pneus sur l'asphalte.

— Comment avez-vous su ?

— La lettre. Edith a bien relevé dans son livre que c'était une sortie d'imprimante et que William Whyte avait ce même papier dans son bureau, mais ce n'était pas ça, l'important. Je vais vous répéter le texte de la lettre, écoutez bien : « Nous avons votre enfant. Préparez-vous à payer la rançon. » Rien ne vous étonne ? Réfléchissez.

Je gardai le silence.

— Il n'y a pas de montant indiqué. Un enfant peut être enlevé pour tout un tas de raisons, mais, si c'est pour de l'argent, on vous annonce toujours d'emblée la somme à payer. Toujours. Histoire que vous puissiez appeler votre banque, préparer les petites coupures, faire tout ce qu'il faut. Là, il n'y avait rien. C'est alors que j'ai compris. Parce que aucun parent ne peut fixer un prix à la vie de son enfant.

— Qu'avez-vous fait ?

— Je leur ai posé la question. Nous étions seuls dans la cuisine, William Whyte, sa femme Delphine et moi. À l'étage, j'entendais des portes s'ouvrir et se fermer. Le chien aboyait dehors. Je leur ai dit : « Monsieur et madame Whyte, je sais que l'un de vous deux a tué Rose. Vous devez me dire ce qui s'est passé, si c'est un accident. » Ils se sont regardés, longuement.

Puis, en sanglotant, Delphine s'est mise à genoux devant moi.

4.

Alexa Fletcher se leva de nouveau, se mit à arpenter la pièce et soudain je la vis telle qu'elle devait avoir été alors : jeune, vulnérable.

— Avant d'avoir entrepris de défendre votre ami, avez-vous déjà fait du droit pénal ? me demanda-t-elle.

— Pendant un semestre, dans le cadre de mes études.

— Pas d'aide juridictionnelle ?

— Jamais.

— Dommage. Cela aurait été plus facile à expliquer. Savez-vous ce qui est le plus dur, dans les enquêtes criminelles comme dans la pratique du droit pénal ?

— Non.

— C'est l'humain. Le fait de comprendre. Bien sûr, voir des corps éventrés, des enfants mutilés, cela vous fend le cœur, mais là, au moins, vous savez où vous en êtes. Vous êtes celui qui va attraper le monstre qui a commis ce crime atroce et vous allez le mettre derrière les barreaux pour le restant de ses jours ou même sur la chaise électrique, si vous pouvez. Il n'y a pas de doute en vous. Ce qui est pire, c'est quand vous comprenez pourquoi une femme battue a tué son mari violent, pourquoi un vieil homme aimant a euthanasié son épouse qui souffrait atrocement. Vous comprenez, mais vous devez néanmoins faire votre travail et les envoyer en prison. Ce sont ces cas-là que vous ne pouvez pas vous sortir de la tête. Est-ce que la société se porte mieux maintenant que la femme battue, violée et abusée se trouve derrière les barreaux ?

Elle s'essuya les yeux du revers de la main.

— Que voyez-vous autour de vous ?

— Des jolis meubles anciens. Des tableaux.

— Pas de photos ?

— Non.

— Parce que je n'ai pas de famille. L'année où je suis passée lieutenante, j'ai appris aussi que je ne pouvais pas avoir d'enfant. Je ne l'ai pas mal pris, sur le coup – à l'époque, ma carrière m'importait plus et, de toute façon, je n'étais pas mariée –, mais cela a dû jouer aussi, j'imagine. Alors quand Delphine, en sanglotant, m'a expliqué ce qui s'était passé, quelque chose a cédé en moi. J'ai pensé aux deux petits enfants, là-haut, dans leur chambre, à une vie à peine commencée et déjà gâchée et je voyais une logique dans ce qu'elle me disait. Et je voyais aussi que le monde ne serait pas meilleur si on attrapait le coupable.

— Alors c'est Delphine qui...

— Mais non.
— Je croyais que vous aviez dit qu'elle...
Alexa Fletcher me coupa encore.
— Vous n'y êtes pas du tout. Ce n'est pas pour elle-même que Delphine me suppliait. Elle était mère et, alors même qu'elle venait de perdre son enfant, son instinct lui soufflait qu'il était nécessaire d'en épargner un autre. C'est Caroline qui a tué sa sœur.
Je la fixai sans comprendre.
— Mais Caroline avait seulement trois ans !
— Justement ! C'était un accident. Ce soir-là, William Whyte avait été occupé dans son bureau, Delphine avait un mal de tête, la nurse était absente. La petite Caroline, tout comme son frère, d'ailleurs, avait été laissée sans surveillance. Elle avait pris l'habitude de s'amuser avec Rose comme s'il s'agissait d'un poupon et elle lui avait fourré un jouet en forme de biberon dans la bouche. Lorsque Delphine l'avait trouvée, c'était trop tard. Le bébé était mort. Et cette femme remarquable, qui aimait profondément les enfants de son mari, avait compris qu'elle devait protéger Caroline. Non pas qu'elle ait eu peur que la petite aille en prison, bien sûr. Mais elle ne voulait pas que Caroline se sente toute sa vie coupable de la mort de sa sœur. D'autant que, du simple fait de sa naissance, elle avait déjà causé le décès de sa mère. Alors, Delphine avait dit à son mari qu'il leur fallait mettre en scène un enlèvement et un meurtre. Et, à genoux devant moi dans cette cuisine luxueuse et immense, au sol en marbre de Carrare, elle m'a suppliée de ne pas gâcher la vie de la petite Caroline.

— Et vous avez accepté de mentir sur ce qui s'était réellement passé ?

J'essayais de m'imaginer dans la même situation. J'aurais dit non, sûrement.

— J'ai refusé. Qu'est-ce que vous croyez ? Alors, ils m'ont mené dans la chambre que partageaient les deux petits et ils m'ont montré Caroline. C'était une ravissante poupée blonde. Ses cheveux bouclés et un peu humides lui collaient au visage et, en dormant, elle serrait un lapin en peluche dans ses bras potelés. Puis, dans le bureau de William, ils m'ont fait lire les coupures de journaux à scandale parus à la naissance de Caroline. Les gros titres étaient terribles. « Bébé tueur. » « Un enfant maudit. » Et Delphine, tout en me les montrant, s'est remise à sangloter. Si je n'étais pas d'accord pour les aider, m'a-t-elle dit, elle s'accuserait elle-même du meurtre de sa fille.

— Et William ?

— Il ne disait rien. Il était là, à côté de sa femme, mais ce n'était pas son idée à lui, c'était celle de Delphine.

Alexa Fletcher ferma les yeux, revivant la scène dans toute son horreur.

— J'ai demandé du temps pour réfléchir. Puis j'ai dit que je voulais voir le cadavre de Rose. Ils l'avaient caché dans leur chambre. D'ailleurs, caché n'est pas vraiment le bon mot. Ils l'avaient juste posé sur leur lit. Rose portait une grenouillère brodée de canetons et son petit visage était paisible.

— Qu'avez-vous fait ?

— Je leur ai répété mes objections. J'en avais plein : *Quid* du légiste, qui saurait sans doute déceler quelque chose d'anormal ? Et les techniciens de scène de crime ? Comment les Whyte pouvaient-ils s'imaginer qu'ils ne se douteraient de rien ? Et combien de temps devait passer entre la mort et la découverte du corps pour qu'on ne puisse plus déterminer l'heure du décès avec certitude ? Et le pire dans tout ça, c'est que tout en soulevant ces objections, je savais déjà que je m'étais rangée de leur côté. Je ne suivais plus le Code pénal à la lettre : je cherchais, avec eux, à le contourner. « Et la presse ? leur ai-je alors demandé. Ils vont flairer quelque chose. Cela ne marchera jamais. »

« William m'a dit : "Je peux m'occuper de la presse nationale. Ils respecteront notre douleur, ne poseront pas de questions. Les journaux à scandale, c'est une autre affaire. Nous devons veiller à ce qu'ils n'aient rien de concret à se mettre sous la dent." Ensuite, William a proposé que sa femme et lui rédigent une confession écrite. Ils allaient reconnaître ce qui s'était réellement passé et indiquer qu'ils avaient fait pression sur moi. Que je n'avais pas accepté de les aider de mon plein gré.

— Vous avez cette lettre ?

— J'ai refusé qu'ils l'écrivent. – Alexa Fletcher eut un rire sans joie. – De toutes les manières, je n'aurais pas pu l'utiliser. Si cette confession devenait publique, ma carrière était fichue. Et mis à part ma carrière, je ne risquais rien.

— Vous les avez donc aidés.

— Oui. Ils avaient déjà un plan. Très simple, mais, dans ce genre de circonstances, les plans les plus simples sont souvent les meilleurs. Dès que la voie serait libre, Delphine devait aller déposer le bébé sur un rocher au bord de l'eau. C'est ce qu'elle a fait. Pendant ce temps, j'ai fait mine de chercher ailleurs. Voilà toute l'histoire. Est-ce que j'ai eu tort de les aider ? Sans doute. Pour ma carrière d'abord. Personne ne m'en a parlé, mais, à partir de ce jour-là, l'attitude de mes collègues et de mes chefs envers moi a changé. On ne m'a plus jamais chargé d'enquêtes prioritaires, on ne m'a plus jamais offert de promotion. J'ai fini aux archives.

— Je suis désolé. Je comprends que cela a été difficile.

— Cela a sans doute été pire pour les Whyte. Les non-dits font beaucoup de mal, ils détruisent une famille aussi sûrement qu'un meurtre. Delphine s'est suicidée et, pourtant, elle était à l'origine de ce mensonge. J'ai cru comprendre que Skip a eu de gros troubles de comportement. Et la petite Caroline, elle a l'air équilibrée comme ça, mais sait-on réellement ce qu'elle ressent et de quoi elle se souvient ? Pour des raisons évidentes, les Whyte n'ont jamais permis que leurs enfants voient un psychologue. Enfin, il y a le livre d'Edith ! Cette pauvre fille a dû deviner qu'on lui avait caché la vérité et elle est allée inventer une histoire de toutes pièces. Parce qu'elle avait besoin d'une explication qui tienne la route.

Je réfléchis. Il y avait une faille dans le raisonnement d'Alexa Fletcher et je me devais de lui poser la question.

— Je suis désolé de mettre votre récit en doute, mais êtes-vous sûre que tout s'était passé comme les Whyte vous l'ont dit ? Comment pouviez-vous être certaine que c'était réellement Caroline qui avait tué le bébé par accident ? Que ce n'était pas Delphine ? Ou William, comme Edith l'affirme dans son livre ?

Alexa Fletcher garda le silence pendant un long moment.

— Vous savez, je ne me suis posé cette question que plusieurs semaines après le décès de la petite. Lorsque Delphine s'est suicidée. Tout d'un coup, je me suis dit : et si c'était elle ? Mais non, je ne le crois pas. Personne n'inventerait une histoire pareille.

— Et vous ne les avez jamais revus ?

— Jamais. Il n'y avait pas de raison. Mais ils ne m'ont pas oubliée, je le sais maintenant.

— Comment ça ?

Alexa Fletcher tendit la main vers un petit semainier ancien, ouvrit le tiroir du bas, en sortit une enveloppe.

— J'ai reçu une lettre d'un cabinet d'avocats qui s'appelle Watson Sterling. Ils m'ont informée qu'ils étaient chargés de la succession Whyte. Apparemment, William m'avait laissé quelque chose. Je leur ai dit que je n'en voulais pas.

— Pourquoi ? Qu'est-ce que c'était ?

Pour toute réponse, elle me tendit la lettre. Celle-ci était courte ; quelques lignes à peine. C'était la volonté de M. William Whyte de léguer un tableau à Mme Alexa Fletcher. Il s'agissait d'une huile sur panneau du XVe siècle, peinte par un artiste italien du nom de Benozzo Gozzoli.

— *La Vierge à l'Enfant*, dit Alexa Fletcher. Désormais également connue comme la pièce à conviction numéro un.

Extrait de *Chronique secrète de la chute des géants* par Edith Whyte

On dit qu'il n'y a pas de pires histoires que les histoires de famille.

C'est comme cela depuis la nuit des temps. Les Grecs anciens l'avaient compris, lorsqu'ils racontaient l'histoire de Cronos dévorant ses enfants afin d'être sûr que jamais ils ne prendraient sa place. Ensuite, il y a eu Zeus et les Olympiens contre les Titans, Œdipe et sa mère, Électre et son père, Tantale, aussi, qui servit aux dieux son propre fils Pélops sur un joli plat, histoire de tester leur perspicacité.

Plus proche de nous dans le temps, mais pas tellement différent, l'Ancien Testament avec Caïn et Abel, Joseph et ses frères, Jacob et Ésaü. Et, pour les non-croyants, les contes de fées peuplés de méchantes marâtres et de sœurs meurtrières, Shakespeare avec *Le Roi Lear*, Dostoïevski avec *Les Frères Karamazov*, Tchekhov avec *Oncle Vania*. Depuis toujours, les histoires de famille fascinent – car nous en avons tous, une famille – et rassurent : c'est pire chez les autres.

C'est une consolation que les Whyte n'ont jamais eue.

Le temps passe et les trois enfants finissent par grandir. Comme il se doit, William assiste à tous les rites de passage. Le bal de promo de

Caroline, auquel elle va en robe haute couture Balenciaga, au bras du capitaine de l'équipe de football américain du lycée. La première cuite de Skip (trois adolescents boutonneux, quatre bouteilles de Bollinger). Le premier petit ami que je ramène à la maison (un pêcheur mauritanien rencontré en faisant du bénévolat en Afrique). La remise de mon doctorat de philosophie par l'université de Brown. Mon père reste imperturbable, digne, en apparence bienveillant. Rien ne semble l'atteindre, ni le mariage de Caroline avec Ben Glassman, et son voyage de noces en Israël, ni le fait que je remplace mon pêcheur mauritanien par un artiste de cirque sénégalais.

Rien ?

Si. Lorsque Skip, son diplôme de Harvard en poche, annonce qu'il veut prendre son temps pour voyager et découvrir le monde, père est livide. Hors de question. Il le convoque sur-le-champ, lui fait la morale. Skip n'a-t-il pas conscience de ses obligations ? Mon père se fait vieux, il faut assurer la relève, que deviendra l'entreprise familiale s'il venait à disparaître ? On ne peut quand même pas compter sur les filles, et il est hors de question qu'un étranger la dirige, un de ces cadres aux dents longues qui savent jouer avec des chiffres mais qui ne comprennent rien à rien. Et pour être tout à fait sûr que le message soit reçu à cent pour cent, père précise à Skip qu'il ne recevra pas un dollar avant sa mort. Rien du tout, seulement un salaire qu'il touchera pour son travail dans l'entreprise d'échelles, estimé à la hauteur de ses capacités. Si ce garçon, explique-t-il à Caroline venue lui rendre visite, n'est pas né avec le sens de la famille, il est grand temps qu'il l'acquière. Caroline hoche la tête, nous avons appris depuis longtemps qu'on ne contredit pas le vieil homme.

Pourtant, elle pense ce que nous pensons tous : un homme comme mon père n'a pas de famille, il n'a que des héritiers.

5.

Au fur et à mesure que je me rapprochais de la maison de Caroline, je ralentissais le pas, incapable de décider ce que j'allais lui dire.

Peut-on se souvenir d'avoir, à trois ans, tué sa petite sœur ? Ou est-ce que les souvenirs d'enfance restent comme des rêves qu'on sait avoir rêvé, mais que l'on ne se rappelle plus une fois éveillé ? Et quelle différence cela faisait-il pour Skip, alors que l'enquête le concernant était close de toute façon ? Sans doute aucune. William Whyte n'avait peut-être été ni un nazi ni un tueur d'enfant, mais le fait qu'il ait participé à la vente d'œuvres d'art volées aux Juifs semblait incontestable. Et c'était bien cela qui avait causé sa mort. Fin de l'histoire.

Il était temps pour moi de faire mes adieux, à Skip, à Caroline, à Edith, à toute cette famille dysfonctionnelle et torturée, que malgré tout j'aimais comme si elle était mienne.

Il était temps pour moi de rentrer à Brooklyn, de reprendre le cours de mon existence. Mes clients m'attendaient. Je ne pouvais pas exiger de Kristen qu'elle me remplace encore, alors que plus rien ne me retenait à Boston. Rien, mise à part cette famille qui me surprenait toujours.

— Zach ? Il me semblait bien t'avoir vu !

Je me composai un visage à la hâte et me tournai vers Caroline. Elle ne fut pas dupe.

— Qu'est-ce qui s'est passé ? Pourquoi es-tu là ?

Contrairement à son frère et à sa sœur, Caroline est petite. C'était peut-être cela qui faisait qu'on voyait toujours en elle l'enfant qu'elle avait été. Une ravissante poupée blonde.

— Non, ce n'est rien. J'ai fait connaissance ce matin de la personne qui a mené l'enquête sur la disparition et le meurtre de Rose. Elle m'a dit qu'elle avait la certitude absolue que ton père n'y était pour rien. Je voulais juste te dire ça. Pour que tu n'ailles pas t'imaginer, même un instant, que ce qu'Edith a écrit dans son livre était vrai.

Caroline me jeta un coup d'œil en biais.

— Je ne l'ai jamais cru. Tu sais, j'en ai reparlé à mon mari, de toutes ces accusations grotesques, et il m'a dit qu'il y avait un nom pour ça. Cela s'appelle la loi de Godwin. Selon cette loi, quel que soit le sujet de discorde, à force d'en parler, on arrive toujours au nazisme. Ben dit que c'est le propre des discussions qui se prolongent, on finit par remplacer les arguments rationnels par des analogies extrêmes et par accuser l'autre d'être un monstre, un nazi. Edith avait une dispute avec papa qui durait depuis sa naissance ou presque. Et même le meurtre n'y a pas mis fin.

Je hochai la tête en repensant à ce que Skip m'avait dit le matin, avant que je ne quitte l'appartement.

— Mais malgré tout cela vous restez une famille. Bien que votre vision du passé soit radicalement différente.

Caroline me sourit.

— On a peut-être vécu les mêmes choses, et pourtant, on n'a pas les mêmes souvenirs. Le livre d'Edith en est la preuve. C'est le cas pour tous, pour toutes les familles, tu ne crois pas ? J'ai lu quelque part que les couleurs aussi, les gens les voyaient de manière différente. Parce qu'on perçoit le monde non pas tel qu'il est, mais à travers le prisme de notre histoire personnelle.

— Tu veux dire que toi, telle que je te vois, tu serais aussi le produit de mon imagination ?

— Sans doute un peu.

Caroline me regarda droit dans les yeux. Puis elle se hissa sur la pointe des pieds et m'embrassa sur la bouche.

DIMANCHE 29 OCTOBRE

Boston

1.

Je ne retournai chez Skip que vers cinq heures du matin. Les étoiles étaient en train de s'éteindre, l'une après l'autre, mais le ciel restait sombre, d'un noir mélangé de bleu, comme une toile abstraite. Je retrouvai ma clef dans ma poche et me glissai à l'intérieur de l'appartement. Je me sentais honteux. Par-dessus tout au monde, j'avais envie de prendre une douche, de laver l'odeur, doucereuse et musquée, de Caroline sur ma peau, sur mes cheveux, sur mes vêtements. Qu'est-ce qui m'avait pris ? Pas la peine de me voiler la face, de me dire que c'était elle qui m'avait embrassé, elle qui m'avait attrapé par la main et attiré à l'intérieur de la maison. Elle qui m'avait murmuré qu'on était seuls, que les enfants n'étaient pas là, que Ben était toujours à l'étranger, que la femme de ménage était partie. C'était elle, mais c'était moi aussi, personne ne m'avait forcé.

Je refermai doucement la porte de l'appartement et restai un instant immobile, le temps que mes yeux s'habituent à l'obscurité. Ce qui s'était passé entre Caroline et moi était une erreur et j'en portais la responsabilité. Il y avait du désir, c'est vrai, et il est difficile d'arrêter une femme qu'on a toujours désirée alors qu'elle déboutonne votre chemise en murmurant votre nom, mais j'aurais pu le faire. Alors, pourquoi ? Par vanité ? Parce que je voulais me venger de Victoria ? Ou parce que, tout simplement, je n'avais pas réussi à contrôler mes pulsions ? Ce n'était pas ça non plus. Je réalisai tout d'un coup que ce à quoi je n'avais pas pu résister, ce n'était pas aux courbes de Caroline, c'était au fait qu'elle ait eu besoin de moi, au fait que je compte pour elle. Cela n'avait jamais été le cas avec Victoria, et c'était ça qui faisait le plus mal.

Plus loin dans le couloir, la porte de la chambre de Skip était grande ouverte et je retins mon souffle en passant devant. Je suis un piètre menteur : on lit en moi comme dans un livre ouvert. S'il me voyait maintenant...

Mais la chambre était vide. Les rideaux écartés, le lit défait. Un répondeur qui clignotait. Je m'approchai, enfonçai le bouton. Une voix que j'espérais ne plus jamais entendre remplit la pièce.

— Monsieur Skipper Whyte ? Stone Dennis à l'appareil. Je vous ai laissé je ne sais combien de messages sur votre portable, j'essaie aussi sur le fixe, même si je ne me fais pas beaucoup d'illusions. Rappelez-moi, s'il vous plaît. C'est important.

Je m'assis sur le lit, sortis mon téléphone de ma poche. Le niveau de batterie était déjà bas lorsque j'étais sur le point de quitter la maison d'Alexa Fletcher ; mon portable avait dû s'éteindre ensuite sans que je le remarque. Stone Dennis m'avait sans doute appelé, moi aussi. Je l'imaginai, en bras de chemise, marchant de long en large dans son petit bureau bien rangé, le téléphone pressé contre son oreille, de plus en plus énervé. Il avait laissé son message à Skip à 3 h 15 du matin. Si cela se trouvait, le capitaine était encore (déjà ?) réveillé. Pourtant, rappeler Stone Dennis n'était pas ma préoccupation première ; avant cela, je devais localiser Skip.

Je me sentais inquiet. J'attrapai le téléphone fixe et fis son numéro. Évidemment, Skip ne décrocha pas. Je réessayai deux fois, par acquit de conscience, me disant que, comme je l'avais moi-même été une heure auparavant, Skip devait être dans les bras d'une femme. Il avait éteint son téléphone. Normal. Personne ne veut être dérangé dans ces moments-là. Pourtant, j'avais beau essayer de me convaincre, je n'y croyais pas vraiment. Où pouvait-il être ?

Je ne savais pas vers qui me tourner. Caroline ? Je venais de la quitter, elle n'était au courant de rien. Edith ? Se pouvait-il que Skip, en ayant réfléchi aux propos de Said Muhammad, soit allé trouver sa grande sœur et ait passé la nuit chez elle ? Cela me paraissait peu probable. Alors, où ? L'histoire que m'avait confiée Alexa Fletcher ne me quittait pas. Et si les Whyte lui avaient menti, après tout ? Si ce n'était pas Caroline, mais Skip qui avait tué sa petite sœur ? La situation aurait été différente, alors. À cinq ans, un enfant commence à raisonner, un meurtre accidentel est bien moins probable. Alexa Fletcher les aurait-elle aidés si tel avait été le cas ? J'en doutais.

Et il y avait autre chose. Edith avait écrit dans son livre que Skip était le préféré de Delphine. Il était aussi le seul fils, le seul héritier, celui sur qui reposaient tous les espoirs de William. Quoi de plus naturel que de vouloir le préserver de l'acharnement des médias ? Mais Skip était un enfant violent et William Whyte l'avait envoyé en pension pour protéger Caroline. Le temps avait passé et l'enfant violent était devenu un homme impulsif. Un homme qui avait des dettes de jeu et qui un jour était allé trouver son père et... Je préférais ne pas y penser. Au lieu de cela, j'allai dans la cuisine, où je me versai un verre de puligny-montrachet millésime 2005. C'était l'un des grands crus que nous avions ouverts pour fêter la libération de Skip. Maintenant, le vin me laissait un goût amer dans la bouche. Et si je ne trouvais pas Skip ? Que ferais-je s'il avait décidé de prendre le large, parce qu'il savait que cette histoire n'était pas vraiment finie ? À l'heure qu'il était, il pouvait déjà être au Canada ou même au Mexique.

Une sonnerie interrompit le cours de mes pensées. Je me dis que Skip était de retour, que tout allait s'expliquer. Mais, lorsque je jetai un coup d'œil par le judas, c'est la silhouette étroite de Stone Dennis que je vis sur le palier. Il était accompagné par deux gorilles en uniforme.

2.

Il était 6 h 34.

Stone Dennis allait et venait dans le salon de Skip, en proie à un énervement grandissant.

— Vous êtes son avocat, me lança-t-il, et aussi son meilleur ami. Vous devez savoir où il est.

— Non.

Il me fixa du regard.

— Vous répondez trop hâtivement. Signe de mensonge. Je ne vous crois donc pas. Où est-il ?

J'articulai aussi lentement que je le pus :

— J'ignore où se trouve Skipper Pythias Whyte. C'est la stricte vérité.

— Je ne vous crois toujours pas.

Je haussai les épaules.

— C'est votre droit. Tout ce que je sais, c'est que je suis revenu ici il y a moins d'une heure et il n'y avait personne.

— Et où étiez-vous, alors ?

— Hier midi, je suis allé à Kittery voir la lieutenante qui a mené l'enquête sur le meurtre de Rose. C'est vous-même qui m'avez passé ses coordonnées.

Dennis s'arrêta brusquement.

— Et que vous a-t-elle appris ?

— Rien d'intéressant.

Il reprit sa marche.

— Encore un mensonge. Et après ?

Je décidai de jouer au con. L'avion de Ben, le mari de Caroline, atterrissait à Boston Logan à 6 h 04 du matin. Ben était donc déjà en route pour la maison.

— Après, j'ai fait un petit tour sur la côte, j'ai mangé un sandwich au homard, puis je suis rentré. Un peu tard, certes. En fait, j'étais fatigué sur le chemin du retour, je me suis arrêté sur le bas-côté pour faire une petite pause et, finalement, j'ai dormi plusieurs heures.

— Et c'était bon ?

Rictus méprisant.

— Quoi donc ?

— Votre sandwich. Vous l'avez acheté à Chauncey Creek, n'est-ce pas ? C'est là qu'on va quand on se trouve à Kittery et qu'on a envie de manger du homard.

Je décidai de passer à l'offensive. Pas d'autre choix, si je ne voulais pas impliquer Caroline.

— Non, capitaine, j'ai mangé ailleurs. Et sachez que je n'apprécie guère vos questions. De quoi me soupçonne-t-on, au juste ? D'ailleurs, tant que vous y êtes, expliquez-moi encore une fois pourquoi vous débarquez ici à six heures du matin à la recherche de mon client. Pour ce que j'en sais, l'affaire est close.

— C'est quoi, ces gâteaux ? dit Dennis en s'arrêtant brusquement. Des roulés au pavot ?

Il en brandit un dans ma direction.

— Oui, capitaine. Faits maison par Edith Whyte. Mais vous ne répondez pas à mes questions.

Stone Dennis regarda le gâteau d'un air critique avant de le reposer. Il se frotta les mains, sans doute pour me montrer le plaisir qu'il prenait à ce jeu du chat et de la souris.

— L'affaire n'est pas close, mon jeune ami. Oh non, pas du tout. Voyez-vous, notre légiste a maintenant un doute sur le fait que le suicide de Maria Becker en soit un. Quelque chose au sujet des hématomes près du sillon de pendaison. Et des cheveux coincés au niveau du cou dans le nœud de la corde, apparemment, ça ne peut pas arriver tout seul. Selon le légiste, ce sont des indices qu'on retrouve dans la plupart des meurtres par pendaison. Alors, vous ne dites rien ?

Que pouvais-je répondre ? Que, moi-même, je me posais des questions quant au suicide si commode de la vieille femme ? Que je trouvais que la fin de sa lettre d'aveux était curieusement formulée ? Le fait qu'elle n'évoque jamais le meurtre m'avait intrigué, je m'étais même demandé s'il ne manquait pas un feuillet. Mais je ne voulais pas donner d'arguments supplémentaires à Stone Dennis, si tant est qu'il en eût encore besoin. Je repensai de nouveau à mon arrivée chez Maria Becker. Selon le légiste, lorsque je l'ai trouvée, la vieille femme était morte depuis un quart d'heure à peine. Avais-je pu croiser son tueur sans le savoir ? Stone Dennis croyait-il que je pourrais l'identifier ?

— Je ne vois toujours pas ce que vous faites ici, dis-je au capitaine. Sûrement, vous ne soupçonnez pas Skip de s'être échappé de sa cellule pour assassiner une vieille femme ? Et puis un doute sur son suicide ne veut pas dire que Maria Becker ne soit pour rien dans le meurtre de William Whyte – ses aveux sont assez clairs. À moins que vous ne considériez que ces aveux aient été fabriqués par le tueur ?

Stone Dennis rit, d'un rire qui ne me disait rien qui vaille.

— Est-ce le homard de Kittery qui vous est monté à la tête ? Ou le fait de vous être endormi derrière votre volant, sur une aire d'autoroute ? Non, je ne soupçonne pas du tout M. Skipper Pythias Whyte d'avoir assassiné Maria Becker. Mais ce qui est sûr c'est qu'il est de nouveau suspecté du meurtre de son père et que sa disparition n'arrange aucunement son cas. Quant à celui qui a expédié cette pauvre Mme Becker *ad patres*, voyons voir...

Dennis fit mine de réfléchir – bras croisés sur la poitrine, sourcils en accent circonflexe – avant de lâcher dans un gloussement :

— Il suffit de trouver à qui profite le crime. Qui, depuis le début, essaie de lier le meurtre de William Whyte à un trafic d'œuvres d'art, qui cherche par tous les moyens à disculper son client puisque celui-ci est aussi son ami ? Est-ce que vraiment je dois poursuivre ?

Je m'étranglai d'indignation.

— Moi ? Vous me croyez capable d'assassiner une vieille femme pour innocenter Skip ? Mais pour quelle sorte de monstre vous me...

— Hé ! Tout doux, OK ? Je ne vous accuse de rien. Pour l'instant. D'ailleurs, je m'en vais, ça ne sert à rien de poireauter ici, on cherchera Skipper Whyte par d'autres moyens. Quant à vous – il pointa soudain son index dans ma direction –, vous avez intérêt à me ramener votre ami avant midi. Passé ce délai, je vous arrête.

— Pour quel crime ?

— Pour obstruction à la justice. En attendant de vous inculper pour meurtre.

3.

Lorsqu'on est stressé, le temps fait du surplace. J'avais le sentiment que Dennis était parti depuis des heures et pourtant, quand je consultai ma montre, je vis qu'il n'était que 6 h 58 du matin. Dimanche matin, de surcroît. Beaucoup trop tôt pour appeler qui que ce soit, mis à part Skip, dont le portable ne répondait toujours pas, et Victoria. Elle ne sembla pas ravie de m'entendre.

— Et si je dormais ?

— J'espérais que tu ne dormes pas.

— Sans blague ? Et si la présence de *ton* enfant dans *mon* ventre me fatigue ?

— C'est vrai ? Non, attends, Victoria, c'est vrai ? Il y a réellement un bébé, c'est sûr ?

Je me sentais de nouveau extatique et terrifié. Honteux aussi.

— Peut-être. Je n'en sais rien. Je n'ai pas encore fait le test. Trop de boulot et puis je ne tiens pas à ce que quiconque m'aperçoive en train d'acheter un test de grossesse. Surtout pas maintenant.

— Que veux-tu dire par « pas maintenant » ? Qu'est-ce qui se passe ?

— C'est en ce moment que les promotions se décident, expliqua Victoria d'un ton patient. Si on s'imagine que mes priorités sont ailleurs, jamais je ne serai cooptée associée.

Je comprenais, bien sûr. C'était important pour une femme aussi brillante que Victoria de vouloir faire carrière. Mais ça faisait mal quand même.

Il y eut un silence, puis elle me demanda :

— Et d'ailleurs, que fais-tu toujours à Boston ? Ton client est disculpé, non ?

— Oui.

Elle dut percevoir mon hésitation.

— Il y a un truc qui se trame, c'est ça ? C'est en rapport avec les fédéraux ?

— Non. Je ne sais pas. Tu crois que ton ami Josh peut tracer des portables pour moi ?

Je lui dictai les deux numéros.

— Pas de problème. Je demanderai.

— Et, Victoria ?

— Oui ?

— Je t'aime. N'oublie jamais ça. Avec ou sans le bébé.

Puis je raccrochai et me mis à la recherche de Skip.

Je commençai par une visite au domicile d'Edith. La rue dormait encore ; les lampadaires à gaz scintillaient faiblement dans l'air gris du matin et les pavés de brique rouge étaient recouverts d'un tapis de feuilles mortes tombées pendant la nuit. Je ne croisai dehors que quelques personnes. Un vieux monsieur en veste matelassée et casquette de tweed qui rentrait chez lui après avoir acheté son journal. Une mère en tenue de jogging, avec un nourrisson assoupi dans son landau. Ainsi que notre visiteur de la veille, Said Muhammad. Il marchait dans ma direction en traînant derrière lui un chien que je reconnus aussitôt.

— Alors, vous êtes revenu vivre chez Edith ?

Il me jeta un regard hostile.

— En quoi ça vous concerne ?

— En rien, vous avez raison. – Je me penchai pour caresser le chien. – Est-ce qu'Edith est là ? J'aurais besoin de lui parler.

— Dans ce cas, vous pouvez aussi lui ramener le clebs. – L'homme me tendit la laisse. – Elle est à la maison, mais elle est de très, très mauvaise humeur. Des gars du FBI sont passés ce matin, à l'aube, pour lui poser des questions.

— Des questions sur quoi ?

— Aucune idée. Je suis resté au lit. Elle m'a dit après que ce n'était rien, une erreur, mais je pense qu'elle m'a menti. Moi, je ne veux pas me retrouver mêlé à ces histoires-là, alors, je vous laisse, je vais aller prendre un café.

Je remontai la rue, le chien sur mes talons. Arrivé devant la maison d'Edith, je poussai le portillon, qui n'était pas fermé à clef, puis la porte d'entrée. Edith, en robe de chambre élimée et pantoufles d'homme, était en train de faire du café dans un petit récipient en cuivre.

Elle me contempla un instant.

— Quel bon vent t'amène ?

— Je cherche Skip. Tu ne saurais pas où il a pu passer ?

— Pourquoi tu veux le voir ?

J'hésitai à lui parler de la visite de Dennis. Au lieu de cela, je décidai de répondre à la question d'Edith par une autre.

— Comment est-ce qu'on sait que quelqu'un nous ment ?

Edith remua le café, en versa dans deux tasses qui attendaient déjà sur la table.

— J'imagine que Said a profité de ton arrivée pour se tirer ? Non, ne dis rien, ce n'est pas grave. Je ne voulais pas qu'il reste de toute façon.

Elle poussa l'une des tasses vers moi.

— Cette question sur le mensonge, elle concerne ma famille ?

Je hochai la tête. Edith me regarda avec pitié.

— Les Whyte sont tous de très bons menteurs. Très convaincants. C'est peut-être le fait de grandir avec des non-dits : il y a tellement de secrets qu'on développe un sixième sens pour lire dans les autres comme dans un livre ouvert. Leurs désirs, leurs attentes. Quand on est face à des gens normaux, quand on sait ce qu'ils espèrent entendre, c'est ensuite très facile de les rassurer d'un mot, d'un geste. De leur raconter une histoire qu'ils trouveront crédible. À chaque fois, sans exception, les personnes honnêtes se font avoir, parce que, même lorsqu'elles sentent qu'on leur joue la comédie, elles n'ont pas envie de le croire. C'est beaucoup plus simple et confortable d'accorder le bénéfice du doute au menteur. Je sais que père a fermé les yeux pendant longtemps. Mais ne t'imagine pas que je le plains, ce qui s'est passé, c'est sa faute. Il a fait de nous ce que nous sommes.

— Tu me dirais où ton frère se cache si tu le savais ?

Edith vida son café d'une traite.

— Oui. Je te l'aurais dit, mais malheureusement, je l'ignore. Et je suis désolée pour toi, Zach. Te faire embarquer dans nos histoires de famille. – Elle montra le chien qui attendait sagement près de la porte. – Tu peux l'avoir en compensation. Une fois père enterré, j'irai faire un tour du monde. Said ne s'en occupera pas, il n'aime pas les animaux. Si tu ne le prends pas, il finira à la SPA.

Je me levai. Le café préparé par Edith était aussi épais que du goudron et mon cœur s'emballait déjà dans ma poitrine. À l'extérieur, une pluie déchaînée cinglait les carreaux.

Je remerciai Edith pour son hospitalité, puis partis en courant vers ma destination suivante, située deux rues plus loin. La maison de Derek Starke.

Extrait de *Chronique secrète de la chute des géants* par Edith Whyte

Certains jours, je crois que notre famille est maudite. Que celui qui nous a enlevé Rose a signé l'arrêt de mort de la lignée des Whyte. Est-ce vraiment une surprise si personne d'entre nous n'arrive à avoir d'enfants ? Ceux de Caroline ont été adoptés. En première année de droit, Skip a forcé à avorter une étudiante qui était enceinte de lui. Quant à cette pauvre vieille fille que je suis, elle a loupé le coche. Trop tard maintenant. Il lui reste des petites Afghanes dont les photos ornent les murs de sa triste et solitaire maison.

Est-ce une surprise également si nous sommes tous obsédés par l'argent ? Oscar Wilde a dit : « Il n'y a qu'une catégorie de gens qui pensent plus à l'argent que les riches, ce sont les pauvres. » Sommes-nous des pauvres dans l'âme, pauvres de l'amour que nous n'avons jamais reçu ? Est-ce pour cela que nous y accordons autant d'importance ? Skip, avec ses costumes hors de prix, ses voitures de luxe et sa garçonnière, en est un exemple criant. Pourtant, malgré les apparences, il n'est pas le seul. Moi, Edith, qui passe ma vie à rejeter les richesses matérielles au profit de richesses spirituelles – je pense à l'argent sans y penser, je pense à l'argent que je décide ne pas avoir. L'argent guide mes choix, mais en négatif. Il m'obsède. Une femme pauvre, mais ayant du bien – c'est moi.

Une femme riche, mais se sentant pauvre – c'est ma sœur, Caroline.

Ainsi, la boucle est bouclée.

Refermez ce livre. Admirez l'image qui orne la couverture : une demeure magnifique, très Nouvelle-Angleterre, mais pourquoi l'illustrateur la représente-t-il en automne, entourée de feuillage flamboyant, flanquée de bégonias rabougris ? Parce qu'on récolte ce qu'on a semé, toujours, sans exception. Et maintenant, retournez ce livre. La jaquette est verte. Une couleur qui, au Moyen Âge, signifiait le mal. Une couleur que les comédiens refusent de porter sur scène. La couleur des pelouses des terrains de sport, des tapis des joueurs de cartes, de la chance et de la fortune.

La couleur des dollars.

Qu'est-ce que je vous ai dit ?

4.

L'ironie de la situation ne m'échappait pas, mais ce n'était pas pour cette raison que j'hésitais.

Je n'avais aucune preuve.

J'avais beau être un spécialiste en droit de l'art et pas un pénaliste, je savais que, sans éléments concrets, ce genre d'accusation ne me mènerait pas loin.

Ce que Derek Starke m'avait raconté pourrait, avec l'aide d'un avocat un tant soit peu compétent, devenir les radotages d'un vieillard qui n'avait plus toute sa tête.

Je savais maintenant, sans l'ombre d'un doute, ce qui s'était passé et comment William Whyte était mort. J'avais vu la lettre qu'il avait écrite à son ami Derek Starke. Je savais pourquoi les Fédéraux étaient venus chez le vieillard et pourquoi ils allaient revenir encore.

Je savais ce que *La Vierge à l'Enfant* faisait entre les mains de William et comment le meurtrier était parvenu jusqu'à sa maison sans être vu.

Plus important que tout, je savais pourquoi.

Ce qu'il me fallait, c'étaient des preuves.

Directes : fibres, cheveux, fluides corporels. S'il y en avait, les techniciens de scène de crime les auraient trouvés.

Indirectes : témoignages des voisins, localisation de téléphones.

Pas de chance de ce côté-là non plus. Je n'appréciais pas Dennis, mais pour autant je ne doutais pas un instant qu'il avait fait du bon boulot.

Victoria me passa un coup de fil peu avant dix heures, alors que je faisais mes adieux à Derek Starke. Le portable utilisé par l'assassin présumé n'avait pas quitté son domicile de toute la journée du mardi.

Quant à l'autre téléphone, celui de Skip, il semblait se trouver actuellement sur Cape Cod, mais Josh n'étais pas en mesure de préciser où exactement. Et lorsque je tentai de joindre Skip de nouveau, il ne répondit pas.

Je regardai ma montre : 10 h 29. Mon anxiété ne cessait d'augmenter au fur et à mesure que s'égrenaient les minutes.

Mon téléphone sonna à 10 h 59.

Stone Dennis, narquois.

— Alors ? Plus qu'une heure.

— Et une minute, dis-je. Que font vos fins limiers ? Ils n'y arrivent toujours pas ?

Il ricana.

— Pourquoi devraient-ils se fatiguer quand dans une heure tout leur tombera tout cuit dans le bec ?

— C'est là que vous vous trompez. Ce n'est pas Skip qui a commis ce crime atroce et ce n'est pas moi qui ai commis un deuxième meurtre pour le couvrir. Je sais maintenant qui c'est. Seulement, je n'ai aucune preuve.

— Dites toujours.

Je le lui dis.

Dennis s'esclaffa.

— Vous avez de l'imagination, aucun doute là-dessus. C'est une belle théorie. Mais vous l'avez dit vous-même : vous n'avez aucune preuve. Alors que nous avons tout ce qu'il faut pour condamner votre ami. Et vous aussi, par la même occasion.

— Vous me décevez, Dennis.

— Cinquante-neuf minutes. Pas une de plus.

Sur ce, il raccrocha.

5.

Le temps me filait entre les doigts. Cinquante minutes. Quarante-cinq. Je savais que Dennis mettrait sa menace à exécution. Et qu'il n'en perdrait même pas le sommeil. J'imaginais le capitaine rentrer chez lui, dans une maison propre et méticuleusement rangée, je l'imaginais s'installant à table face à son épouse pour manger un bon dîner diététique, fait de légumes verts et de viande blanche cuite à la vapeur. Elle, mince au point d'être maigre, en robe stricte et élégante, lui demanderait comment s'était passée sa journée. Et il lui répondrait : « Une journée comme une autre, rien d'important. Deux vies gâchées, la routine, ma chérie. » Puis ils parleraient de choses et d'autres, des haies à tailler dans le jardin, de la nouvelle voiture de madame.

Et pendant ce temps, l'assassin courait toujours.

Trente-cinq minutes. Et une idée, soudain. J'attrapai mon téléphone, appelai Victoria.

— J'ai besoin d'un autre renseignement.

Trente minutes. Victoria me rappela, la voix triomphante.

— C'est pas trop légal, mais Josh m'a dit qu'il te trouverait ça. Il connaît des gens. Seulement, cela risque de prendre un peu de temps.

— Je n'ai pas le temps.

Soupir. Puis :

— Je te rappelle.

À midi moins vingt, je me levai pour préparer mon sac. Je ne voulais pas laisser ma chambre en bazar si Skip revenait pendant mon absence. À midi moins cinq, mon téléphone se mit à vibrer. Au même moment, quelqu'un enfonça la sonnette de la porte. « Ne quittez pas. » Puis je recouvris le micro du téléphone de la main et criai :

— Vous êtes en avance, Dennis ! Il me reste encore cinq minutes.

En réponse, on sonna de nouveau, plus longuement.

Je repris le téléphone.

— Oui ?

C'était Josh et il avait l'information que j'avais demandée. Vu la façon dont il l'avait obtenue, elle n'était pas exploitable au tribunal, mais ce n'était pas grave. C'était une preuve, enfin. Et Dennis allait avoir tout le loisir d'y parvenir par des moyens légaux. Je pris un bout de papier et notai les détails. Temps de trajet. Durée de stationnement. Tout collait. Je me suis dit que c'était peut-être mon sort : me faire avoir par la beauté.

Je remerciai Josh et allai ouvrir la porte.

Ce n'était pas Dennis. C'était Skip. Pâle, les yeux injectés de sang.

Il inspira à fond :

— Je sais qui c'est, Zach. La personne qui a tué mon père. Jamais je n'aurais cru, d'ailleurs, je ne voulais pas le croire, c'est pour ça que j'ai mis autant de temps. Le temps de tout vérifier, deux fois, trois. Je suis allé à Cape Cod, et j'ai un témoin aussi, un pêcheur à pied. Il l'a vue amarrer son bateau dans une crique, pas très loin de l'endroit où on a trouvé Rose. Comment a-t-elle pu, Zach ? Ma sœur préférée ! Et pourquoi ?

Là, au moins, je pouvais répondre.

— Elle l'a tué pour éviter de tout perdre.

6.

À midi cinquante-cinq, Skip et moi arrivâmes devant le poste de police de Bourne. En route, Skip avait tenu à acheter des donuts.

— C'est ce que mangent les flics, me dit-il. Dans les séries, cela se passe comme ça.

Je le laissai faire. Je sentais bien que toute cette exubérance masquait une profonde tristesse. Et que, pour lui, tout cela était encore irréel : il avait le sentiment d'être dans un mauvais rêve, dont il n'allait pas tarder à se réveiller.

Comme d'habitude, la porte du bureau de Stone Dennis était ouverte. Le capitaine était en train de travailler sur son ordinateur. Il haussa un sourcil en nous voyant.

— J'étais sur le point de transmettre votre signalement aux polices routières. Mais rentrez donc, puisque vous êtes là. – Il jeta un regard sur sa montre. – J'espère que vous avez une bonne explication.

— Nous avons mieux qu'une explication, nous avons des preuves.

Je me posai sur l'une des deux chaises visiteurs ; Skip, quant à lui, se percha sur le rebord de la fenêtre, un donut à la main.

— Je vous écoute.

— Saviez-vous, capitaine, que le marché de l'art est la troisième plus grande industrie non régulée au monde, après le trafic d'armes et la drogue ? C'est Caroline elle-même qui me l'a dit, et elle sait de quoi elle parle. Lors de cette discussion, elle a également mentionné que la seule chose qui pouvait causer la ruine d'un marchand d'art bien établi, c'était de se faire prendre à vendre des faux. C'est arrivé à Knoedler, une institution new-yorkaise. Cela aurait pu aussi arriver à la galerie de Newbury Street.

Je regardai Dennis. Renversé dans son fauteuil pivotant, les yeux mi-clos, il semblait à mille lieues de notre discussion. Pourtant, lorsque je m'arrêtai de parler, il marmonna :

— Continuez.

— Caroline a vendu des faux et William l'a appris, sans doute lorsque, à la fin de l'été et pour la première fois depuis des années, il est venu en visite surprise à la galerie dirigée par sa fille. C'est Derek Starke qui m'a parlé de cette visite et du trouble de William, bien qu'il n'en ait pas deviné la raison. Cette hypothèse est corroborée par le témoignage de Maria Becker. Lorsque je l'ai interrogée, elle m'a dit que William Whyte avait passé les semaines précédant sa mort à étudier des catalogues de ventes aux enchères. J'avais imaginé à l'époque qu'il se préoccupait de savoir si on pouvait retrouver la trace des œuvres spoliées et remonter jusqu'à lui. La vérité est différente : il recherchait des faux vendus par Caroline. Je crois qu'en apprenant l'étendue du trafic mis en place par sa fille, William Whyte a été bouleversé – cette galerie était toute sa vie. Et, entendons-nous bien, je ne cautionne pas du tout le fait que, au début de sa carrière, il avait écoulé des œuvres volées par des nazis à des Juifs. Seulement, dans la tête de William, c'était moins grave. Il n'a jamais trompé ses acheteurs, jamais vendu de tableaux qui n'avaient pas de valeur. Lorsqu'il a eu toutes les preuves en main, il a convoqué Caroline sur-le-champ. Elle est venue le samedi précédent le meurtre, sous le prétexte de montrer sa nouvelle voiture. À ce moment déjà, William avait établi son plan d'action : il allait racheter les parts de sa fille, reprendre le contrôle de la galerie, arrêter le trafic. C'est pour cela qu'il avait donné à Caroline un chèque d'un million de dollars. Ce n'était pas du tout pour couvrir les dettes passées et futures de Skip ; c'était la valeur estimée de ses parts dans la galerie, je le sais, car j'ai vu l'inventaire détaillé de ses possessions. C'est aussi pour cela que le vieil homme avait écrit à Derek Starke en lui demandant de reprendre la gérance de la galerie. L'explication qu'il avait fournie à son ami, selon laquelle Caroline avait besoin de passer plus de temps avec ses enfants, était un pieux mensonge, destiné à lui sauver la face. Enfin, c'était cela, la grande trahison dont William Whyte avait parlé à Starke. Cette phrase m'a toujours interpellé, puisque le vieil homme était au courant depuis très longtemps des dettes de jeu de Skip et du livre d'Edith. Mais une trahison de Caroline, il ne s'y attendait pas.

Stone Dennis se leva sans un mot, alla se chercher un donut dans le sac que Skip avait abandonné sur un meuble de classement près de la porte.

— Une théorie non dénuée d'intérêt. Qu'est-ce qui vous a mis sur la voie ?

— Je ne l'ai compris que ce matin, en relisant le livre d'Edith. Elle y parle, depuis le tout début d'ailleurs, de l'amour de Caroline pour l'argent et les apparences. J'ai repensé à son train de vie, à sa galerie, et je me suis dit : imaginons qu'elle ait vendu un faux. Imaginons que c'était ça qui avait tellement bouleversé William. C'est mon métier, ne l'oubliez pas. Le droit de l'art, c'est aussi des authentifications d'œuvres, des litiges autour de faux tableaux. Puis, je me suis souvenu que Derek Starke avait été approché par les Fédéraux, qu'il était au conseil d'administration de la galerie et que, juste avant sa mort, William Whyte lui avait demandé d'en reprendre la gérance.

Je jetai un regard à Dennis, pour m'assurer qu'il suivait. Il m'encouragea d'un hochement de tête.

— Alors, j'ai voulu en avoir le cœur net, je suis passé chez Starke, il me l'a confirmé. Il y a une enquête en cours sur un réseau de faux tableaux, le FBI a sollicité son aide pour coincer Caroline. J'aurais dû deviner plus tôt, seulement, Caroline a été très forte, elle avait une explication pour tout. Et puis je ne croyais plus du tout à ce que me racontaient son frère et sa sœur, alors qu'elle, j'avais envie de la croire.

— Sans doute parce que c'est une jolie fille, sourit Dennis. Et Maria Becker, alors ? A-t-elle joué un rôle dans ce meurtre, oui ou non ?

— En partie seulement. Si elle n'avait pas été là, nous aurions pu deviner ce qui s'était passé beaucoup plus vite. Disons que Caroline a eu de la chance.

Stone Dennis hocha la tête.

— Seuls les plus naïfs croient que la chance ne joue aucun rôle dans les affaires criminelles. Donc la confession de Maria Becker est fausse ? Notre expert graphologue a pourtant confirmé son authenticité.

— Non, la lettre dit la vérité. Relisez-la. Cette femme avoue s'être fait embaucher par l'agence pour se rapprocher de William Whyte, elle reconnaît avoir laissé son portefeuille exprès pour pouvoir revenir dans la maison. Je crois qu'elle voulait avant tout se confronter au vieil homme, lui dire ce qu'elle pensait de ceux qui, comme lui, avaient profité du malheur de ses parents. Peut-être souhaitait-elle enregistrer sa confession, j'ai vu un petit dictaphone chez elle. Elle avait choisi son jour, qui était celui de la publication du livre. Elle savait où dans la maison se trouvait le tableau volé à sa famille. Il aurait été difficile à William Whyte de nier. Or, que découvre-t-elle en arrivant chez lui ? Un homme mort, assis dans son fauteuil. Rappelez-vous, il n'y avait presque pas de sang, pas de blessure visible tant qu'on le regardait de face. Jusqu'à ce que la presse parle du meurtre, Maria Becker a cru à une mort naturelle. Je pense qu'elle a été bouleversée. Sa vengeance, qu'elle avait préparée de si longue date, lui échappait. Cette femme si calme et si posée a eu un mouvement de colère. Elle est allée chercher le tableau et l'a mis entre les mains du vieillard. Puis elle a pris un marqueur et a écrit « meurtrier » sur son front.

Stone Dennis se pencha en avant.

— Alors, c'est pour cela qu'elle se sentait coupable ? Pour avoir profané le corps ?

— Oui. Elle l'a sans doute regretté après avoir quitté la maison, mais il était trop tard. Elle a donc mis ses affaires en ordre et elle a rédigé sa confession qu'elle comptait envoyer à la police avant de disparaître dans la nature. Mais elle n'a pas eu le temps de partir et je pense que son meurtrier a volé un des feuillets pour ne laisser du texte que ce qui incriminait la femme de ménage. Relisez la lettre, vous verrez.

De la fenêtre, Skip dit d'une voix sourde :

— Caroline l'a tuée pour me disculper.

Je me tournai vers lui.

— Je ne crois pas que ce soit seulement ça. Plus l'investigation se concentrait sur toi, plus tous ceux qui te sont proches couraient des risques. Il lui fallait un coupable qui n'avait pas de lien avec la famille, de préférence un coupable mort. Lorsque Caroline est arrivée au cottage pour tuer son père, elle a remarqué le portefeuille de la femme de ménage dans l'entrée. Et quand elle a entendu parler du tableau et de l'inscription, elle a compris ce qui s'était passé. Étrangler une vieille dame n'a pas été difficile. Caroline fait du bateau, elle a de la force dans les bras.

— Et puis, dit Stone Dennis d'une voix pensive, les habitants du quartier où vivait Mme Becker savent qu'il vaut mieux ne pas se mêler des affaires d'autrui. On n'y trouve jamais de témoins. Vous avez dit que vous aviez des preuves ?

Je sortis mon téléphone de ma poche.

— Il va falloir que vous les obteniez de manière officielle, mais oui. Caroline a reçu de son mari une nouvelle voiture pour son anniversaire, une Audi, elle est garée devant sa maison. C'est le genre de petit bolide truffé de gadgets qui se géolocalise automatiquement en permanence. Bien utile en cas de vol ou de panne sur une route déserte. J'ai réussi à obtenir le journal de ses déplacements. Caroline aura du mal à vous expliquer ce qu'elle faisait à Kingston, près du domicile de Maria Becker, au moment du meurtre.

Stone Dennis sourit. Cela lui changeait le visage, lui conférait une apparence humaine et sympathique.

— Eh bien, bravo. Et pour l'assassinat de William Whyte, vous avez quelque chose ?

— Vous rappelez-vous ce que Caroline faisait le mardi 17 octobre ?

Le capitaine hocha la tête, lentement.

— Je vois où vous voulez en venir.

— C'est en bateau que Caroline est arrivée à Hyannis Port pour tuer son père. Skip a trouvé un pêcheur qui l'a aperçue en train de l'amarrer. L'heure et le jour concordent. – J'arrachai une feuille de mon bloc-notes et la posai sur son bureau. – Voici le nom et les coordonnées du témoin.

— Eh bien – Dennis se frotta les mains. –, je dois reconnaître que je vous ai sous-estimé. Votre raisonnement se tient. Si Caroline a tué Maria Becker, il y a de bonnes chances qu'elle soit aussi impliquée dans le meurtre de son père. À partir de là, il suffisait de chercher. Mais, dites-moi, qu'est-ce qui vous a donné l'idée de vérifier la géolocalisation de sa voiture ?

— Votre femme.

Dennis haussa un sourcil interrogateur.

— Qu'est-ce que mon épouse a à voir avec cette affaire ?

— C'est très simple. Je vous ai imaginé en famille, vous parliez avec votre femme de sa voiture et, à ce moment-là, je me suis rappelé que Caroline avait une nouvelle voiture et qu'en faisant quelques recherches...

Il m'interrompit.

— Je ne suis pas en couple, monsieur Damon. Nous avons divorcé trois mois après notre mariage – apparemment, je suis trop pénible –, mais j'ai gardé l'alliance en souvenir. Alors, si vous voulez que je prenne votre théorie au sérieux, taisez-vous, maintenant, n'aggravez pas votre cas. Quant à moi, je vais aller m'entretenir avec le substitut du procureur pour m'assurer que nous en avons assez pour arrêter Caroline Glassman Whyte. Merci d'être venus, messieurs. Et laissez donc ce sac là où il est, je garde vos donuts.

LUNDI 30 OCTOBRE

Boston

1.

Tôt le lundi matin, je pris la route 90 en direction de New York. Skip avait tenu à m'accompagner jusqu'à ma voiture. Il portait mon sac de voyage dans une main et, dans l'autre, un classeur épais qui contenait les différentes pièces du dossier de la défense. Quant à moi, j'étais occupé à refréner l'enthousiasme du chien au pelage jaune que j'avais récupéré chez Edith.

— Tu verras, m'avait-elle dit, il n'est pas très discipliné, mais il est affectueux.

Force était de constater que cette appréciation se révélait rigoureusement exacte.

La veille, j'étais arrivé chez Edith au moment même où la radio annonçait que Mme Caroline Glassman, née Whyte, avait été amenée au poste de police pour répondre à quelques questions. Edith n'avait pas semblé surprise.

— Oui, m'avait-elle dit, de nous trois, Caroline a toujours été celle qui s'encombrait le moins de scrupules. Elle a été pourrie gâtée par père, elle croyait que tout lui était dû. Et elle ferait n'importe quoi pour de l'argent et son statut social. Que veux-tu, c'est la conséquence de notre éducation.

Edith fut en revanche beaucoup plus bouleversée d'apprendre le rôle joué par Caroline dans la mort de sa petite sœur.

— Alors, je... – Les yeux d'Edith s'embuèrent de larmes. – J'ai accusé papa d'un crime qu'il n'avait pas commis ? Je ne... Il n'était pas le nazi tueur d'enfant que j'avais imaginé ?

Elle se détourna ; je vis ses épaules se soulever.

— Edith, ton père n'était pas blanc comme neige. Il a fait des erreurs. Mais tu n'es pas la fille d'un monstre. Je me suis dit qu'il était important que tu le saches.

Elle fit un geste de la main pour me faire taire. Puis, sans regarder, elle attrapa un torchon de cuisine et le pressa contre son visage.

Je ne restai pas longtemps après ça. Mon portable affichait trois appels en absence, tous en provenance du téléphone de Victoria. Je la rappelai dès le portail franchi, la laisse du chien fermement enroulée autour de mon poignet. La rue, comme d'habitude, était déserte.

La voix de Victoria explosait de joie.

— Zach, tu ne devineras jamais ! Ça y est, c'est confirmé, je suis tellement heureuse ! Je passe associée. À partir du 1er janvier et je serai la plus jeune associée du cabinet.

— Bravo. – Le chien tirait sur sa laisse. Je le suivis sans trop vérifier où il m'emmenait. – Tu n'as pas eu le temps de faire le test alors ?

— Le test ? – Victoria semblait sincèrement perplexe. – Quel test ? Ah, ça ! Non, c'est bon.

— Ce qui veut dire ?

— J'ai eu mes règles. Hier. J'ai appelé mon gynéco, il m'a dit que le retard était sans doute lié au stress. J'ai tellement flippé, à cause de cette promotion, tu n'imagines même pas ! Mais tout va bien maintenant.

— Excellent, dis-je, d'une voix qui s'efforçait d'être joyeuse sans y parvenir totalement. Moi aussi, j'ai du nouveau. Je nous ramène un chien.

Un chien qui était maintenant assis sur le siège avant, la truffe collée à la vitre. Un chien au pelage jaune, laid, mais affectueux : exactement ce qui manquait dans ma vie. Je tendis la main pour allumer la radio. Une voix aiguë, au comble de l'excitation, énumérait les charges qui pesaient contre Caroline. Meurtre au premier degré de William Whyte, meurtre au premier degré de Maria Becker, escroquerie à grande échelle, violation de la loi fédérale sur la propriété intellectuelle. « Et maintenant, s'égosilla la speakerine, je vous laisse écouter une très brève interview que notre journaliste a réussi à obtenir de l'avocat de l'accusée, maître Lamb, du cabinet Watson Sterling. "Maître, que pouvez-vous nous dire au sujet des charges qui pèsent sur votre cliente ?" Rupert Lamb s'éclaircit la gorge. "Mme Caroline Glassman Whyte est innocente. Nous travaillons actuellement avec les enquêteurs pour clarifier le rôle joué par ma cliente dans les récents événements. Une chose est certaine à ce stade et Mme Glassman Whyte tient à ce que cela soit dit : quoi qu'elle ait pu faire, elle ne l'a pas fait pour l'argent." »

Ce qui, traduit, voulait dire : elle l'a fait pour l'argent. Edith avait raison, après tout.

Je baissai le son de la radio. L'interview était terminée, remplacée par une publicité pour un fabricant de cuisines. J'avais quitté le cœur de Boston et la route traversait maintenant un paysage typique de banlieue : les concessionnaires automobiles, les grands centres commerciaux cédaient peu à peu la place à des petites maisons à bardage en bois, pressées les unes contre les autres comme des poules sur leur perchoir. Tout ce que l'Amérique avait à offrir était là, devant moi. Puis les maisons disparurent à leur tour. Ce que le chien et moi voyions, à perte de vue, était des forêts qui avaient abandonné leur teinte verte au profit des couleurs de l'automne, rouge, rouille et jaune d'or.

Note de l'auteure

L'action de ce livre se passe aux États-Unis, pays que je connais bien pour y avoir grandi et fréquemment séjourné. L'idée du roman m'est venue alors que je voyageais avec ma famille sur la côte Est et, plus spécifiquement, à Cape Cod ; aussi, tous les lieux décrits dans le roman existent, je les ai visités, et je peux vous garantir que le sandwich au homard de chez Pauli's et les cannolis de chez Mike's Pastry à North End sont vraiment à se damner, tout comme la soupe servie au petit restaurant du Chauncey Creek, à Kittery, Maine. On la mange dans des bols en carton, assis derrière une table de pique-nique recouverte d'une nappe plastifiée à carreaux rouges et blancs. De même, si un jour vous vous baladez à Brooklyn, n'hésitez pas à vous arrêter chez Terrace Books, où la gérante, Stephanie, vous proposera un choix de livres très intéressant (mais pas l'ouvrage d'Edith, puisque celui-ci n'a évidemment jamais été publié).

La galerie Knoedler mentionnée dans le livre a bien existé. Fondée en 1846, ce qui en faisait l'une des plus anciennes galeries d'art au monde, Knoedler a fermé en 2011, à la suite d'une action en justice initiée par un collectionneur, qui a réussi à prouver que le tableau de Mark Rothko, qu'il avait acquis auprès de la galerie, était un faux. Une enquête diligentée par le FBI a révélé qu'au moins une douzaine de fausses toiles présentées comme des œuvres d'artistes aussi connus que Rothko, Jackson Pollock et Robert Motherwell ont été vendues par la galerie, pour un total de plusieurs dizaines de millions de dollars.

Pour ceux qui sont intéressés par l'histoire de la chute de Knoedler, et qui souhaiteraient en savoir plus, je conseille vivement un film documentaire, *Driven to Abstraction* (malheureusement, uniquement disponible en anglais). Ce film fait intervenir de nombreux experts du milieu de l'art, parmi lesquels Irina Tarsis, qui a été mon inspiration pour Kristen et son Centre des études sur le droit de l'art.

J'ai situé la galerie de Caroline sur Newbury Street, près du jardin botanique et du Boston Common, car c'est une rue commerçante et chic qui abrite pas moins de vingt galeries d'art. À ma connaissance, aucune de ces galeries n'a été mêlée, de près ou de loin, à une affaire aussi sordide.

Le nom complet du tableau de Benozzo Gozzoli, artiste italien du XVe siècle, est *Vierge à l'Enfant entourée de saints.* Une huile sur panneau mesurant

59 cm sur 36 cm, ce tableau était exposé à la Gemäldegalerie de Berlin (formellement, musée Kaiser-Friedrich), avant de disparaître en mai 1945. Une description complète en est faite sur *monumentsmenfoundation.org*, le site de la Monuments Men Foundation, qui est toujours à sa recherche. Compte tenu de sa valeur historique et culturelle, ce tableau fait partie de la liste des vingt-cinq œuvres d'art majeures qui auraient survécu à la guerre mais dont la localisation n'est pas connue à ce jour.

La Monuments Men Foundation, dont la devise est « Restitution, Éducation, Préservation », est une fondation américaine qui a repris le flambeau de la Monuments, Fine Arts, and Archives program (MFAA), organisme américain actif pendant et après la fin de la Seconde Guerre mondiale.

Hans Adolf Wendland était un marchand d'art allemand impliqué dans le trafic d'œuvres d'art spoliées aux Juifs par les nazis, et qui avait pour particularité d'opérer depuis un pays neutre, la Suisse. Le 25 juillet 1946, Wendland fut arrêté à Rome par les forces spéciales armées. Au cours des mois suivants, il fut interrogé par les membres de la MFAA au sujet de ses activités. Le compte rendu d'interrogatoire, daté du 18 septembre 1946 et récemment déclassifié par le U.S. Department of War, précise que Hans Adolf Wendland était « l'un des principaux contacts de Walter Andres Hofer, directeur de la collection d'art de Rechsmarshall » ; en tant que tel, il était « l'une des figures les plus importantes d'un réseau complexe de trafic d'art ». Décédé en 1965, Hans Adolf Wendland n'a, à ma connaissance, jamais eu le tableau de Benozzo Gozzoli entre ses mains.

La légende grecque de Damon et Pythias fait l'éloge d'une amitié indéfectible. Les deux amis, disciples de Pythagore, vivaient à Syracuse pendant le règne du tyran Denys Ier (soit 400 ans avant Jésus-Christ). La légende raconte que le tyran Denys avait condamné Pythias à mort ; celui-ci réussit à quitter la ville, alors que Damon se portait caution de son retour. Damon faillit périr de la main de Denys avant que son ami Pythias ne revienne *in extremis.* Cet épisode légendaire a été repris par Fénelon dans ses *Dialogues des morts* et par Alexandre Dumas père dans son roman *La Dame de Monsoreau.*

Le nom de famille Whyte, de l'ancien anglais *hwit(a)* signifiant « blanc, pâle de peau ou de cheveux », est attesté en Angleterre et en Écosse depuis le Moyen Âge. Il s'agit sans doute d'une variante orthographique régionale du plus courant « White ». Les archives montrent qu'un dénommé William Whyte a épousé Janet Pringle le 21 février 1650 à Édimbourg (Écosse). Depuis, de nombreuses personnalités portant ce patronyme, et venant des quatre coins du monde, de l'Afrique du Sud à l'Australie, du Nigeria aux États-Unis, se sont illustrées dans des domaines divers et variés, mais, à ma connaissance, aucune n'a détenu de galerie d'art, ni possédé d'entreprise d'échelles et d'échafaudages.

Ainsi, bien que basé sur des recherches exhaustives, et véridique sous bien des aspects, ce roman est une œuvre de fiction et toute ressemblance avec des personnes ayant réellement existé serait purement fortuite.

Remerciements

Rien n'aurait été possible sans les jurés du concours du Grand Prix des Enquêteurs, organisé par les Éditions Robert Laffont en partenariat avec *Le Figaro Magazine* et l'Agence universitaire de la francophonie. Didier Decoin de l'Académie Goncourt, Patrick Baudot, Guy Savoy, Philippe Blanchet, Marie-Hélène Cherpin, Rémi Costagliola Di Polidori, Jean-Jacques Delemarle, Pierre Louis Durand, Maître Léon Lef Forster, Marie-Hilda Gouineau, Maître Julie Granier, Olivier Marchal, Colette Oper, Alain Vasquez – merci de m'avoir offert cette occasion formidable en tant que jeune auteure.

Merci aux équipes du *Figaro Magazine*, qui permettent l'existence du Grand Prix des Enquêteurs et le soutiennent par leur implication.

Mes plus chaleureux remerciements vont également à Glenn Tavennec, directeur de la collection

La Bête noire, et à Nathalie Thery, mon éditrice, pour leurs notes, remarques et conseils toujours judicieux. Merci également à Sandrine Perrier-Replein, Lætitia Beauvillain, ainsi qu'à toutes les équipes de Robert Laffont – les services correction, fabrication, photographie, artistique et commercial – qui ont œuvré et œuvreront à la publication et à la diffusion de mon roman ; j'espère n'oublier personne.

J'ai eu la grande chance de pouvoir bénéficier du soutien de mon amie Irina Tarsis, diplômée d'histoire de l'art de l'université de Harvard, et Juris Doctor de la Benjamin N. Cardozo School of Law, avocate au barreau de New York et professeur associée en droit de l'art à l'université de Columbia. Fondatrice du Center for Art Law, situé à Brooklyn, l'activité d'Irina l'amène notamment à rechercher la provenance d'œuvres d'art et à entamer des démarches de restitution.

Pour les aspects nautiques de mon roman, merci à Andre L. qui m'a fait naviguer autour de Boston sur son voilier, le *Salty Ginger.*

En ce qui concerne la procédure pénale américaine, j'ai bénéficié des clarifications apportées par Maître Steven Feldman, avocat pénaliste au barreau de New York, et de Robin Bates, responsable du service documentation auprès des tribunaux de première instance du Massachusetts – qu'ils en soient ici remerciés. Il va sans dire que j'assume seule l'entière responsabilité de toute erreur ou omission qui pourrait subsister.

Un très grand merci également :
À mes premiers lecteurs : Élisabeth, Rémi, François-Régis, Marie-Odile, Louis-Charles, Pierre-Emmanuel, Sibylle, Anne-Sophie, Jean-Luc.
À ma belle-mère, Élisabeth, pour m'avoir envoyé le lien du concours.
À mon mari, qui m'a fait découvrir le monde des cabinets d'avocats d'affaires, et sans qui Victoria n'aurait jamais réussi à faire carrière.
À ma mère et à mes enfants, pour avoir su rester patients alors que je m'arrêtais au milieu d'une phrase, sous prétexte que je venais d'avoir une idée et que je devais absolument la noter.

Enfin, merci du fond du cœur à tous les libraires qui font connaître ce livre, et à mes lecteurs. Je vous dois tellement.

Imprimé en France par CPI
en août 2021
N° d'impression : 3044237

Pocket – 92 avenue de France, 75013 PARIS

S32021/01